명성황후

상

정비석 장편역사소설

범우사

□ 작가의 말

　작가라면 누구나 한 번은 명성황후를 소재로 하여 작품을 쓰
고 싶은 충동을 느낄 것이다.
　명성황후의 생애가 그토록 파란만장했기 때문만은 아니다. 그
녀가 여걸이었기 때문만도 아니다. 그녀가 왕비였기 때문은 더
더구나 아니다. 아니, 오히려 그 모든 이유 때문인지도 모른다.
　그녀의 생애가 단순한 흥미의 대상이 아니라, 그녀를 통해 우
리는 구한말의 역사적 비운을 너무도 적나라하게 접할 수 있기
때문이기도 하다. 그것은 바로 우리 자신의 비극이자 아픔이기
때문이다.
　명성황후가 시해된 지도 이미 1세기 가까운 세월이 흘렀다.
그동안 역사의 수레바퀴도 숱한 수렁과 소용돌이를 거치면서 오
늘에 이르고 있다.
　약소 국가이기 때문에 당해야 했던 외세의 침범과 간섭, 국제
정세에 어두워 빚어진 실정과 종교 탄압, 민생과 민의를 외면한
권력 투쟁, 정권 유지를 위한 정보 정치, 정권 쟁취를 위한 음모
와 배신, 이신벌군以臣伐君의 비극과 민중의 봉기, 반사회적인

도덕과 타락한 윤리, 여자의 질투가 빚은 갖가지 처절한 비
극…….

　이런 것이 바로 이 역사소설 속에서 볼 수 있는 적나라한 사건
들이다.

　그 자취를 더듬어보면서, 조선왕조가 패망한 원인을 추적하
고, 그것이 오늘 우리들에게 어떤 교훈을 주고 있는가를 독자
들과 함께 찾아보고자 나는 이 작품을 썼다.

정비석

차 례

명성황후(상)

여걸의 탄생

지금부터 약 1백40여 년 전인 철종哲宗 2년(1851), 신해辛亥년의 가을도 저물어가는 9월 초순경의 일이었다.

이 해 따라 가을 날씨가 몹시 불순하여 날마다 하늘에는 검은 구름이 덮이고 땅 위에는 음풍이 스산스럽게 불어댔는데, 서울 안국동에 있는 민치록閔致祿의 집 감고당感古堂 내실에서는 연일 산모의 진통소리가 들려나오고 있었다. 이 집의 안주인 한산 이씨가 벌써 사흘째 초산의 진통으로 신음을 계속하고 있는 것이었다.

"음……, 아무리 나이 먹은 산모의 초산이기로 진통이 이렇게도 여러 날 계속된담……."

주인 민치록은 사랑방에 혼자 앉아 장죽을 들었다 놓았다 하면서 혼잣말로 걱정스럽게 중얼거렸다. 마누라의 진통이 심하니 의원을 데려다 보이고 싶은 생각이 간절하였다. 더구나 초취였던 오씨吳氏의 몸에서는 혈육이 하나도 없다가, 다행인지 불행인지 오씨가 세상을 떠나고, 40이 넘어서 얻은 후취의 몸에서 처음으로 생겨나는 자식이고 보니 순산을 바라는 마음은 더욱 간절하였다.

그러나 산모에게 미역국조차 끓여 먹이기 어려운 형편으로 의원을 데려다 보인다는 것은 감히 엄두도 내지 못할 일이었다.

"제기랄, 세상에 이렇게도 가난할 수가 있담. 그러나 내 대에 와서 후사를 잇지 못한다는 것은 조상에게 면목없는 일이니 어쨌든 아들이나 낳아라!"

좌불안석으로 안절부절못하는 민치록의 입에서 절망과 희망의 소리가 한꺼번에 쏟아져나왔다.

생각하면 인생의 영고성쇠란 실로 꿈 같은 것이었다. 그의 5대조는 숙종肅宗의 국구國舅였던 여양 부원군驪陽府院君 민유중閔維重이었다. 민치록의 증조고모인 인현왕후仁顯王后가 숙종의 계비로 있을 당시에는 민씨 문중에서는 고관대작이 수없이 배출되었다.

한때는 민씨가 아니면 행세를 못할 정도로 장상將相이 쏟아져 나왔건만, 인현왕후가 장희빈張禧嬪의 모함으로 폐위를 당하여 서인庶人으로 돌아오고, 안동 김씨安東金氏가 득세를 하게 되면서부터 민씨 일가는 여지없이 몰락하였다. 그리하여 이제는 조석이 말이 아닐 정도로 낙척落拓해 버린 것이었다.

이제 재산이라고는 '감고당'이라고 부르는 집 한 채가 남아 있을 뿐, 그날그날의 생계는 5대 조상인 여양 부원군의 제수祭需로 국고에서 나오는 쌀 40석으로 꾸려나가고 있는 형편이었다.

감고당은 여양 부원군 때부터 대대손손이 물려 내려오는 유서 깊은 집이다. 인현왕후가 탄생한 집도 이 집이었고, 그녀가 숙종의 계비로 간택되어 대궐로 들어갈 때까지 거처한 집도 이

집이었고, 나중에 대궐에서 쫓겨나와 비통한 세월을 보낸 집도 바로 이 집이었다.

민치록은 살림이 너무도 궁색하여 진작부터 그 집을 팔아 버리고 싶었다. 그러나 감고당은 조상 때부터 물려오는 구기舊基인 데다가 허다한 유서조차 얽혀 있어서, 아무리 궁색해도 집만은 팔지 않았다. 분에 넘치는 큰 집을 억지로 유지해가자니 가옥이 형편없이 낡은 것은 말할 것도 없다. 처마는 썩어서 기왓장이 떨어질 지경이었고, 기왓골에는 잡초가 멋대로 우거져 있었다.

그러나 민치록에게는 지금 그런 것이 문제가 아니었다. 마누라가 한시바삐 순산을 해주었으면 하는 생각과 마누라가 꼭 아들을 낳아주었으면 하는 욕망만이 머리 속에 꽉 차 있었다. 마음이 초조하기는 민치록이 오히려 산모보다 더했던 것이다.

하도 초조해서 사랑방 문을 활짝 열어젖뜨리니 마침 이웃집 행랑어멈이 내당에서 바깥마당으로 분주히 달려나간다.

"여봐라! 산모가 아직도 해산을 아니하였느냐?"

민치록은 체면불구하고, 대문 밖으로 달려나가는 행랑어멈을 보고 큰소리로 물었다.

"예. 아직도 산고중이옵니다."

행랑어멈이 황망히 발을 멈추며 대답했다.

"무슨 산고가 사흘씩 계속되는고? 산고가 너무 오래 계속되면 산모의 생명에 영향이 미치지 않을까?"

쓰라린 상처(喪妻)의 경험이 있는 민치록은 내심 그 문제가 무척 걱정스러웠다.

"나으리, 그 점은 걱정 마십시오. 나이 든 산모의 초산은 으레 산고가 심한 법이옵니다."

"글쎄, 그렇다면 모르지만……. 어서 가서 볼일 보고 들어오게……."

민치록은 또다시 장죽에 담배를 피워 물고 사랑방을 오락가락하였다.

산모의 진통은 이날 밤에도 줄곧 계속되었다. 거기에 따라 민치록도 하룻밤을 꼬박 뜬눈으로 새웠다.

"제길, 자식 하나 얻기가 이렇게도 힘든 일이던가."

새벽녘이 되어서도 해산의 기별이 없으므로 민치록은 저도 모르게 투덜거렸다.

마침 그때 마당에서 인기척이 나더니 바로 문 밖에서 약간 황급한 어조로,

"나으리……, 기침하셨습니까?"

하고 묻는 소리가 들려온다.

음성을 들어 보니, 행랑방 늙은이가 분명하다. 민치록은 방문을 벌컥 열고 내다보았다.

"왜 그러는가? 내실에서 지금 해산을 했는가?"

"아, 아니올시다. 마님께서 해산을 하셔서 그러는 게 아니옵고, 지금 감고당 지붕 위에 이상한 서기가 어려 있기에 알려 드리려고 그랬습니다."

"뭐? 우리 집 지붕 위에 서기가 어려 있다니, 그게 무슨 소린가?"

"나리께서 마당에 나오셔서 올려다보시옵소서. 내당 지붕 위

에 색채도 영롱한 자색 구름이 곱게 뒤덮여 있사옵니다. 이것은 분명히 경사스러운 서기로서, 마님께서 반드시 귀자貴子를 낳으실 징후가 아닌가 하옵니다."

그 말에 놀라, 민치록은 부랴부랴 신발을 끌며 마당으로 달려내려왔다. 그리하여 고개를 치켜올려 지붕을 올려다보니 과연 내당 지붕 용마루 위에 안개 같은 자색 구름이 곱게 어려있는 것이 아닌가.

"음…… 과연 할아범 말이 틀림없네그려……. 이러나 저러나 자색 구름은 처음 보았는걸……. 저게 과연 무슨 징조일까?"

"나으리두 원! 이 댁에서 큰 인물이 탄생하실 징조이지, 무슨 다른 징조가 있겠습니까?"

"그렇다면 오죽이나 좋겠나마는, 혹시 무슨 흉조가 아닌가 해서……"

"나리는 별걱정을 다 하십니다. 평소에 볼 수 없는 자색구름이 지붕을 뒤덮었다는 것은 틀림없는 대길조입니다. 옛날에도 만고의 충신 정몽주 선생이 태어나실 때에는 어머니가 꿈에 주공周公을 보셨다 하였고,《춘향전》의 주인공 이 도령이 태어날 때에도 꿈에 용을 보았다 하였습니다. 이제 마님께서 해산을 하시려는 이 마당에 지붕에 자운이 나부꼈으니 이는 반드시 큰 인물이 탄생하실 징조가 아니고 무엇이겠습니까?"

행랑할아범은 신바람이 나서 수다를 떨어 놓았다.

"글쎄, 할아범 말대로 된다면 오죽 좋겠나마는 산모가 여러 날을 두고 산고가 하도 심하니 나는 되려 걱정이 앞서네그려……."

"나리, 천만의 말씀입니다. 큰 인물이 어디 그리 쉽게 탄생할 리가 있겠습니까? 두고 보십시오. 아드님이 되실지 따님이 되실지 두고 봐야 알겠지만, 설사 따님이라 하더라도 장차 큰 인물이 되실 것만은 틀림이 없사옵니다."

"에끼 이 늙은이, 씨도 안 먹는 소리 그만하게. 아들이라면 큰 인물이 될 수도 있다지만, 딸이 무슨 큰 인물이 된단 말인가. 나는 40에 첫자식이니 조상에 대한 면목을 생각해서도 꼭 아들이라야만 하겠네."

"그야 그렇습죠마는, 따님이라고 반드시 큰 인물이 못 되리라는 법은 없지 않습니까?"

행랑할아범은 지붕에 자색 구름이 드리워진 것을 보고 혹시나 딸이 아닐까 하는 예감을 진작부터 품고 있었지만 주인이 실망할까 두려워서 그 말만은 입 밖에 내지 않고 있었다.

"여자가 큰 인물이 되면 무슨 큰 인물이 된단 말인가?"

"나으리두 원……. 만약 따님으로 태어나서 중전마마가 되신다면 차라리 아드님보다도 낫지 않겠습니까? 더구나 나리 댁에서는 예전에도 여러분이 중전마마로 간택이 되셨고, 최근에는 증조고모이신 인현왕후께서도 왕비로 책립되셨던 일이 계시지 않사옵니까?"

"음…… 그건 그렇지만, 사람이란 평범하게 살아가는 게 제일이지, 섣불리 중전으로 들어갔다가 인현왕후처럼 세도 싸움에 휘말리는 날이면 오히려 비참하게 되는 법이야!"

민치록은 인현왕후가 폐위된 후의 가지가지 참극이 새삼스레 연상되어 무심중에 한숨을 쉬었다.

바로 그때였다.

문득 내당에서,

"으앙……!"

하고 갓난아기의 울부짖는 외마디 소리가 아득히 들려나온다.

그것은 틀림없는 고고지성呱呱之聲이었다. 아득하게 들려오기는 했으나 어딘지 모르게 우렁찬 고고지성이었다.

그 소리를 듣자 민치록의 얼굴에는 경악과 환희의 빛이 그득하게 넘쳐 번진다.

일순간 그는 내당 쪽을 바라보다가 다시 고개를 돌리며,

"이제야 아기가 나온 모양이지?"

하고 행랑할아범에게 묻는다.

"글쎄올시다. 틀림없는 고고지성입니다. 이제는 해산을 하신 모양이니 안심하십시오. 그런데 아기씨의 울음소리가 어쩌면 저렇게도 우렁찹니까?"

행랑할아범도 중대문 안을 엿보며 기쁜 표정으로 중얼거린다.

"글쎄 말일세. 울음소리가 여기까지 들려나오는 것을 보면 아기가 큰 모양이지?"

"될성 부른 나무는 떡닢부터 다르다 하옵더니, 첫 울음소리만 들어도 장차 세상을 휘두를 인물임이 분명하신가 봅니다."

"에끼! 늙은이가 못하는 소리가 없네그려. 고고지성만 들어보고 어떻게 장래지사까지 알 수 있단 말인가!"

민치록은 그렇게 말하면서도 금방 태어난 아기가 아들인지 딸인지 몹시 궁금해서,

"여보게! 할아범이 안에 들어가, 아들인지 딸인지 좀 알아보

고 나오게나……."

행랑할아범은 뛸 듯이 손을 설레설레 내저으며,

"나리는 망령도 유만부동이시지, 자고로 산후에는 부정을 타는 법인데, 소인같이 천한 늙은이가 이 판국에 어찌 외람되게 내당 출입을 맘대로 합니까. 그렇게도 궁금하시거든 나리께서 친히 들어가셔서 알아보십시오."

두 사람이 마당가에서 내당을 엿보며 그런 말을 주고받는데 행랑할멈이 총총히 중대문을 나온다. 행랑할아범이 부리나케 마주 달려가며,

"여보게! 나리께서 몹시 궁금해하시네. 아들인가 딸인가? 빨리 말해 주게……."

민치록 자신도 부지중에 행랑할멈 앞으로 다가오며 귀를 바짝 기울였다. 행랑할멈은 대답하기 거북한 듯이 두 사람의 얼굴을 번갈아 바라보며 약간 주저하는 빛을 보이다가,

"딸은 딸이지만, 보통 아기씨가 아니에요. 첫 울음소리가 어찌나 우렁찬지 하마터면 이 늙은것의 귀청이 터질 뻔했었다우."

그 순간 민치록은 크게 낙담하였다.

"뭐? 아들이 아니고 계집애야?"

행랑할아범은 계면쩍은 표정을 지으며,

"나리, 너무 낙심하지 마십시오. 이번 아기씨는 따님이라도 보통 아기씨가 아닐 것이옵니다. 그것만은 이 늙은것이 장담을 하겠습니다. 그나 그뿐입니까. 자식 낳이를 하노라면 딸도 낳고 아들도 낳는 법이니, 너무 섭섭하게 생각하지 마시옵소서"

하고 자기 딴에는 위로를 하려고 애쓴다. 그러나 민치록은 딸이

라는 소리에 낙심천만이었다.

40이 넘은 지금, 슬하에 혈육이 처음으로 생겼다는 그 사실 하나만으로 본다면 딸이거나 아들이거나 덮어놓고 기뻐해야 할 일임에는 틀림이 없었다.

그러나 40이 넘어서 처음으로 태어난 자식인 만큼, 조상의 혈통을 계승하기 위해서도 꼭 아들이었으면 싶었다.

"음……, 이러다가 내가 민씨 가문에 절대絕代를 시키게 되지 않을까?"

민치록은 사랑방에 혼자 들어앉아 한숨을 쉬었다. 행랑할아범의 말에 의하면 자식을 기를 때에는 아들보다는 오히려 딸 편이 재미가 더 있다는 것이었다. 그건 그럴지도 모른다. 그러나 지금의 민치록으로서는 자식을 기르는 재미보다도 혈통을 계승할 사자嗣子가 더 중대한 문제였다.

"제길, 행랑방 늙은이 말마따나 아기 낳는 문을 열어 놓았으니 이제 앞으로는 아들도 낳을 수 있겠지!"

민치록은 오랫동안 실망에 잠겨 있다가 마침내 그와같이 중얼거리며 스스로를 위로하였다.

며칠이 지난 어느 날 밤의 일이었다. 민치록은 산모의 뒤치다꺼리가 완전히 끝났다는 소리를 듣고 내실로 들어가 보았다. 오직 하나밖에 없는 첫 자식과 첫 대면을 하려는 것이었다.

산모는 산욕産褥에 누운 채 남편을 겸연쩍은 미소로 맞이하고, 갓난아기는 강보에 싸인 채 쌕쌕 잠을 자고 있다.

"해산을 하느라고 수고가 많았구려."

"아니에요. 아들을 못 낳아 드려서 죄송합니다."

산모 이씨는 무슨 죄나 지은 듯이 얼굴조차 붉히며 조그맣게 속삭인다.

"자식이기는 다 마찬가진데, 딸이면 어떻고 아들이면 어떨꼬. 자식을 낳아 준 것만도 고마운 일이오."

민치록은 사뭇 달관한 사람처럼 중얼거리며 아기 옆에 주저앉았다.

"이 다음에는 꼭 아들을 낳도록 하겠습니다. ……아기가 아버지를 닮은 것 같으니 얼굴을 좀 보아 주셔요."

"계집아이는 여자답게 어머니를 닮아야지, 나를 닮아서 무엇에 쓰겠소."

민치록은 그렇게 대꾸하며 저도 모르게 갓난아이의 얼굴을 그윽이 들여다보았다.

아직 핏덩어리나 다름없는 아기다. 그러나 이목구비가 또렷한 것이 사람임에는 틀림이 없었다. 민치록은 이것이 나의 혈육인가 생각하니 아기의 얼굴을 들여다보는 동안에 형용하기 어려운 감격이 치솟아오른다. 40이 넘어서 자식을 처음으로 가져 보는 그로서는 당연한 감격일지도 모를 일이었다.

"음……, 눈과 코와 입과 귀가 또렷한 것이 제법 귀엽게 생겼는걸……."

민치록은 저도 모르게 감탄의 소리를 중얼거렸다. 산모도 미소를 지으며,

"아기의 얼굴을 보니 신기하시지요?"

"아닌게 아니라 신비스러운걸. 부인과 나는 우리들 자신도

모르게 이런 신비스러운 조물을 만들어 놓은 셈이구려, 허허허."

남편이 갓난아기를 들여다보며 엉뚱한 농담을 지껄이는 바람에 산모는 얼굴을 새빨갛게 붉혔다.

"나으리두 원……. 점잖지 못하게 그런 희롱의 말씀을 ……."

산모는 거기까지 말하다가 문득 생각난 듯이,

"참, 아기의 이름을 뭐라고 지으시겠습니까?"

"아기의 이름……? 아직 거기까지는 생각해 보지 않았는걸……. 아들일 경우에는 반드시 항렬을 따라 호鎬 자를 써야 하겠지만, 딸에게는 항렬이 필요없을 것이고……. 부인 생각에는 아기의 이름을 뭐라 지었으면 좋겠소?"

"제가 그걸 어떻게 알겠습니까? 나리께서 좋으신 대로 지어 주십시오."

"글쎄, 뭐라고 지을까……?"

민치록은 고개를 갸웃거리다가 문득 생각이 나는지,

"아 참, 해산하던 날 아침 우리 집에 매우 희한한 일이 있었소"
라고 말하였다.

"네? 희한한 일이라뇨? 무슨 일이었는데요?"

산모는 눈이 둥그레지며 반문한다.

"나쁜 징조는 아닌 것 같으니까 안심하오."

민치록은 그날 아침 지붕 위에 자색 구름이 담뿍 드리워져 있었던 이야기를 마누라에게 자세히 들려주고 나서,

"그러니까 아기의 이름은 자영紫英이라고 짓는 것이 어떻겠소? 자색 구름이 끼어 있었으니까 붉을 자紫 자에다 여자다웁게

꽃봉오리 영英 자를 곁들여서 말이오."

"자영이요? 매우 신식 이름이군요……. 자영, 자영…… 불러
보니까 이름이 정말 좋은 것 같습니다."

이리하여 갓난아기의 이름은 자영이라고 짓게 되었다. 민치록
은 소리 없이 자고 있는 아기의 얼굴을 그윽이 들여다보며,

"자영 ……"

하고 입 속으로 되뇌어 본다. 아직은 어디로 보나 핏덩어리다.

그러나 지금 강보 속에서 세상 모르게 자고 있는 갓난아기야
말로 후일에 고종高宗의 왕비로서 조선 천지에 허다한 풍운을
일으킨 여걸 명성황후였던 것이다.

쾌활한 여장부

딸이거나 아들이거나 간에 부모의 입장으로서는 자식에 대한 애정의 차이가 있을 리가 없다. 한때는 아들이 아닌 것을 크게 탄식하고 있던 민치록도 어린 딸이 차차 자라나는 데 따라 애정도 극진해 갔다.

달이 가고 해가 바뀌며 자영은 무럭무럭 자랐다. 자영은 무남독녀로서, 비록 집안은 가난하나마 마음대로 자란 탓인지, 성격이 사내처럼 괄괄하였다. 밖에 나가 놀 때에도 사내아이들과 놀기를 좋아하였고, 네 살, 다섯 살 때에는 사내아이들을 상대로 골목대장 노릇까지 하였다.

"허, 계집아이가 그렇게 억세어서 무엇에 쓰겠는가?"

민치록은 딸의 거센 행동을 보고 은근히 걱정하였다.

그리하여 아이가 다섯 살이 되었을 때부터는 예의범절을 바르게 하려고 몸소 글을 가르치게 되었다.

자영은 성질이 억셀 뿐만 아니라 총명하기가 이를 데 없어서, 글을 한번 배우면 잊어버리는 일이 없었다.

그녀가 여섯 살 때의 일이었다. 하루는 사내아이들과 함께 마

당에서 놀고 있다가, 수백 마리의 개미떼가 얽혀 돌아가는 것을
보고,

"아아, 개미가 굉장히 많구나! 만약 나에게 군사가 이와 같이
많다면 나는 그 군사를 거느리고 대왕 노릇을 해보고 싶다"
하고 말하여 동리 사람들을 크게 놀라게 한 일도 있었다.

자영은 비록 계집아이일망정 그녀의 도량과 포부는 어려서부
터 그처럼 웅대했었다. 집안이 가난하여 옷이 언제나 남루했건
만 자영은 그런 점에는 추호도 개의치 않았다.

민치록은 자영에게 날마다 글을 가르치면서도 그의 소원 은
아들을 낳는 것이었다. 그러나 마누라 한산 이씨는 딸을 낳은 뒤
로 이미 6,7년이 경과했음에도 불구하고 다시는 태기가 없었다.

게다가 민치록 자신은 지난 3년 이래로 몸에 병을 얻어 한 달
이면 보름 이상은 병석에서 지내게 되었다. 그러니까 혈통을 계
승할 사자가 더욱 아쉬웠건만, 마누라에게는 영 소식이 없었다.

"여보 부인! 우리가 아들을 보기는 어렵게 되었으니 이제는
사위라도 똑똑한 아이를 하나 골라 두는 것이 어떻겠소?"

민치록은 어느 날 병석에 누워서 마누라에게 말하였다.

"제가 아들을 못 낳아서 나리한테는 큰 죄인이옵니다."

한산 이씨는 짜장 죄인처럼 얼굴을 수그리며 말한다.

"원, 당치 않은 소리! 부인인들 아들을 낳고 싶지 않아서 안
낳겠소. 이것도 모두 나의 팔자일 게요. 이왕 팔자가 그런 바에
는 사윗감이나 미리 정해 두는 게 좋겠단 말요."

"이제 겨우 일곱 살인데, 무슨 사윗감을 고르겠습니까?"

"그렇기는 하지만, 내가 워낙 몸이 시원치 않아서 언제 죽을

지 모르기 때문에……."

"나리는 별말씀을 다 하시옵니다. 혹시 마음에 드는 사람이 있으시면 좋도록 하시옵소서."

내외간에 그런 이야기가 있은 지 10여 일이 지난 뒤에, 민치록의 집에는 뜻하지 않은 손님이 한 사람 나타났다. 양주楊州에 사는 조봉희趙鳳熙라는 사람이 찾아온 것이었다.

조봉희는 양주의 토반土班으로, 일찍이 민치록과는 동문수학을 한 친구이다.

1년 내내 손님이라고는 거의 찾아오는 일이 없는 민치록의 집이었던 만큼, 조봉희의 방문은 이 집의 기쁨이었다.

"어서 들어오게! 자네가 웬일인가?"

민치록은 병석에서 일어나 앉으며 옛 친구를 반갑게 맞았다.

"마침 볼일이 있어서 서울에 올라왔다가 자네가 몸이 불편하다는 소리를 들었기에 병문안을 왔네. 몸이 어떻게 불편해 그러는가?"

"무슨 병인지 나도 잘 모르겠네마는, 밤저녁이면 식은땀이 나고 기침도 나서 못 견디겠네그려. 아마 죽을 날이 머지않은 모양이네."

"에끼 이 사람, 이제부터 한창 살아야 할 판인데 죽다니 말이 되는가. 약은 무슨 약을 쓰는가?"

"자네도 알다시피 내가 가세가 빈한해서 약인들 제대로 쓸 수 있는가?"

"음……, 자네는 지금 자녀가 몇이나 되는가?"

"자식이라고는 딸 하나뿐일세. 자네는?"

"나는 딸이 셋에 아들이 형제라네."

"매우 다복하네그려. 아들은 몇 살이나 되었는가?"

"큰아이가 여덟 살이고 둘째놈이 세 살일세."

"음……. 큰아이가 여덟 살이라……?"

민치록은 깊은 생각에 잠기며 무심중에 중얼거렸다. 사랑하는 딸의 장래 신랑감으로 적당한 연령이라고 느껴졌기 때문이었다. 그리하여 민치록은 잠시 침묵에 잠겨 있다가, 문득 무슨 결심이라도 한 듯이 고개를 힘있게 들면서,

"여보게 ……"

하고 친구를 불렀다.

"왜 그러나?"

"자네 아들이 여덟 살이랬지?"

"경술庚戌생이니까 여덟 살이 틀림없네."

"그러면 자네한테 긴한 부탁이 하나 있네. 자네는 내 부탁을 들어 주려는가?"

이번에는 조봉희가 어리둥절한 표정으로,

"무슨 부탁인가?"

"아까도 말한 바와 같이 내게는 딸자식이 하나 있을 뿐인데, 내가 암만해도 오래 살 수 없단 말야. 그래서 죽기 전에 혼약을 해놓아야 죽더라도 눈을 감고 죽겠는데, 자네 아들이 마침 여덟 살이라니 자네 아들과 내 딸년의 혼약을 맺어 두는 것이 어떻겠나?"

너무도 의외의 말에 조봉희는 적이 놀란다.

"자네 딸이 몇 살인가?"

“신해생, 일곱 살일세. 여덟 살과 일곱 살이면 나이도 어울리고, 자네가 내 딸을 며느리로 데려가 준다면 나는 안심할 수가 있겠네.”

민치록은 애원하듯이 말하였다. 조봉희는 일개의 토반에 불과하고, 민치록은 당당한 명문 거족의 후예다. 따라서 옛날 같으면 감히 한 자리에 앉을 수도 없는 처지였다. 그러나 영고성쇠는 뜬구름과 같아서, 민치록은 낙척에 낙척을 거듭하여 이제는 사랑하는 외딸을 토반의 며느리로 주려고 애원조차 하게 된 것이었다.

그런데 조봉희 편에서 민치록의 딸을 며느리로 맞아가는 것을 꺼리는 눈치여서,

“자네가 나를 그렇게 생각해 주니 고맙기는 하네마는, 아직 나이가 너무 어려서……”

“이 사람아, 오늘 내일로 성례成禮를 이룰 것도 아닌데, 나이가 어리기로 무슨 상관인가? 우리가 서로 면약面約만 해 두었다가, 혼례식은 아이들이 성장한 뒤에 거행하면 그만 아닌가. 자식 자랑하는 것은 팔불출의 하나라고 하지만, 내 딸년은 용모도 단정하려니와 총명하기도 보통이 아니네. 지금도 집에서 글을 배워《백수문白首文》과《계몽선습啓蒙先習》을 찰찰 외고, 현재는 《맹자》를 배우고 있는 중일세.”

민치록은 어떡하든지 약혼을 맺어 두려고 애썼다.

“음……, 자네가 정히 소원이라면 혼약을 맺세그려.”

조봉희는 무슨 선심이라도 쓰듯이 말한다.

“고마우이! 내가 이제는 죽어도 눈을 감을 수가 있겠네.”

민치록은 감격에 넘쳐 친구의 손목을 붙잡는 것이었다.

이리하여 일곱 살짜리 소녀는 자기도 모르게 시골 토반인 조봉희의 장래 며느리로 될 운명을 지니게 되었다.

그러나 조봉희는 어디까지나 탐탁지 않은 기색이었다.

옛 친구가 돌아가자, 민치록은 곧 딸을 불렀다.

"자영아!"

"네."

"너, 조금 전에 다녀간 손님을 보았느냐?"

"손님이 돌아가실 때 대문 밖에서 먼빛으로 잠깐 뵈었어요."

"그 손님이 장차 너의 시아버님이 되실 어른이시다."

"네? 뭐라구요?"

일곱 살짜리 소녀는 눈을 커다랗게 뜨며 놀랐다. 눈을 커다랗게 뜰 때면 광채가 유난스럽게 빛나는 소녀였다.

"그 손님은 장차 네 시아버님이 되실 어른이란 말이다. 그 손님에게는 여덟 살짜리 아들이 있다기에 조금 아까 그 아이와 너와 혼약을 맺어 버렸다. 물론 시집은 열대여섯 살이 돼야 가겠지만, 네게는 이미 약혼자가 있다는 것만은 알고 있거라."

"그 댁이 어떤 댁이어요?"

놀랍게도 일곱 살짜리 소녀는 부끄러움조차 없이 태연스럽게 묻는다.

"그 사람은 조봉희라고, 나와는 어려서부터의 친구다. 양주 시골에 사는 토반인 것이 불만이지만, 지금 우리 형편으론 그 이상의 지체를 바랄 수가 없는 일이 아니냐?"

그러자 소녀는 별안간 얼굴에 노기를 띠며,

"양주 시골에 사는 토반이요? 난 시집을 못 가면 못 갔지 그런 집에는 안 가요"

하고 단호하게 거절하는 것이 아닌가.

일곱 살의 소녀로서는 실로 놀라운 반항이었다.

"그런 집에는 시집을 안 가다니? 그러면 너는 어떤 집이라야 시집을 가겠단 말이냐?"

민치록은 놀랍다기보다는 하도 어이가 없어 되물어 보았다.

"옛 글에도 닭의 머리가 될지언정 소 꼬리는 되지 말라는 말이 있잖아요? 나는 시골에 떨어져서 일생을 썩으며 살고 싶지는 않아요."

"음……, 어린것이 한다는 소리가 도시 괴상하구나……. 이러나저러나 내가 이미 언약을 맺었으니까 너는 그런 줄 알고 있거라."

민치록은 아버지의 위엄으로 강압적으로 내리눌렀다.

자영은 아무 소리 아니하고 방에서 휭하니 나가버린다. 그 태도 자체가 아버지의 혼약에 대한 무언의 반항이었다.

'음……, 무슨 계집아이의 성미가 저렇게도 억셀까?'

민치록은 은근히 걱정이 되어 그 문제에 대해서는 그때부터 언급을 일체 회피하였다. 내심으로는 너무 조급하게 서둘렀던 것을 적이 뉘우치기도 했던 것이다.

그 동안에도 세월은 흘러서 자영은 무럭무럭 자랐다. 이제는 제법 처녀 티가 나는 열한 살 때의 일이었다. 이 날도 자영은 건넌방에서 혼자 경서經書를 읽고 있는데, 안방에서,

"얘야……"

하고 부르는 소리가 들려왔다.

오래 전부터 자리보전하고 누워 있는 아버지의 부름이었다. 자영은 책을 덮어 놓고 부랴부랴 안방으로 건너갔다.

민치록은 딸을 바라보며,

"어머니 어디 가셨느냐?"

"어머니는 김 참판댁에 바느질감 가지러 가셨어요."

부인 이씨는 남편의 약값을 마련하기 위해 근자에는 이웃 집의 삯바느질까지 하고 있었던 것이다.

"음……."

상투바람으로 병석에 누워 있는 민치록은 눈을 감은 채 한숨을 쉬고 나서,

"밖에서 아이들 떠드는 소리가 몹시 시끄럽구나! 네가 나가서 좀 조용히 하라고 일러라."

그제야 깨닫고 보니, 바깥에서는 아이들이 줄다리기를 하느라고 '와아! 와아!' 떠드는 소리가 요란스럽다.

자영은 아버지의 명령을 듣자 부리나케 대문 밖으로 달려나갔다. 아이들은 편을 갈라 줄다리기를 하느라고 하늘이 무너질 듯이 떠들어대고 있었다. 자영은 그들 앞에 우뚝 버텨 서서 큰소리로 외쳤다.

"얘들아, 시끄럽다. 저리 가 놀아라!"

청원이라기보다는 명령에 가까운 어조다.

줄다리기에 열중하던 아이들이 놀이를 멈추며 자영에게 시선을 집중시킨다.

"우리 아버지가 병석에 누워 계시는데, 너희들 떠드는 것이 너

무 시끄러우니, 다른 데로 가서 놀란 말이다. 내 말 알아들었지?"

조무래기 아이들은 평소에도 자영에게는 쩔쩔매던 형편이어서 제각기 달아나려고 비실비실 몸을 피한다.

그러나 편싸움의 대장인 듯싶은 열두어 살 먹어 보이는 소년 하나가 사뭇 아니꼬운 표정으로 자영 앞에 우뚝 마주 서며,

"우리가 재미있게 노는데 계집아이가 요망스럽게 무슨 잔소리야?"

하고 시비조로 나왔다.

그 순간, 자영의 얼굴에는 노기가 충만하였다. 대항하는 소년의 얼굴을 노려보는 그녀의 눈에서는 분노의 불꽃이 튀어나오는 것만 같았다.

다음 순간, 자영은 소년의 뺨을 벼락같이 후려갈기며,

"이 망할 자식아! 가라면 잠자코 가버릴 일이지, 네가 누구한테 대들어 보겠단 말이냐!"

하고 고함을 질렀다.

폐부를 찌를 듯한 우렁찬 고함소리였다. 다른 아이들은 기겁하여 뿔뿔이 달아난다.

"이 우라질 자식아! 죽고 싶지 않거든 썩 물러가란 말야!"

두 번째의 호령과 함께 또다시 뺨을 후려갈긴다.

대항을 하려던 소년은 숫제 넋을 잃었다. 그도 역시 골목대장이어서 처음에는 자영을 계집아이라고 깔보고 덤벼들었다.

그러나 고함소리와 함께 뺨을 무섭게 휘갈기우고 나니, 소년은 대적할 용기를 완전히 잃었다.

그리하여 겨우 항거한다는 것이 이렇게 중얼거렸다.

"말로 할 일이지 때리기는 왜 때리는 거야?"

"이 망할 자식아! 말을 안 들으니까 때렸지, 누가 처음부터 때렸어? 더 맞고 싶지 않거든 이제라도 썩 물러가!"

자기 마을에서는 골목대장이라고 뽐내던 소년도 자영 앞에서는 속수무책이었다. 자영에게는 눈에 보이지 않는 위엄이 있었던 것이다.

소년은 완전히 굴복하고, 눈물을 머금으며 돌아가 버렸다.

자영은 그 소년이 시야에서 완전히 사라질 때까지 그의 뒷모습을 응시하고 있었다. 그러다가 빙그레 미소를 지으며 집으로 막 들어오려다 보니, 저만치서 내행차內行次가 이리로 가까이 오는 것이 얼핏 눈에 띄었다.

"웬 행차가……?"

자영은 발을 멈추고 행차를 유심히 바라보았다. 초라한 행차였다. 사인교四人轎도 낡아빠졌지만, 가마를 메고 오는 교군轎軍들의 옷차림도 형편없이 초라하였다. 게다가 뒤에 따라오는 노비라고는 오직 계집종 하나가 있을 뿐이었다.

'흥! 저 집도 지금은 형편없이 몰락한 양반인가 보구나!'

자영은 속으로 그렇게 생각하며 그 내행차를 언제까지나 바라보고 있었다.

내행차는 자영의 앞을 지나 바로 자기 집 대문 앞에서 멈추는 것이 아닌가.

'아! 우리 집에 웬 저런 행차가…….'

자영은 깜짝 놀라며 사인교 앞으로 달려갔다.

흥선 부인의 문병

 교군들이 사인교를 땅에 내려놓고 포장을 열어젖뜨리자, 안에서 중년 부인이 나온다.

 자영은 그 부인의 얼굴을 유심히 바라보다가 별안간 반가움을 감추지 못해,

 "아, 경운동 언니가 웬일이세요?"

하고 외치며 두어 걸음 가까이 다가갔다.

 그것도 무리가 아닌 것이, 지금 막 사인교에서 나서는 여인은 흥선군興宣君 이하응李昰應의 부인 민씨閔氏로서, 자영의 12촌 언니였기 때문이다.

 "오오, 자영이냐? 네가 그 동안에 몰라보게 자랐구나!"

 흥선 부인은 자영의 손을 반갑게 마주 잡으며,

 "아버님이 병환중이시다기에 문병을 왔다. 요새는 병환이 어떠시냐?"

하고 묻는다.

 "무슨 병환인지 모르지만 음식도 제대로 못 잡수시면서 시름시름 앓으시더니, 요새는 가끔 토혈까지 하세요."

자영은 그렇게 대답하고 얼굴에 수심을 짓는다.

"아 그래? …… 의원은 데려다 보였느냐?"

"못 보였어요."

자영은 그렇게 대답하고 얼굴을 수그리며,

"돈이 있어야 의원을 데려다 보이죠"

하고 조그마하게 중얼거린다.

"의원을 데려다 보이지 못할 형편이라면 약도 제대로 못 쓰시겠구나."

흥선 부인은 한숨을 쉬며, 반은 혼잣말로 중얼거렸다.

근본은 당당한 양반이라도 끼니를 이어가기가 어렵도록 가난한 민치록네 살림살이를 흥선 부인은 벌써부터 알고 있었다.

그렇다고 자기네가 도와 줄 형편도 못 되지 않는가. 그 무렵에는 자기네도 살림이 형편없이 궁색해서 그날그날의 끼니를 이어가기가 고통스러웠던 것이다.

낙척시대의 흥선군의 빈곤상이란 이루 말할 수가 없었다. 흥선 대원군 하면 누구나 조선 8도 360여 주를 호령하는 대원군을 연상하게 되지만, 대원군이라는 섭정의 지위에 오르기 이전에는 그는 지극히 가난한 종친에 불과하였다. 왕족의 한 사람인 덕택으로 '흥선군'이라는 명칭이 붙기는 했어도, 그것은 명색뿐이었고 그에게는 권세도 돈도 없었다. 그리하여 세도가들에게는 멸시를 당하는 한낱 무뢰한이나 다름이 없어서 날마다 이 거리 저 거리로 돌아다니며 술이나 얻어먹고 투전판에서 개평이나 떼어 먹고 사는 형편이었다. 그리하여 그를 경멸하는 세도가들은,

"흥선은 상갓집 개와 같은 존재야"

하고 맞대 놓고 모욕을 주기까지 했던 것이다.

남편이 그 몰골이고 보니, 홍선 부인도 세상에 얼굴을 들고 다니기가 어려웠다. 게다가 돈조차 없으니 아무리 친척 어른이 앓아 죽는다 하더라도 약 한 첩 사오지 못할 형편이었다.

"자영아! 어서 들어가서 아버님을 뵙자!"

홍선 부인은 자영을 앞세우고 병자가 누워 있는 방으로 들어갔다.

"오오, 홍선 대감 부인께서 오셨구려!"

어둠침침한 방 안에 자리보전하고 누워 있던 민치록은 홍선 부인을 보자 반갑게 중얼거리며 일어나 앉으려고 하였다.

비록 촌수를 따지면 조카딸이 되어도 왕족의 부인이므로 예의를 갖추려는 것이었다. 그러자 홍선 부인은 황급히 다가가 병자의 팔을 붙들면서,

"그냥 누워 계십시오. 아저씨가 병중이시라는 말씀을 듣고도 진작 찾아와 뵙지 못해 죄송합니다"

하고 일어나지 못하게 만류한다.

"원, 별말씀을…… 이렇게 찾아와 주어서 얼마나 고마운지 모르겠소……. 그래, 나리도 안강하시오?"

그렇게 말하는 병자는 피골이 상접할 정도로 야위었고, 얼굴에는 핏기가 하나도 없었다.

"나리는 무고하십니다. 나리께서도 아저씨의 병환을 걱정하시면서 저더러 문병을 갔다 오라고 하셨습니다."

"고맙소이다. 그래, 나리는 요새 어떻게 지내시오?"

"그저 밤낮 그 꼴이지 별것 있겠습니까?"

"그 어른은 범상한 인물이 아닌데, 영웅도 시세를 못 만나면 별수 있어야지!"

병문안을 온 홍선 부인은 오히려 병자에게 동정을 받게 되었다. 홍선 부인은 잠시 수심에 잠겨 있다가,

"우리 집 걱정도 걱정이지만, 무엇보다도 아저씨 병환이 빨리 나으셔야 하겠어요"

하고 화제를 병문안으로 다시 돌렸다.

병자는 다시 한숨을 짓는다.

"내가 암만해도 이번에는 살아날 것 같지 않소."

"아저씨는 별말씀을 하십니다. 그까짓 병에 왜 그토록 마음을 약하게 잡수십니까?"

"아니야, 내 병을 내가 모를 리가 있겠소? 낙척 10년에 세상의 밝은 빛을 다시 보지 못하고 죽게 되었소. 나는 살 만큼 살았으니 별로 여한이 없소마는, 다만 저 철없는 자영의 장래가 걱정스럽소이다."

민치록은 힘없는 팔을 들어 저만치 앉아있는 딸을 가리키며 연약한 음성으로 중얼거렸다.

그러나 자영은 얼굴에 자신만만한 빛을 띠면서,

"아버님……, 제 걱정은 마시고 빨리 병이나 나으시도록 하세요!"

하고 거침없이 큰소리로 말한다.

마침 그때 어느 대감댁에 삯바느질을 갔던 자영의 어머니 한산 이씨가 돌아왔다. 홍선 부인은 주인 아주머니와 인사를 교환하고 나서,

"아주머니는 살림을 꾸려나가시기만도 고단하실 텐데 아저 씨까지 누워 계셔서 얼마나 고생스러우세요?"
하고 위로의 말을 들려 주었다.

한산 이씨는 짜장 생활에 지친 듯 한숨을 쉬며 대답했다.

"하늘은 우리 일족에게 왜 이다지도 야속하신지 모르겠구려. 우리는 비록 이 꼴이라도 대감댁에서나마 운수를 만나시면 좋 으시련만……."

"우리가 세월을 만나면 아주머니댁을 모른 척하겠어요? 그러 나 모든 것은 바랄 수 없는 꿈입니다."

주거니 받거니 하는 소리가 한결같이 신세타령뿐이다.

자영은 매우 못마땅한 듯이 아까부터 눈살을 찌푸리며 듣고 있다가, 문득 분노를 참지 못해 한 자리 나앉으며 이씨 부인을 이렇게 나무란다.

"어머니는 언니와 오래간만에 만나가지고 왜 궁상맞은 소리 만 하고 있어요? 이왕이면 희망에 넘친 소리를 하세요. 옛날 글 에도 흥진비래興盡悲來에 고진감래苦盡甘來라는 말이 있지 않아 요? 우리가 지금 비운에 빠져 있다는 것은 머지않아 밝은 날을 맞이할 징조라고 생각하면 조금도 걱정할 것이 없어요."

열한 살의 소녀로서는 실로 놀랍도록 당돌하고도 야무진 질타 였다. 후일에 고종의 왕비로서 국태공國太公 대원군을 상대로 정 권 쟁탈전을 치열하게 벌였고, 나아가서는 조선 8도를 맘대로 주 름잡을 그녀의 여걸적인 기개가 이미 어려서부터 그런 점에 여 실히 드러나 보였다. 자영은 그처럼 소녀 시절부터 어떤 고난에 처하더라도 결코 굽힐 줄을 모르는 강인한 성격의 소유자였다.

자영이 하도 당돌하게 나오는 바람에 흥선 부인과 민치록 내외는 어이가 없어 소리내어 웃었다.

"허허허……, 철없는 것이 세상 물정도 모르면서 제법 큰소리를 치는구나! 허기는 사람이 못살 때는 못살더라도 기개만은 죽어서는 안 될 거야."

민치록은 딸을 갸륵하게 바라보며 그렇게 말하고 나서 이번에는 흥선 부인을 보고,

"내가 세상을 떠날 경우에는 저 철없는 것을 나리 댁에서 좀 돌보아 주셔야 하겠소이다……. 참, 미리 알려 두거니와 저애는 양주의 토반인 조봉희라는 친구의 자제와 이미 정혼을 해두었소이다. 그러니까 시집 보낼 때까지만 돌보아 주시면 되겠소이다"
하고 말하였다.

민치록의 입에서 그 말이 끝나자, 자영은 별안간 얼굴에 분노의 빛을 띠며 이렇게 외친다.

"아버님! 나는 죽으면 죽었지, 그런 사람한테는 시집 안 간다고 했잖아요?"

그 음성이 너무도 우렁차고 야무져서, 흥선 부인과 어머니 한산 이씨도 짬짝 놀랄 지경이었다. 이윽고 흥선 부인이 입을 열었다.

"아저씨! 저애가 그렇게도 싫다는데 왜 벌써부터 정혼을 하셨습니까?"

민치록은 어두운 표정으로 한숨을 쉬며 대답한다.

"내가 살아 있으면서도 집안이 이 꼴이니, 내가 죽어 없어지면 어떤 꼴이 될지 가히 불문가지不問可知의 일이 아니오? 그때

에는 혼기가 되어도 저 애를 데려갈 사람조차 없겠기에 마침 적당한 자리가 있어서 일전에 언약을 맺은 것이외다."

그러자 자영은 또다시 고개를 흔들며 외친다.

"아버님! 그 이상 여러 말씀 하실 것 없어요. 나는 양주 조 서방한테는 시집 안 갈 테니까 그리 아세요!"

놀랍도록 힘찬 선언이었다.

"뭐 어째? 계집아이가 아비에게 그런 말버르장머리가 어디 있느냐?"

병석에 누워 있던 민치록이 드디어 화를 버럭 내며 큰소리를 지른다. 방 안의 공기가 별안간 험악해지자 흥선 부인이 얼른 중간에 나서서 자영을 나무란다.

"자영아! 네가 아무리 비위에 거슬리기로 아버님께 그런 태도를 취해서는 못 쓰는 법이니라. 시집을 오늘 내일로 갈 것도 아니니까, 그 일은 내가 맡아 처리할 테니 걱정 말고 있거라. 아저씨! 철없는 아이의 말을 무얼 그리 나무라세요? 그보다도 저는 아저씨 댁에 한 가지 중대한 사연을 여쭙고 싶어요. 이 얘기는 아주머니도 잘 들어 주세요."

흥선 부인은 민치록 내외를 번갈아 바라보며 말하였다.

"무슨 말씀이오?"

민치록은 흥분을 삭이느라고 눈을 스스로 감으며 반문한다.

한산 이씨도 새삼스러이 눈을 감았다 뜨며 흥선 부인의 얼굴을 똑바로 바라본다. 낙척한 왕족인 흥선 부인이 무슨 말을 하려는지 민치록 내외는 똑같이 궁금했던 것이다. 흥선 부인은 잠깐 침묵에 잠겨 있다가 조용히 입을 연다.

"아저씨는 승호升鎬를 아시지요?"

"승호?"

민치록은 홍선 부인의 얼굴을 똑바로 바라보며 반문한다.

"제 오랍동생인 승호 말씀입니다."

"아, 승호 조카님 말씀이오? 그 조카님이라면 알고말고요. 그 조카님에게 무슨 일이라도 있소이까?"

"승호에게 무슨 일이 있다는 게 아니라, 아저씨는 아직 후사가 없으시니 승호를 양자로 삼으시면 어떨까 해서 제가 한 말씀 여쭈어 보는 것입니다. 아저씨 댁에는 저애가 있기는 하지만 사당을 모시려면 아무래도 후사가 있어야 할 것이 아닙니까?"

"음……, 고마운 말씀이오."

민치록은 눈을 무겁게 감았다. 홍선 부인의 말대로 사당을 받들려면 양자가 필요한 것은 말할 것도 없었다. 민치록 자신은 언제 죽을지 모르는 몸, 아들이 없는 그로서는 자기가 죽는 날이면 조상을 봉제사할 사람이 없는 것이 심히 안타까웠다.

민치록도 진작부터 그 점을 고려하여 양자 문제를 두고두고 생각해 보았다. 그러나 씻은 듯이 가난한 그로서는 남의 집 귀한 자식을 양자로 달라고 청할 염치도 없으려니와 설사 그런 청을 해보았자 반갑게 와 줄 사람도 있을 것 같지 않았다.

민치록은 눈을 감고 오랫동안 생각에 잠겨 있다가 다시 눈을 떴다.

"고마운 말씀이오. 승호 조카님이 올해 몇 살이지요?"

"경인생庚寅生이니까 올해 스물아홉 살입니다."

"음……."

"제 동생이라고 하는 말씀이 아니라, 승호는 사람됨이 무척 총명하고 똑똑한 편입니다. 지금 과거를 보려고 공부를 열심히 하는 중인데, 영락한 이 가문에 들어오면 반드시 가문을 부활시킬 수 있을 것이옵니다."

홍선 부인은 민치록을 열심히 설복하였다. 자기네는 비록 왕족이기는 하면서도 다시 밝은 빛을 보기가 어려울 것 같으므로 동생 승호로 하여금 숙종비 인현왕후의 친정인 여양 부원군의 명예로운 가문을 계승하게 하여 권도의 길을 터보게 하려는 생각이었던 것이다.

"음……, 조카님 추천이 어련하겠소이까. 승호 조카가 재주가 비상한 것은 나도 잘 알고 있소이다. 아무도 돌보아 주는 이 없는 우리 가문을 위해 이처럼 걱정해 주시니 얼마나 고마운지 모르겠구려."

"아저씨는 별말씀을……. 아저씨 가문은 곧 저의 가문이 아니옵니까?"

"그야 그렇지만……. 나는 이미 머지않아 죽어갈 몸인 데다가 우리 집 형편이 이렇게도 남루한데, 이 판국에 승호 조카가 양자로 오는 것을 달갑게 생각할는지는 의문이오."

"그 점은 제가 알아서 처리할 터이니 염려 마십시오. 여양 부원군댁 가문을 이어받으라는데 승호가 어찌 마다하오리까."

"음……, 승호 조카가 양자로 와주기만 한다면 나로서는 불감청不敢請이언정 고소원固所願이외다."

그리고 옆에 앉아 있는 마누라 한산 이씨를 돌아다보며,

"부인 생각은 어떻소?"

하고 의견을 묻는다.

"흥선 나리댁 조카님의 추천이 어련하겠습니까?"

한산 이씨는 아들을 못 낳은 죄가 있어서 얼굴을 못 든다.

"음……, 아무튼 이 문제는 중대한 문제니까, 며칠 생각해 본 뒤에 작정하기로 하십시다."

이리하여 동생 승호를 민치록의 양자로 들여보내는데 반승낙을 얻고 돌아간 흥선 부인은 다음날 승호로 하여금 민치록에게 병문안을 가게 하였다. 민승호는 워낙 재주가 비상한 데다가 사람도 무척 똑똑한 편이어서 민치록은 그의 인품이 마음에 들었다.

"자네는 지금 과거 공부를 하고 있다지?"

"네, 생각하는 바 있어서 과거를 한번 보아 볼까 합니다."

"과거를 보면 급제할 자신이 있는가?"

"과거는 사람이 보는 것이니, 저라고 열심히 공부하면 안 될 리가 있겠습니까?"

"음……, 옳은 말이야! 사내 대장부는 무슨 일에나 그만한 자신은 있어야 하느니."

민치록은 감탄의 고개를 끄덕이다가 문득 머리에 떠오르는 것이 있어서,

"참, 자네는 흥선군댁 맏자제와 아주 가깝게 추수하는 사이라지?"

하고 물었다.

흥선군의 맏아들 이재면李載冕은 민승호와 동갑이었다. 촌수

로 따지면 승호는 외숙이요, 재면은 생질이었다. 그러나 나이가 동갑인 그들은 촌수를 떠나서 친구로 사귀고 있었다. 그리하여 승호는 거의 날마다 누님의 집인 흥선댁에 놀러가는데 승호의 사람됨이 총명하고 영리한 데 반하여 재면은 답답할 정도로 우둔한 편이었다. 그리하여 흥선군은 아들과 처남이 글 토론이라도 하는 것을 볼 때에는 승호의 재질을 사랑하면서도 자기 아들의 우둔한 것이 너무도 분명하게 드러나 보여서 매양 불쾌한 빛을 보이곤 하였다.

민치록은 일찍이 그런 풍설을 들은 일이 있어서 승호에게 재면과의 관계를 물어본 것이었다.

"재면이는 촌수를 따지면 제게 생질뻘이 되지만 저하고는 동갑이기 때문에 친구로 사귀는 사이입니다."

"음……, 어제 흥선군 부인께서 문병차 오셔서, 자네를 우리 집 양자로 들이면 어떻겠느냐고 말한 일이 있는데, 내가 만약 응낙만 한다면 자네는 와줄 생각이 있는가?"

"아저씨께서 저 같은 사람으로 가문을 계승하게 하신다면 제가 어찌 마다고 하겠습니까?"

"음……, 고마운 말이네. 그렇다면 내 몸이 차도가 있는 대로, 문중 어른들을 한 자리에 모셔 놓고 그 문제를 결정짓기로 하세."

민치록은 이미 승호를 양자로 맞아들이기로 결심하였다. 이제 남은 것은 오직 형식적인 절차뿐이었다. 그 절차는 병의 차도가 있는 대로 거행하기로 했다.

그러나 민치록은 날이 갈수록 중태에 빠져서, 그 해 겨울을 간신히 넘기고 이듬해 봄에 기어코 세상을 떠나고 말았다. 입양에 대한 최종적인 절차도 밟지 못한 채 세상을 떠나버린 것이었다.

그때에 자영의 나이가 열두 살…… . 민치록의 무남독녀 자영은 열두 살에 아무런 유산도 물려받지 못한 채 아버지를 잃은 것이었다.

미망인 한산 이씨는 정신을 못 차리도록 비탄에 잠겼다. 그러나 열두 살짜리 자영은 슬피 울기는 하면서도 평소의 꿋꿋하던 기상만은 추호도 잃지 않았다.

사람이 죽었으나 집에는 장사 지낼 비용이 없었다. 장사 비용은커녕 쌀 한 톨도 없었다. 그렇다고 누구 하나 도와 줄 사람이 있는 것도 아니다. 이씨 부인은 생각다 못해 해마다 선혜청宣惠廳에서 나오는 제수비 10년분을 저당잡히고 선혜청 청지기한테서 고리채를 내어 겨우 장사를 치렀다.

민치록 일가의 유일한 수입이던 제수비마저 저당을 잡혀버렸으니 그때부터는 오직 삯바느질로 일가를 꾸려나가는 수밖에 없었다. 따라서 끼니를 제대로 잇지 못할 때도 간간이 있었다.

이씨 부인은 그때마다 딸을 부둥켜안고,

"단지 하나뿐인 너를 굶기게 되니 이 어미는 가슴이 아프구나!"

하고 눈물을 짓곤 하였다. 그러면 자영은 태연스럽게 이렇게 대답하는 것이었다.

"어머니, 걱정 마세요. 우리도 언젠가는 떵떵거리며 잘살 때가 반드시 있을 거예요."

자영은 어떤 고난을 당해도 절대로 굽힐 줄 모르는 소녀였다.

그 이듬해인 자영이가 열세 살 때의 일이었다. 아버지의 소상날 [小祥日]은 되었는데 제청祭廳에 들어설 상주가 없음을 섭섭히 여겨 자영은 어머니를 보고,

"어머니! 승호 오라버니를 우리 집 양자로 데려온다던 이야기는 그후에 어떻게 됐어요?"

하고 물었다.

"글쎄 말이다. 너의 아버님 혼자만 생각하고 계시다가 그냥 돌아가셨으니, 이제는 누가 나서서 귀결을 짓겠느냐?"

"우리 가문에 사당 받들 사람이 없다는 게 말이 되는 소리에요? 가만 계세요. 아무도 말해 줄 사람이 없다면 경운동 언니와 승호 오라버니를 내가 직접 만나 보고 올게요."

자영은 당돌하게도 그렇게 말하고, 그 길로 흥선군댁을 찾아갔다.

흥선군 내외는 마침 안방에 마주 앉아 있다가, 불시에 찾아온 자영을 반갑게 맞아들였다. 자영은 어른들께 인사를 깍듯이 하고 나서 이렇게 말하였다.

"아버님이 세상 떠나신 지 1년이 넘도록 아직 사당 모실 사람이 없으니 우리 가문이 이래서 어떡합니까? 아저씨와 언니께서는 승호 오라버니로 하여금 저의 집을 계승해 주도록 꼭 주선해 주셔요."

흥선군은 소녀의 영리하고도 당돌한 기상에 감탄을 마지않았다. 그리하여 빙그레 미소를 지으며,

"너, 참 똑똑하기도 하구나. 그러잖아도 나 역시 진작부터 그 문제를 걱정하고 있었다. 그러면 이왕 말이 난 김에 지금 곧 승

호를 불러다가 이 문제를 결정해 버리도록 하자꾸나."

그리고 홍선군은 부인을 돌아다보며,

"지금 곧 사람을 보내 승호를 불러오도록 하구려."

홍선 부인은 본디 바라고 있던 일인지라, 사환을 사방으로 보내어 승호도 불러오고 민씨 문중의 어른들도 몇 명 불러오게 하였다.

이리하여 민승호는 민치록이 세상을 떠난 지 1년 후에 그의 양자로 들어가게 되었다. 그래서 후일에 고종의 왕비가 된 자영과 민승호와의 양남매의 결연이 이때에 맺어진 것이었다.

후일에 자영이 자라서 왕비가 되어 시아버지 홍선 대원군과 피투성이의 정권 쟁탈전을 벌일 때, 민승호는 오라버니의 입장에서 항상 왕비의 모사가 되고 책사가 되어 급기야 불세출의 영웅 대원군을 권력의 좌에서 몰아내는 인연의 씨가 뿌려진 것도 바로 이때의 일이었던 것이다.

대원군의 득세

철종 14년 계해癸亥년(1863) 12월 8일. 하늬바람이 나뭇가지를 모질게 물어뜯는 이날, 조선 천지에는 커다란 슬픈 일이 하나 생겼다. 조선조 25대 임금 철종이 서른세 살의 젊은 나이로 세상을 떠난 것이었다.

속칭 '강화도령'이라는 별명을 들어가며 강화도의 대자연을 누비며 야생마처럼 살아오다가, 헌종憲宗이 승하하자 순원왕후純元王后의 어명으로 강화에서 서울로 끌려 올라와 대통을 계승했던 철종이었다. 그러나 자연을 친구로 삼고 자연 속에서 살아오던 자연아 강화도령에게는, 세상 사람이 그렇게도 우러러보는 왕위의 보좌가 조금도 달갑지 않았다.

그리하여 옥좌를 가시방석처럼 여기며 강화도의 푸른 산과 맑은 바다를 그리워하기를 춘풍추우 14년······. 급기야 몸에 병이 들어 서른세 살의 꽃다운 나이에 기어코 세상을 떠난 것이었다.

철종으로서는 그렇게도 귀찮았던 왕좌였다.

그러나 그가 왕좌를 버리고 세상을 떠나자 사람들은 누가 국가의 대통을 계승하느냐 하는 문제로 발칵 뒤집히게 되었다.

철종에게 아들이 있다면 그가 대통을 계승할 것은 정해 놓은 이치다. 그러나 철종에게는 아들이 없었다.

승하한 왕에게 대통을 계승할 아들이 없다는 것은 국가의 중대한 사건이었다.

그런 경우에 누구로 대통을 계승하게 하느냐의 결정권을 가진 사람은 궁중의 존장자로 되어 있다. 그 당시 궁중에는 3대의 왕비가 생존해 있었다. 익종비翼宗妃 조씨趙氏, 헌종비 홍씨洪氏, 철종비 김씨金氏의 세 사람이었다. 따라서 그 중에서 가장 존장자인 조 대비가 후계 임금의 결정권을 가지고 있었다.

흥선군 이하응은 조 대비가 그와 같은 중대한 권한의 소유자인 궁중의 최고 존장자임을 알고 있었다. 그리고 또 병중에 있는 철종에게는 아들이 없다는 것도 알고 있었던 까닭에 마음 속으로 큰 뜻을 품고 기회가 있을 때마다 조 대비의 신임을 얻으려 고 노력하였다.

영조英祖의 후손인 흥선 이하응은 겉으로는 비록 낙척한 왕족으로 상갓집 개 모양으로 술이나 얻어먹고 투전판에서 개평이나 뜯어가면서 세도가들에게 갖은 학대와 구박을 받고 있었지만, 내심으로는 그들을 코웃음치면서 언젠가는 자기의 둘째 아들 재황載晃으로 철종의 대통을 계승하게 하려는 어마어마한 꿈을 품고 있었던 것이다.

만약 그의 거대한 꿈이 실현되어 작은아들이 왕위를 계승하는 날이면 왕의 생부인 그의 권세가 막강해질 것은 말할 것도 없는 일이 아니던가. 아니, 왕위에 오른 사람이 둘째 아들 재황이라면 사실상에 있어서 왕의 권세를 맘대로 휘두르며 팔도강

산을 뜻대로 주무를 사람은 흥선군 자신이 아니고 누구겠는가.

조 대비가 가장 사랑하는 사람에 조성하趙成夏가 있다. 조성하는 조 대비의 친정 조카로서, 승후관承候官의 벼슬을 지내고 있는 사람이었다.

흥선 이하응은 심중에 커다란 뜻을 품고 있는지라, 조 대비의 신임을 두텁게 하기 위해 우선 조 대비가 가장 사랑하는 조성하와의 친분을 두텁게 하였다.

그리하여 조성하는 만약 철종이 세상을 떠나는 경우에는 흥선군의 둘째 아들 재황으로 대통을 계승하게 할 것을 진작부터 공작하고 있었다. 그렇다고 서로간에 그런 뜻을 말로써 표현한 것은 아니었다. 그야말로 이심전심이라고나 할까, 술좌석에서 오고가는 시선으로 무언중에 그런 묵계를 맺어 왔던 것이다.

그러기에 조성하는 진작부터 조 대비에게 흥선군의 인품과, 그의 둘째 아들 재황이 나이는 비록 어려도 왕족 중에서는 가장 똑똑하고 총명한 소년이라는 점을 역설해 두었다.

철종이 급작스럽게 승하하자, 조 대비는 임시로나마 임금을 대리하여 종실의 권세를 장악하고 사직을 받들며 대정大政을 섭정하게 되었다. 이른바 수렴청정을 하게 된 것이었다. 그러나 그것은 어디까지나 임시방편일 뿐이지 하루바삐 새로운 임금을 선정하여 대통을 계승하게 하는 것이 정도임은 말할 것도 없었다.

철종이 승하한 바로 그 다음날, 조 대비는 중희당重熙堂에 중신들과 문무백관을 모아 놓고 신왕을 누구로 선정하느냐를 논의하였다. 그 자리에는 영의정 김좌근金左根을 비롯하여 좌의정 조두순趙斗淳, 원로 정원용鄭元容 같은 이도 참석하였다. 누가 왕으로 선정되느냐에 따라 자기네의 세도에 커다란 변동이 올 것이 명약관화한 일이므로, 그들은 누구나 신왕 선정에 지대한 관심을 가시고 있었다.

조 대비는 발을 드리운 높은 자리에 앉아 국가의 원로들을 한눈에 굽어보며 고요히 입을 열었다.

"상감께서 급작스럽게 승하하시어 망극지통이 짝이 없소이다. 그러나 비통하다고 왕위를 비워 둘 수는 없는 일이오. 선왕에게 세자가 계시다면 그로써 대통을 계승하게 할 것이로되, 불행하게도 선왕에게는 세자가 안 계시니 부득이 이 늙은 사람이 여러 원로들의 의견을 들어 신왕을 선정해야 하겠소이다. 여러분은 왕족 중에서 누구를 신왕으로 모시는 것이 좋겠다고 생각하시오?"

거기에 대해 대답을 하려는 사람은 아무도 없었다. 대비의 사랑하는 아드님 헌종이 후사가 없이 승하한 이후로 왕족 중에는 적당한 인물이 없어서 멀리 강화도에서 시골 머슴아이나 다름없는 '강화도령'을 모셔다가 철종으로 책립했던 과거가 있었던 만큼 왕족 중에서 누구라고 뚜렷하게 내세울 만한 사람이 없는 것은 사실이었다.

그러나 설혹 의중의 인물이 있다손 치더라도 그 사람의 이름을 섣불리 입 밖에 내놓았다가 조 대비의 비위를 거슬리는 날에는 새로 선정될 왕에게 부질없는 미움만 사게 될 것이므로 모두들 벙어리처럼 입을 다물고 있었다. 다시 말하면, 정국이 어떻게 변화될지 모르는 이 판국에 입을 함부로 열었다가는 어떤 영향이 미칠지 모르는 일이므로 제각기 침묵으로 신중을 기하고 있었던 것이다.

"영의정은 어느 왕족을 신왕으로 모시는 것이 좋겠소이까?"

조 대비는 김좌근을 지목하여 하문하였다.

"신은 대왕대비전 마마의 존의를 받들어 모실 뿐이옵니다."

김좌근은 머리를 조아리며 말하였다. 그러나 신왕 선정에 대해 누구보다도 관심이 큰 사람은 김좌근과 그의 일가였다. 안동 김씨 일가는 김문근金汶根의 딸이 철종의 왕비로 들어가면서부터 세도가 날로 강대해져서, 사실상 세상을 휘둘러오던 사람은 김씨 일문이었기 때문이다.

"음……."

조 대비는 입을 굳게 다물었다가 이번에는 좌의정 조두순을 굽어보며 입을 열었다.

"좌의정의 의향은 어떠시오?"

이번에는 조두순이 머리를 조아리며 아뢴다.

"대왕대비전 마마, 이 일은 신들의 의사로서는 결정할 수 없는 중대한 문제이옵니다. 마마의 심중에 계신 분을 하교해 주시기를 바랄 뿐이옵니다."

조두순도 명백한 대답을 회피하였다. 그는 이미 조성하를 통하여 흥선군의 거대한 꿈을 알고 있었고, 또 자기 자신도 그렇게 되어 주기를 바라기는 하면서도 명백하게 의사를 나타내려고는 하지 않았다.

만약 그 말을 입 밖에 내놓았다가 김씨 일가의 반대에 봉착하는 날에는 장래가 재미없기 때문이었다.

"……."

조 대비는 한동안 말없이 원로 대신들을 굽어보고만 있었다. 그녀는 원로 대신들을 묵묵히 굽어보며 속으로는 은근히 기쁨을 금하시 못하였다. 조 대비는 의례상으로 원로 대신들의 의향을 물어보았을 뿐이지, 내심으로는 흥선군 이하응의 둘째 아들 재황을 신왕으로 책립할 것을 이미 결심하고 있었기 때문이다.

원로 대신들의 의향이 아무것도 없다니, 이제는 대비 자신이 결심한 바를 말할 계제다. 그녀는 약간 흥분된 표정으로 발을 통하여 원로들을 굽어보며 고요히 입을 열었다.

"원로 대감들이 이 막중한 문제를 내게 일임한다니, 나는 책임이 무거움을 스스로 느끼오. 국정이 어지러운 지금 왕위를 오래 비워 둘 수 없으니 흥선군 이하응의 둘째 도령 재황을 익성군翼成君으로 봉하여 이미 절사絶嗣한 익종의 대통을 부활하게 하겠소."

너무도 놀라운 선언에 조두순을 제외한 모든 대신들이 깜짝 놀랐다.

조 대비는 익종의 왕비인 만큼 왕족을 간택하여 익종의 대통을 계승하게 하려는 심정만은 이해할 수 있었다. 그러나 하필이면 형편없이 몰락한 흥선군 이하응의 아들을 신왕으로 선정한다는 데는 모두 경악하고 실망하였다.

그 중에서도 영의정 김좌근은 그 소리를 듣는 순간 얼굴이 새파랗게 질렸다. 지금까지 그와 그의 일족은 흥선군 이하응을 개보다도 천하게 멸시를 해왔기 때문이었다. 그러한 흥선군이 신왕의 생부로 등장한다면 안동 김씨 일가는 졸지에 몰락을 하고 말 것이 아닌가.

몸을 사리기 위해 침묵을 지켜오던 김좌근도 이번만은 한 마디의 반대 의견이 없을 수 없었다.

"대왕대비전 마마, 흥선군은 그다지 먼 종친은 아니옵니다마는, 집안이 너무도 영락해서 임금의 친가로서는 부적당하지 않을까 생각되옵니다."

거기에 대해 조 대비가 뭐라고 말하기 전에 대답을 가로막고 나온 사람은 조 대비의 조카 조성하였다. 조성하는 일개의 승후관으로, 이 자리에서는 감히 입을 떼지 못할 존재였다. 그럼에도 불구하고 그는 격식을 무시하고 영의정에게 이렇게 말하였다.

"영의정께서는 흥선군이 영락되었다고 말씀하셨으나, 재산이 없으면 누구나 영락하는 법, 그렇다고 사람의 본질마저 더러워지는 것은 아닐 것이옵니다. 선왕께서도 본시는 강화도에서 미천하게 자라시다가 대통을 계승하신 선례가 있지 아니하옵니까. 흥선군의 둘째 도련님이 왕자의 그릇이 못 된다면 문제는 다르겠습니다마는, 단지 가정이 영락했다는 이유만으로 책립을 반대하시는 것은 논리상 합당치 못한 줄로 아뢰옵니다."

실로 당돌하고도 대담하기 짝이 없는 반박이었다.

영의정 김좌근의 얼굴이 단박 검붉어졌다.

그 자리에는 김좌근의 아들 김병기金柄冀도 찬성의 자격으로 앉아 있었다. 김좌근은 이미 70객인지라 대세가 기울어졌음을 깨닫고 조성하의 무엄한 반박을 그냥 참고 있었다.

그러나 아직 혈기가 왕성한 김병기는 부친의 수모를 참고 있을 수가 없었다. 그는 얼굴에 노기를 띠며 조성하를 보고 큰소리로 외쳤다.

"당신은 누구이기에, 이 자리가 어디라고 외람되이 함부로 입을 놀리오? 잔소리 말고 썩 물러가오."

대비 앞이 아니라면 주목으로 후려갈기기라도 할 형세였다. 그러나 조성하도 지지 않았다.

"나는 대비전 마마의 특별 분부로 오늘 이 좌석에서 한 마디의 의견을 말할 권리를 가진 사람이오."

두 젊은이가 노기대발하여 격론을 벌이려고 드니, 조 대비가 얼른 싸움을 가로맡아 나선다.

"나라를 위하는 마음에는 피차간에 다를 것이 없으니 조용들 하오. ……영의정의 의향을 들었으니 좌의정의 의향은 어떠시오?"

"신은 대비전 마마의 하교를 받들 뿐이옵니다."

조두순은 머리를 조아리며 아뢴다. 그는 이미 홍선군과 내약이 있는지라 이론이 있을 리가 없었다.

"그러면 김 찬성의 의견은 어떻소?"

조 대비는 김병기의 뜻을 이미 알고 있으면서, 일부러 의견을 물었다.

김병기는 조성하에 대한 흥분이 아직 가시지 않아서, 얼굴을 붉힌 채 대답한다.

"신은 홍선군의 둘째 도련님을 신왕으로 옹립하는 데 반대이옵니다. 그분을 신왕으로 모시면 홍선군은 왕의 윗자리가 되옵는데, 그런 예는 과거에도 없었거니와 앞으로도 있어서는 안 될 일이옵니다."

김병기로서는 일가의 흥망이 달려 있는 만큼 결사적으로 반대하였다. 조 대비는 그 소리에 적이 불쾌한 빛을 띠며 최후의 단안을 내린다.

"여러 원로 대신들의 의향은 잘 들었소이다. 혹은 반대하고 혹은 찬성하여 의견이 구구하나, 내 이미 승통 문제에는 마음을 정한 바 있으니 다시는 여러 말들 마오. 홍선군 이하응의 둘째 도령 재황이를 익성군으로 봉하여 대통을 계승하게 하오. 그리고 재황은 아직 나이가 어려 정사를 제대로 다스리지 못할 것이므로 당분간은 내가 수렴청정으로 국정을 대행하도록 하겠소."

이리하여 이제 겨우 열두 살짜리 홍선군의 둘째 아들 재황을 일단 익성군으로 봉하였다가 해가 바뀌거든 조선조 제26대의 임금님으로 모시기로 결정되었다.

조 대비의 그와 같은 단안이 한번 내려지자 홍선군댁은 발칵 뒤집히게 되었다. 어제까지도 주색 잡기만을 일삼아오던 홍선군, 마음 속으로는 오늘이 있기를 부단히 계획하며 겉으로는 의식적으로 무뢰한의 행세를 하면서 김씨 일문의 피눈물나는 구박과 멸시를 줄기차게 참아 왔던 홍선군……. 세도가들에게 인간 이하의 푸대접을 받아오며 와신상담 은인자중하기를 10여 년 만에 드디어 인간 최대의 꿈은 실현의 빛을 보게 된 것이었다.

열두 살짜리 재황이를 대궐로 모셔다가 대통을 계승할 익성군으로 봉하자 궁중에서는 곧 도승지를 통하여 익성군의 생부 홍선군을 부원군府院君으로 봉하고 그의 생모 민씨를 여흥부驪興府 대부인大夫人으로 봉한다는 전교傳教를 내렸다.

조 대비가 수렴청정을 한다고는 하지만 구중궁궐에 파묻혀 있는 아낙네가 천하대세를 알 까닭이 없는지라, 실제에 있어서 모든 국사가 흥선 대원군의 손에서 놀아나게 되었다. 그 증거로, 익성군이 갑자년 봄에 대통을 계승하여 고종이 되자, 흥선 부원군은 대원군이라는 섭정이 되어 조선천하를 완전히 한손에 장악하게 되었다. 임금님이 고종이라는 것은 형식뿐이었고, 실제로 천하를 얻은 사람은 흥선 대원군 이하응이었다.

한편 조정에서는 천하대세에 그와 같이 커다란 변혁이 일어나고 있었고, 또 그것이 머지않아 자기 자신의 운명에도 커다란 변화를 가져올 것임에도 불구하고 낙척한 민치록의 무남독녀 자영은 여전히 끼니를 굶어가면서도 씩씩하게 자라고 있었다.

나이 어린 자영은 그때만 해도 정변에는 별로 관심이 없었다. 다만 12촌 언니의 아들인 둘째 생질 재황이가 임금님이 되었다는 것만 신기스러워서 어머니 이씨를 보고,

"어머니! 재황이가 임금님이 되었다니 얼마나 좋겠어요? 재황이가 임금이 되었다니까, 경운동 언니는 임금님의 어머니인 셈이죠?"

하고 떠들 뿐이었다.

"그러게 말이다. 그 댁에서는 천하를 얻었으니 얼마나 좋으시겠니? 우리도 그 댁 덕택에 가난이나 면하게 되었으면 좋으련만……."

빈곤에 지친 어머니 이씨는 자나깨나 가난을 면하는 것만이 평생 소원이었다. 그러나 자영은 그 빛나는 눈을 커다랗게 뜨며 어머니를 나무란다.

"어머니는 밤낮 궁상맞은 소리만 하지 말아요! 우리가 잘되어 남을 도와 주며 살아야지, 남의 덕택에 잘살기를 바란다는 게 말이 되는 소리예요?"

"우리가 무슨 재주로 잘살기를 바라니?"

"어머니두 참! 사람의 팔자를 누가 알아요? 코흘리개 재황이가 임금님이 되고 경운동 언니가 왕모王母가 될 줄을 누가 알았겠어요? 사람의 팔자는 아무도 모르는 거예요."

"흥! 네가 자라서 시집을 가면 왕비라도 될 줄 아는 모양이구나. 어림없는 소리 그만하고 어서 바느질이나 배워라."

어머니는 코웃음조차 치며 딸을 나무란다.

"나는 쩨쩨하게 바느질 같은 건 배우기 싫어요. 지지리 못나게 누가 바느질을 하고 있어요?"

자영은 그렇게 말하고 책을 펼쳐 들었다.

어디까지나 선머슴같이 성질이 괄괄한 소녀였다. 그러나 이 열두 살짜리 소녀의 몸에 머지않아 커다란 운명의 변화가 오리라는 것을 신이 아닌 사람은 아무도 모르고 있었다.

운현궁의 봄

왕족의 몸으로 낙척 10년에 조석이 마루하던 홍선군 이하응.
마음속에는 국가의 대권을 장악하려는 거대한 꿈을 품고 있으면
서 정적들의 경계의 눈초리를 피하기 위해 계획적으로 시정의
무뢰한처럼 행세해 오고 있었던 홍선군 이하응. 당대의 세도가
인 안동 김씨들에게 상갓집 개라는 수모를 스스로 달갑게 받아
가면서 조 대비의 조카 조성하와 내밀히 결탁하고 원대한 계획
을 착착 진행시켜 오고 있던 홍선군 이하응……. 와신상담 10년
에 철종이 급서하자 홍선군 이하응의 거대한 꿈은 드디어 현실
로 이루어지게 되었다.

철종 14년 12월 8일 임금이 급작스럽게 돌아가시고 홍선군 이
하응의 둘째 아들 재황이 대통을 계승하게 되자, 사실상 국가의
대권을 한손에 휘두르게 된 사람은 신왕의 생부인 홍선 대원군
이하응이었다.

때는 12월 초순의 엄동설한. 삭풍은 아직도 나뭇가지에 매섭
게 불고, 눈보라는 아침 저녁으로 희살지게 휘날리건만, 홍선군
이하응의 집에는 계절보다도 한 걸음 앞서서 봄기운이 만당에

가득했던 것이다.

홍선 이하응의 득세에 크게 반발한 사람들은 안동 김씨 일문이었다. 김문金門의 군자인 유관대신遊觀大臣 김홍근金興根을 비롯하여 영의정 김좌근, 찬성 김병기 이하 김병덕金炳德, 김병학金炳學, 김병국金炳國 등은 홍선 이하응의 둘째아들 재황이 대통을 계승하기로 결정된 그날 밤, 이하응의 세도를 막아내기 위해 긴급 회의를 열었다.

"국가의 대통을 이하응의 아들로 계승시키면 우리네 김씨 일문은 완전히 몰락할 판이니, 지금이라도 다른 종친에게 대통을 계승시킬 방도가 없을까?"

영의정 김좌근이 좌중을 돌아보며 입을 열었다.

오늘날까지는 나는 새라도 쏘아 떨어뜨릴 만큼 세도가 당당한 김씨 문중의 젊은이들이었다. 그러나 세상이 뒤바뀌는 날에는 언제 어떤 몰락을 당할지 모르기에 한결같이 비통에 싸여 있는 그들이었다.

"대통 계승의 결정권은 대비마마에게 있는데, 대비께서 이미 원로 대신들 앞에서 홍선의 둘째 아들로 신왕을 책봉하신다는 선언을 하셨으니, 그것만은 변경할 수 없는 일일 것이오."

유관대신 김홍근이 조용히 말한다. 지당한 말이었다. 왕가의 최고 권도자인 대비마마가 결정한 신왕 책봉 문제를 누가 감히 뒤엎을 수 있단 말인가.

그러나 찬성 김병기가 심각한 표정으로 이렇게 말한다.

"문제의 요체는 홍선의 아들이 대통을 계승하는 데 있는 것이 아니라, 홍선 이하응이 실권을 장악하느냐, 못 하느냐에 있는 것입니다. 우리 김씨 일문의 영고榮枯도 그 문제와 직결된다고 보는 것이 옳겠습니다. 홍선의 둘째 아들이 신왕이 되었다 하더라도 홍선 자신을 아무 힘도 쓰지 못하게 해놓으면 우리들에게는 별반 무서울 것이 없지 않겠습니까?"

"음……, 그것도 일리 있는 말이야. 그러나 아들이 왕이 되고 보면 왕의 생부에게는 권세가 절로 돌아갈 것이 아닌가."

"그러니까 우리는 그것을 제도로써 막아내야 하겠다는 말씀입니다. 한 나라에 두 임금이 있을 수가 없으므로, 홍선군에게는 명목상의 존칭만 주어서 신왕의 생부로서는 대접만 해놓고 실권을 주지 않으면 우리 김씨 문중에는 두려움이 없을 것이 아니옵니까?"

"음……, 말인즉 그럴 듯한 말이다. 그러나 홍선군이 그런 허수아비로 만족할 수 있을까?"

유관대신 김홍근이 한 마디 던진다.

"홍선군이 좋아하든 싫어하든 간에, 우리들은 우리가 살기 위해 그렇게 만들어 놓아야 합니다. 홍선군은 워낙 형편없이 살아가던 위인인지라, 명목상의 대우만 해주어도 그것으로 족히 만족할 것입니다. 말하자면 임금의 생친으로서의 위의威儀를 보전할 만한 체면을 세워 주어서 그가 거처하는 집을 운현궁이라 불러 주고, 운현궁에는 홍마목紅馬木을 세워 출입의 자유를 금하고 정사에는 일체 손을 못 뻗치게 하면 조금도 두려울 것이 없지 않겠습니까?"

찬성 김병기는 입에 거품을 물어가며 열변을 토한다. 그러나 유관대신 김홍근은 조카의 말에 고개를 천천히 내저었다.

"그것은 자네가 흥선군 이하응의 인품을 너무도 모르는 말일세. 자네는 이하응이라는 호랑이를 강아지로 잘못 보고 있는 모양이야. 흥선은 결코 명목상의 위신만으로 만족할 인물이 아니네."

"그것은 아저씨께서 모르시는 말씀이십니다. 흥선 이하응은 어디까지나 상갓집 개와 다름없는 인물입니다."

"……."

유관대신 김홍근은 너무도 그릇된 조카의 판단에 어이가 없어 숫제 입을 다물어 버렸다.

평소에 흥선과 가깝게 지내오던 김병학과 김병국도 숫제 입을 다물고 있다. 이번에는 영의정 김좌근이 다시 입을 열어 말한다.

"흥선군 이하응이가 호랑이냐 상갓집 개냐 하는 문제는 후일에 두고 보아야 할 일이지만, 어쨌든 흥선군에게 실권을 주지 않도록 최대한도의 노력은 해두는 것이 좋겠지요."

"그렇습니다. 아버님 말씀대로 우리들은 이하응에게 실권을 주지 않도록 최대한도로 노력을 해야 합니다. 그것은 우리 문중의 흥망성쇠에 관한 문제이기도 합니다."

이리하여 이날 밤 김씨네 문중회의에서는 흥선군 이하응에 대한 금후의 처우 문제에 대해 다음과 같은 몇 가지 조목을 결정하였다.

1. 흥선군은 어디까지나 신례臣禮로 대우하게 할 것.
2. 정치에는 일체 간섭을 못하게 하고 임금의 생친으로서만 우대할 것.

3. 운현궁에는 홍마목을 세워 잡인의 출입을 제한할 것.

 말하자면 외면만 화려하게 대우하면서 실권은 조금도 주지 말자는 것이었다.
 그러나 김씨 문중의 그와 같은 독단적 결의는, 홍선군 이하응의 본질을 너무도 모르는 결의였다. 다시 말하면 이 결의는 홍선군 이하응을 어디까지나 일개의 무뢰한으로 깔본 결의였다.
 겉으로는 상갓집 개처럼 채신머리없이 돌아가면서 마음속으로는 웅지를 품고 비상천飛上天하려는 불세출의 영웅 이하응이 그런 결의에 유유낙낙할 리가 없었다. 호랑이가 상갓집 개의 행세를 하면서 때가 오기를 줄기차게 참아온 그가 이제 우렁찬 고함을 지르며 천하에 군림하게 된 이 마당에 있어서 김씨 일문의 이기적인 결의에 굴복할 리가 만무였다.
 그의 둘째 아들 재황이가 대통을 계승하여 대궐로 들어간 뒤에 조정에서 홍선군에 대한 처우 문제를 논의할 단계가 오자, 그는 재빠르게 조성하를 시켜서 좌의정 조두순과 원로 정원용 등을 자기 편으로 회유하는 데 성공하였다. 조두순과 정원용은 평소 안동 김씨의 횡포에 은근히 반감을 품고 있었던 것이다.
 그로부터 사흘 후에 조정에서는 홍선군 이하응의 위계 문제에 대해 회의를 열기로 되어 있었다.
 바로 그날 새벽에 홍선군은 대궐에 들어가 조 대비와 무엇인가를 한동안 밀의한 바 있었으나, 그것만은 아무도 몰랐다.
 이윽고 조 대비도 입석한 희정당熙政堂에서 중신들의 회의가 열렸다. 그 자리에 영의정 김좌근이 참석한 것은 말할 것도 없다. 조 대비가 먼저 입을 열어 말한다.

"신왕의 생친인 대원군 이하응 대감을 어떻게 대우하는 게 좋을는지 경들은 의견을 한번 말해 보시오."

"글쎄올시다. 우리나라에 생존하신 대원군이 계셔 보기는 이번이 처음이므로, 노신은 전거典據할 바를 모르겠나이다."

원로 정원용이 국궁배례를 하면서 아뢴다.

그러자 김좌근이 매우 못마땅한 안색으로 품한다.

"아뢰옵기 황송하오나 나라에 두 임금이 계실 수 없으므로 아무리 전하의 생친이시라 하더라도 신하의 반열에 두실 수밖에 없으리라 생각되옵니다."

"영의정의 의견은 잘 알았소이다. 그러면 좌의정의 의견은 어떠시오?"

조 대비의 질문에, 조두순은 두 손을 모아 잡고 아뢴다.

"부자의 의誼라는 것은 인륜의 근본이므로, 아무리 아드님이 임금이 되셨다 하더라도 어버이로서 아드님에게 북면하여 절하는 것은 인륜에 어그러진 일이 아닐까 하옵니다. 그러므로 대원군은 임금도 아니요, 신하도 아닌 분으로 운현궁에 모시고, 내수사內需司에서 일체의 물자를 조달하시어 임금의 엄친으로서 부족함이 없도록 대우하시는 것이 옳을 줄로 아뢰옵니다."

그러자 영의정 김좌근이 다시 품한다.

"신도 좌의정의 말씀에 찬성이옵니다. 그러나 한 가지 첨가해서 아뢰옵고 싶은 것은, 대원군께서는 임금님도 아니옵고 신하도 아닌 만큼 정치에는 일체 간섭을 아니하시게 하는 것이 옳을 줄로 아뢰옵니다."

요컨대 부귀영화만 맘대로 누리게 하고 권력은 주지 말자는 뜻이었다.

"다른 대신들은 어떻게 생각하시오?"

조 대비는 여러 대신들을 굽어보았다. 그러나 육조 대신들은 손을 모아 잡고 허리를 굽혀 보이며,

"대왕대비전 마마의 하교가 계신 대로 거행할 따름이지, 신들에게 무슨 의견이 있겠나이까!"

하고 대답할 뿐이다. 세상이 어떻게 바뀌어 갈지 모르는 판국이므로 모두들 몸을 사려 침묵을 지키려는 것이었다. 잠시 침묵이 계속되자, 조 대비가 다시 말한다.

"대원군은 주상 전하의 사친私親이므로 북면해서 신하로서 섬길 수 없다는 의견은 옳은 말씀이오. 그러면 대원군의 위계는 대군의 위에 두고, 그 복제服制는 기린흉배麒麟胸背에 옥대를 띠게 하겠소. 그리고 출입시에는 3군영의 병사를 두어서 시위를 하게 하며, 대궐에 출입할 때에는 남여를 타고 내관의 부액을 받게 하겠소이다. 따라서 조참朝參시에는 그 자리를 대신들의 위에 두고, 임금님의 사친에 대한 예를 갖추기 위해 운현궁 밖에는 하마비下馬碑를 세우게 하겠소이다."

임금을 제외하고서는 어느 왕족에게서도 일찍이 볼 수 없었던 어마어마한 대접이었다. 흥선 대원군이 만약 포부가 작은 사람이었다면 그 이상 바랄 것이 없었으리라. 회의에 참석했던 모든 대신들이 너무도 어마어마한 대우에 적이 놀랐다.

그러나 흥선 대원군이 진작부터 가슴 깊이 품고 있는 야망은 그런 유명무실한 겉치레가 아니었다. 겉치레는 어찌 됐던 간에

그가 바라는 것은 이 나라의 국권을 한손에 움켜잡고 누적된 비정秕政을 바로잡으려는 커다란 꿈을 실현하는 데 있었다.

대원군이 오늘 새벽에 아무도 모르게 대궐로 들어와 조 대비와 단둘이 만난 것도 그 꿈을 실천에 옮기려는 데 있었다.

조 대비는 이미 오늘 새벽에 대원군과 밀약한 바가 있었는지라 잠시 침묵에 잠겨 있다가 대신들을 새삼스러이 굽어보며 다시 입을 열었다.

"여러 대신들에게 한 가지 더 알려드릴 게 있소이다. 주상 전하가 유충하실 때에는 옛날부터 대비가 수렴청정을 하는 것이 상례였지만, 나는 이미 늙은데다가 아무것도 모르는 늙은이요. 국사가 다난한 이때에 나같이 무식한 늙은 노파가 국정을 좌우하다가는 무슨 실수가 있을지 모르므로, 이제부터는 전하의 생친인 대원군으로 정무 일체를 섭정하게 할 터이니, 그리들 아시오."

실로 청천의 벽력 같은 선언이었다. 거의 임금에 가까운 우대……. 게다가 정무 일체를 섭정하게 한다면 그 권세는 임금보다도 더 강대한 것이 아닌가. 원로 대신들은 너무도 의외의 분부에 오직 아연할 뿐이었다.

그러나 영의정 김좌근은 놀라고만 있을 수가 없었다. 그의 일문이 가장 두려워하던 일이 목전에 전개되고 있기 때문이었다. 김씨 일문에는 죽느냐 사느냐의 중대한 일인 만큼, 그는 놀라운 중에도 정신을 가다듬어 대비에게 이렇게 아뢰었다.

"대왕대비전 마마께옵서 늙으셔서 수렴청정이 어렵다 하시오나, 조정에는 국정을 다스리는 문무백관이 건재하오니, 그 점은 조금도 걱정하실 일이 아닐 줄로 아뢰옵니다. 대원군으로 섭정을 하게 하는 것은 전고에 없었던 일일 뿐만 아니라, 대원군이 섭정까지 하시게 되오면 종사의 법통이 흐려질 염려도 없지 아니하올 것이옵니다."

대의명분은 국가의 법통을 내세웠지만, 실상인즉 김씨 일문의 권세를 유지하기 위해 대원군에게 실권을 주지 않으려는 술책이었다.

그러나 조 대비는 그 소리를 귓전으로도 듣지 않았다

"만사는 이미 결정한 일이니 원로 중신들은 그대로 따라 주기 바라오!"

조 대비는 그 한 마디를 던지고 내관들의 옹위를 받으며 내전으로 들어가 버리는 것이 아닌가.

김좌근은 눈앞이 캄캄해오는 것만 같았다.

이윽고 원로 대신들이 중희당에서 물러나오자 김좌근은 부리나케 집으로 달려왔다.

아들 김병기가 부랴부랴 뒤좇아 들어오며,

"아버님! 우리 김씨 일문이 이제는 꼼짝 못하고 몰락을 하게 되었으니, 이 일을 어찌했으면 좋겠나이까!"

하고 걱정한다.

"몰락이다, 몰락이야. 이제는 죽는 날을 기다릴밖에 무슨 도리가 또 있겠느냐!"

김좌근은 도포를 입은 채 방바닥에 주저앉아 한숨만 쉬고 있다.

"아버님, 너무 염려 마십시오. 하늘이 무너져도 솟아날 구멍이 있을 것입니다. 제가 무슨 구명책을 강구해 보도록 하겠습니다."

김병기는 마지못해 위로삼아 그 한 마디를 남기고 사랑에서
물러나왔다.

그러나 마음속으로 누구보다도 대원군의 보복을 두려워하는
사람은 김병기 자신이었다. 김씨 일문 중에서 대원군에게 가장
심한 수모를 주어 온 사람이 그 자신이었기 때문이다. 흥선군의
둘째 아들에게 대통을 계승하게 하는 것을 정면으로 반대한 사
람도 김병기 자신이었다. 흥선군을 유명무실한 허수아비로 만들
려고 배후에서 책동한 주모자도 그 자신이었기 때문이다.

그는 자기 아버지 앞에서는 하늘이 무너져도 솟아날 구멍이
있다고 큰소리를 치고 나왔다.

그러나 하늘이 무너지면 솟아날 구멍이 있을지 몰라도 흥선
군 이하응이 실권을 잡으면 적어도 김병기 자신만은 죽음을 면
할 길이 없을 것이 아닌가.

김병기는 자기 집으로 돌아오자, 마누라더러 술상을 급히 차
려 오라고 일렀다.

"대감 혼자서 무슨 술을 자시려고 그러십니까? 누구 손님이
라도 오시게 되어 있습니까?"

"손님은 무슨 손님이오? 이제 앞으로 우리 집에 손님이 있을
줄 아오? 흥선군한테서 사약이 내리기 전에 숫제 술에 취해 정
신을 잃어버리려고 그러는 거요."

김병기의 마누라도 남편의 고민을 대강 짐작하는지라, 술을
따르며 한숨을 쉬다가,

"어차피 이렇게 된 바에는 대감께서도 대원군을 직접 찾아뵙

고 용서를 빌어 보시죠. 죽을 때 죽더라도 최후까지 살 길을 도모해 봐야 할 것이 아니옵니까?"

하고 조그맣게 중얼거렸다.

"뭐? 대원군한테 용서를 빌어 보라구? 내가 그놈을 찾아가서 빈다기로 그놈이 나를 살려 줄 줄 아오?"

김병기는 술을 마시다 말고 마누라에게 버럭 소리를 질렀다.

마누라는 남편의 호통에 찔금하니 놀란다.

그러나 남편의 생사와 일가의 흥망이 목전에 박두해 있는 이 판국에 남편의 책망만 두려워하고 있을 수는 없었다. 그리하여 부인은 고개를 수그린 채 다시 한번 중얼거렸다.

"밑져야 본전인데, 생사의 관두에서 한번쯤 용서를 빌어 본들 무엇이 나쁘오리까? 하늘은 구하는 자에게 은총을 베풀어 주시는 법이옵니다."

"듣기 싫소! 씨도 안 먹을 소리 그만하고 어서 술이나 따르오. 천하가 뒤집힌 이 판국에, 부인이 무엇을 안다고 방자스러운 주둥아리를 놀리오!"

김병기는 또 한번 소리를 버럭 지르고 나서 술만 벌컥벌컥 들이켰다. 그러나 술을 아무리 마셔도 취하지를 않는다.

밤이 깊어서 잠자리에 들었으나 잠이 올 턱이 없다. 그러자 문득 머리에 떠오르는 것이 마누라의 충고였다.

'밑져야 본전인데, 생사의 관두에서 한번쯤 용서를 빌어 본들 무엇이 나쁘오리까?'

그렇다! 이제 남아 있는 구명의 길은 오직 그 길 하나뿐이 아닌가. 어제까지도 상갓집 개라고 멸시하던 대원군을 찾아가 구명 운동을 하는 것은 대장부의 위신에 관한 문제이기는 하였다. 그러나 이제는 위신을 차리며 도사리고 앉아 있을 계제는 못 되지 않는가.

'그렇다! 마누라의 말대로 대원군을 직접 한번 찾아가 보기로 하자. 그래서 판세가 틀려먹었거든 만사를 깨끗이 체념하자!'

그렇게 결심한 김병기는 날이 밝기를 기다려, 용기를 내어 운현궁으로 대원군을 찾아갔다.

"아니, 대감이 이런 누추한 집에 어떻게 행차하셨소?"

사랑방에 혼자 앉아 정국의 장래를 구상하고 있던 대원군은 김병기를 보고 적이 놀랐다.

"이번 경사에 축하의 말씀을 여쭈러 왔습니다."

"고마우신 말씀이오. 이 홍선에게 과분한 복이 떨어진 셈이외다."

그렇게 말하는 대원군의 얼굴에는 일찍이 볼 수 없었던 위엄이 충만하다. 김병기는 저도 모르게 고개를 수그리며 이렇게 말하였다.

"만약 대감께 오늘날이 있을 줄 알았으면 저도 대감께 좀더 후한 대접을 하였을 터인데, 제가 워낙 우매하여 선견지명이 너무도 없었나이다. 이제는 대감의 처분만 바라옵니다."

홍선 대원군은 그 소리를 듣더니 별안간 안색이 엄숙해지며,

"대감! 사사감정으로 말하면 나는 대감한테 많은 원한을 품고 있소이다. 그러나 사사감정으로 일국의 정사를 좌우할 수는 없는 일이 아니오? 대감은 그 점이 염려스러워 이 아침에 나를 찾아오신 모양이나, 그 점은 안심하시오. 가뜩이나 조야에 사람이

부족한 이 판국에, 대감 같은 인재를 사원으로 없애버린다면 장차 이 나라를 누가 다스리겠소? 그 점은 염려 말고, 이제 앞으로는 나를 진심으로 도와 주시오."

너무도 뜻밖의 관대한 처분이었다. 김병기는 처음에는 자기 자신의 귀를 의심하였다.

그러나 그 말이 정녕 대원군의 입에서 나온 말임을 깨닫자, 기쁨과 동시에 대원군의 위대한 도량에 고개가 절로 수그러졌다. 그와 동시에,

'아아, 나는 이렇게도 위대한 인물을 상갓집 개로밖에 보지 못하고 있었구나!'

하고 자기 자신의 우둔함을 한없이 부끄럽게 여겼다.

집을 나올 때에는 마음이 몹시 어두웠던 김병기였다. 그러나 정작 대원군을 만나보고 운현궁을 나오는 그의 마음은 무척 명랑하였다.

'흥……, 권세가 좋기는 좋구나! 어제까지는 나를 개새끼로 취급하던 김병기조차 나를 찾아오고!'

김병기를 배웅하고 사랑방으로 다시 들어오며 대원군은 혼잣말로 중얼거렸다.

그러나 국가의 새로운 계획을 설계하기에 바쁜 그는, 이내 권세의 기쁨조차 잊어 버리고 문갑에서 백지를 꺼내 다음과 같이 새로운 대각臺閣을 조직하기에 바빴다.

　　영의정 조두순
　　우의정 김병학

좌의정 이의익

호조판서 김병국

병조판서 정기세

선혜당상 이승보

좌포도대장 이경하

우포도대장 신명순

금위대장 이장염

어영대장 이경우

총융사 이방현

김병학과 김병국도 김씨의 일족이기는 했지만 인물이 출중하
므로 새로 등용한 것이었다.

지금까지는 노론파만이 등용되었었는데 이상의 인물들을 보
면 대원군은 사색붕당의 폐해를 철폐하고 어디까지나 인물 본
위로 등용하려는 것이 특색이었다.

이리하여 홍선 대원군은 이미 그 자리에 오르기도 전에, 벌써
부터 정국을 요리할 준비를 착착 진행시키고 있었던 것이다.

두 개의 파혼

　흥선 대원군이 사실상 국권을 장악한 지 너덧 달 가량 되는 갑자년 단오절의 일이었다. 민치록의 외딸 자영은 이날도 집에서 책을 읽고 있노라니까, 양오라버니 민승호가,

　"얘, 오늘 같은 명절날에 왜 답답하게 집안 구석에 들어앉아 있느냐!"

하고 누이동생을 나무란다.

　"집이 아니면 갈 데가 있어야죠?"

　자영은 읽던 책을 덮어 놓고 오라버니를 올려다보며 말했다.

　"뭐? 갈 데가 없어? 너 참, 운현궁에 경사가 있은 뒤에 인사도 안 갔었지? 오늘은 명절 인사도 드릴 겸 운현궁 누님댁에나 다녀오려무나."

　운현궁 누님이란 대원군의 부대부인을 말하는 것이었다.

　"나 같은 것이 가면 운현궁댁 언니가 반갑게 맞아 주실까요?"

　"쓸데없는 소리! 아무리 섭정의 부대부인이 되었기로 설마 너를 모르는 척하시겠니? 더구나 친동생인 내 면목을 보아서라

도……. 걱정 말고 한번 가보아라!"

"그럼 한번 가보겠어요. 그렇잖아도 그 언니가 그 후에 어떻게 변했는지 나도 한번 만나 보고 싶었어요."

자영은 부랴부랴 옷을 갈아입고 운현궁을 찾아 나섰다.

그리하여 운현궁 대문 앞에 당도해 보고, 우선 외부적인 대변화에 크게 놀랐다. 예전에는 대문도 황폐하기 짝이 없었거니와, 기왓골에는 잡초가 무성하게 얼크러져 있었다. 대문짝도 판잣조각이 떨어져서 실제로는 있으나마나 한 대문이었다.

그런데 오늘 와보니, 대문 밖에는 하마비와 홍마목이 서 있고 대문도 어느 사이에 수리를 했는지 기둥과 처마 밑에는 단청이 새롭고, 기왓골에는 기름기가 잘잘 흐르는 것이 아닌가.

"아아, 권세가 좋기는 좋구나! 나도 이 댁 언니 모양으로 세상을 한번 맘대로 휘두르며 살아 보았으면……."

자영이 무심중에 그런 소리를 중얼거리며 대문 안으로 들어서려니까, 대문 안에서 운현궁을 지키고 있던 나졸들이 별안간 자영의 앞을 막아서며,

"누구냐? 네가 누군데 여기를 함부로 들어오려고 하느냐?"
하고 큰소리로 호통을 친다.

"아이 깜짝이야……. 나를 왜 못 들어가게 하는 거예요?"

자영은 소스라치게 놀라 한 걸음 뒤로 물러서며 굴하지 않고 항의하였다.

"여기가 어느 댁인 줄 알고 네가 함부로 들어오느냐 말이다!"

나졸들은 육모방망이를 움켜잡으며 떠든다.

"누구 집은 누구 집이에요. 우리 언니네 집이지."

"뭐? 언니네 집이라고? ……아, 그럼 아가씨는 운현궁 대감의 처제이신가요? 이거, 저희가 몰라보고 큰 죄를 저질렀소이다. 소인들이 불민해서 이런 죄를 저질렀으니 용서해 주시기 바라옵니다."

조금 전까지도 떵떵거리던 나졸들이, 부대부인의 동생이라는 말을 듣더니 대뜸 허리를 굽신거리며 어쩔 줄을 모른다.

"호호호, 그렇게도 쩔쩔맬걸, 사람을 알아보기도 전에 왜 큰 소리부터 치는 거예요?"

자영은 간드러지게 웃으면서 내실로 달려 들어왔다. 마침 부대부인이 안방에 혼자 앉아 있다가 자영을 반갑게 맞아 준다.

"자영이냐? 어서 오너라. 그래, 그 동안 오라비랑 모두 무고하냐?"

"네, 모두 안녕하셔요……. 참, 이번 경사를 축하합니다."

"네가 무엇을 안다고 어른 같은 소리를 하느냐? 이번 일이 우리 집의 경사임에는 틀림이 없지만, 그러나 우리 집안의 책임이 너무도 무거워서 나는 기뻐할 정신조차 없을 지경이로다."

"별말씀을 다 하세요. 아저씨가 나라를 잡아 흔들게 되셨으니 얼마나 기쁜 일인데 그래요."

마침 그때 인기척이 나더니, 대원군이 내실로 들어선다.

자영은 무심중에 상큼 일어나, 대원군에게 머리를 정중히 굽혀 보였다.

"이 애가 누구더라?"

대원군은 아랫목에 자리를 잡고 앉으며 자영의 얼굴을 빤히 바라보다가,

"오라, 네가 민 생원댁 처자로구나? ……여보, 이 애가 승호의 양누이동생이지?"

나중 말은 부인에게 묻는 것이었다.

"대감이 그 애를 용케 알아보시는구려!"

"무척 숙성해서 하마터면 몰라볼 뻔했는걸……. 너, 금년에 몇 살이지?"

"열네 살이옵니다."

"열네 살? ……그러면 우리 집 재황이보다…… 아니, 임금님의 보령寶齡보다 한 살이 위로군그래!"

대원군은 그렇게 중얼거리며 소녀의 얼굴을 새삼스럽게 유심히 바라본다.

눈이 샛별처럼 빛나고, 얼굴이 아름다운 소녀였다.

"너, 글을 배웠느냐?"

"어려서는 돌아가신 아버님께 배웠고, 지금은 오라버니한테 배우고 있습니다."

"지금은 어떤 책을 배우고 있느냐?"

"지금은 《좌씨전左氏傳》을 읽는 중이옵니다."

"뭐? 네가 《좌씨전》을 읽고 있어?"

대원군은 깜짝 놀라면서,

"네가 《좌씨전》을 읽어서 족히 알 수 있느냐?"

"더러 이해 못할 대목도 있지만, 대강은 짐작하옵니다."

"그거 참, 영특하고도 놀라운 일이로구나!"

옆에서 보고 있던 부인이 남편을 보고,

"그 애가 글을 잘할 뿐만 아니라, 살림살이도 도맡아 보살핀

답니다"

하고 칭찬을 한 마디 곁들인다.

"음……, 그래야지. 여자란 살림살이를 잘해야 하는 법이니라!"

"저 애는 일가도 친척도 없이 퍽 외롭게 자란 아이예요."

"참 그렇지. 저 애는 일가도 친척도 없는 아이지?"

대원군은 그렇게 중얼거리더니 무엇을 생각하는지 숫제 말이 없다. 이날 밤의 일이었다.

대원군은 밤늦게 내실에 들어오더니,

"부인! 아까 그 처자가 아직도 우리 집에 있소?"

하고 묻는다.

"아까 저녁을 먹고 저희 집으로 돌아갔습니다. 왜 그러십니까?"

"그 애가 몇 살이라고 했더라?"

"열네 살이에요."

"열네 살? ……그 애는 일가친척도 외척도 없다고 했것다?"

자꾸만 묻는 대원군의 태도가 암만해도 수상하다.

"그 애한테 일가친척이 없다는 것은 대감도 잘 아시는 일이 아니오니까? 그런데 대감은 왜 그 애 얘기를 새삼스러이 미주알고주알 캐어물으시우?"

"음…… 좀 생각하는 것이 있어서……."

대원군은 입을 굳게 다물더니 무엇인가를 골똘히 궁리하는 눈치다.

부대부인은 그럴수록 궁금하였다.

"무슨 일인지 궁금하옵니다. 왜 그러시는지, 시원히 말씀을 해주십시오."

대원군은 그 말에는 대답조차 아니하고 담배를 푹푹 피우며,

"열셋과 열넷이라!"

하고 혼잣말로 중얼거리기만 하는 것이었다.

"대감!"

"응? 왜 그래……?"

"뭐가 열셋과 열넷이란 말씀이십니까?"

"응, 그럴 일이 있어."

대원군은 여전히 골똘히 생각에 잠긴 채 얼빠진 대답만 하고 있다.

"무슨 말씀인지, 정말 궁금해 못 견디겠습니다. 빨리 말씀해 주시옵소서!"

대원군은 그제야 자기 정신으로 돌아온 듯 부인을 정면으로 쳐다보며,

"여보, 부인!"

하고 근엄한 어조로 부른다.

"어서 말씀하셔요."

"아까 그 처자……, 민치록의 딸 말이오. 민승호의 양누이동생인 그 처자를 우리 집 며느리로……, 아니 신왕新王의 왕비로 간택하면 어떻겠소?"

너무도 뜻밖의 말이었다. 너무도 뜻밖의 말이라, 부인은 눈을 커다랗게 뜨며 남편을 바라보았다.

"아니, 대감은 그게 무슨 말씀이시옵니까?"

"아직도 내 말을 못 알아들었소? 아까 그 처자를 주상 전하의 왕비로……, 다시 말하면 중전마마로 모셔 왔으면 좋겠다는 말이오!"

"이미 언약되어 있는 처자는 어떡하고요?"

부인은 다시 한번 놀라며 반문하였다.

대원군은 지금 민치록의 딸 자영이를 왕비로 삼자는 것이다. 사적으로 말하면 자영이를 둘째 며느리로 맞아오자는 말이요, 공적으로 말하면 자영이를 국모로 책봉하자는 말이었다.

그러나 재황이 어렸을 때 김병문金炳聞의 딸과 부모들간에 이미 혼약을 정해 둔 일이 있었다. 김병문은 홍선이 무서운 꿈을 품고 있음을 이미 알고 있었기 때문에 그가 불우하던 시절에 그를 도와 주면서 장래를 위해 홍선의 둘째 아들을 사위로 삼아 놓았던 것이다.

오늘날에는 세상이 완전히 뒤바뀌어서 홍선은 국권을 맘대로 휘두르는 섭정이 되었고, 소년 재황은 만민이 우러러 모시는 지존이 되었지만, 그러나 혼약은 어디까지나 혼약이 아닌가.

그러나 대원군은 고개를 천천히 내저으며,

"언약한 처자라니? 김병문의 따님 말이오?"

"대감께서 옛날에 그 댁 규수를 자부로 맞아 오시기로 바깥 어른들끼리 언약하셨다고 말씀하시지 않으셨습니까?"

"그런 일은 있었지. 아니, 분명히 그런 일이 있었어. 그러나 그때와 지금과는 사정이 다르거든! 그때는 며느리로 맞아올 생각이었으니까 김씨네 규수라도 상관이 없었지만, 오늘날에는 왕비로 맞아오게 되었으므로 암만 생각해도 김씨네 딸은 안 되겠어."

"사사롭게 보면 며느리와 왕비가 무엇이 다르오니까?"

"다르지, 다르고 말고! 달라도 크게 다르지. 지금 우리나라에서 가장 심한 두통거리가 외척들의 횡포인데, 이제 또다시 김씨네 규수를 왕비로 맞아들인다면 그들의 등쌀에 내가 힘을 못 쓰게 될 거요. 게다가 대왕대비마마께서 김씨라면 이를 갈며 싫어하시거든!"

"그러면 이미 언약한 혼인을 파혼한다는 말씀입니까?"

"나라를 위해서라면 그까짓 옛날 언약을 파약하는 것쯤이 문제겠소?"

대원군의 대답은 확고부동하다. 한 번 말을 꺼내면 누가 뭐라든 간에 뜻을 굽히지 않는 남편의 성미를 잘 아는지라, 부대부인은 한숨만 쉬었다.

"그래도 인륜대사를 그렇게 간단히 뒤집어엎을 수가 있습니까."

"무슨 소리! 왕비를 간택하는 것은 국가의 중대사인데, 그런 중대한 일이 사사 언약에 구애받는다는 것이 말이 되는 소리요?"

대원군은 단호한 어조로 부인을 나무라고 나서,

"왕비를 간택하는 데 있어서는 무엇보다도 외척이 없는 규수라야 하겠단 말요. 그런 조건은 아까 만나본 민 처자가 제일이거든! 그 처자는 용모도 가려佳麗하지만, 《좌씨전》을 읽고 있다니 학식도 상당한 모양 아니오?"

"아이는 똑똑하옵니다마는 너무도 혈혈단신이어서⋯⋯."

"내가 보는 점이 바로 그 점이란 말이오. 오늘날 우리나라의 국정이 이처럼 문란하게 된 것은 순전히 왕비의 외척들 등쌀 때문이었소. 그것을 미연에 방지하기 위해서는 신왕의 왕비는 친척이 없는 처자라야 해! 민 규수로 말하면 가까운 일가라고는 양오라비 민승호 하나뿐인데, 승호는 부인의 동생이고 나의 처남이니, 무엇이 두려울 것이 있겠소?"

"그 점은 대감 말씀대로입니다마는……."

"모든 것은 내 말대로 들으시오. 물론 왕비 책봉의 결정권은 대비마마가 가지고 계시지만 대비마마께는 내가 잘 알아서 품할 테니 부인도 그리 알고 있으시오."

"자영에게도 어렸을 때 부모들끼리 언약한 혼처가 있는데, 그 문제는 어떡하시렵니까?"

"뭐? 자영에게도 언약한 혼처가 있다구!"

아무러한 대원군도 그 소리에는 깜짝 놀라며,

"상대방이 누구요?"

"자세히는 모르지만, 양주골에 사는 조씨라는 토반의 아들과 부모끼리 언약한 일이 있다는 말을 들었습니다."

"음……, 그 애한테도 그런 일이 있었던가."

대원군은 적이 주저하는 빛을 보인다.

그러나 1분도 채 아니 돼서 그는 고개를 힘있게 들며 결연히 이렇게 말하는 것이었다.

"그런 것은 문제가 아니오. 왕비를 간택하는데 사사로운 언약이 무슨 소용이란 말이오. 그러니까 부인은 그 문제에 대해서는 일체 모르는 척하고 있어요."

이리하여 대원군의 말 한마디로 네 젊은이의 두 개의 혼인은 간단히 파혼이 결정되고 말았다.

　부인으로 보면 가까운 일갓집 동생인 자영을 왕비로 책정하는 데 구태여 반대하고 나설 이유는 없었다.

　"대비마마께서 대감 말씀을 들어 주실까요?"

　"내가 내일 아침 입궐하면 대비마마에게 여쭈어서 그 애를 왕비로 간택하도록 할 테니 그 점은 염려 마오."

　"자영이가 똑똑합니다마는, 너무도 가난하게 살아서……."

　"쓸데없는 걱정! 옛날에 가난하게 살았기로 왕비가 되면 그만이지, 그게 무슨 걱정이오? 물론 왕비를 간택하는 데는 수속 절차도 복잡하고 조건도 까다롭지만, 이 문제만은 어떡하든지 대비마마를 설복시켜서 내 뜻대로 하도록 하겠소. 지금까지의 외척들의 폐단은 생각만 해도 지긋지긋하거든!"

　대원군은 담배를 피워 물다가 짜장 몸서리를 치며 중얼거렸다.

　민규수를 왕비로 맞아들이는 데는 여러 가지로 조건이 미비함을 대원군은 물론 알고 있었다. 그 중에도 아버지가 없다는 것은 커다란 결점이었다. 그러나 대원군이 노리고 있는 점은 바로 그 점이었다. 고아나 다름없이 혈혈단신인 민 규수를 국모로 앉혀 놓고 일국의 정사를 맘대로 혁신해 보려는 것이 그의 거대한 꿈이었다.

　그러나 제아무리 위대한 권력가라도 세상만사가 뜻대로 될 수 있을는지 그것은 두고 보아야 할 일이었다.

조 대비와의 밀계

홍선 대원군 이하응이 조 대비에게서 사실상의 국가의 대권을 물려받은 것은 갑자년(1864). 위에 임금님이 계시기는 하되, 고종은 아직 열세 살밖에 안 되는 철부지이고 보니 사실상 임금의 권세를 맘대로 휘두를 수 있는 사람은 홍선 대원군뿐이었다.

홍선은 워낙 불세출의 영웅이어서, 한번 대권을 장악하자 부패한 국정을 바로잡아 보려는 패기와 야심이 실로 만만치가 않았다.

그는 오랫동안 낭인 생활을 해온 관계로 민정에도 밝고 비정에도 밝아서, 4백여 년간에 쌓이고 쌓인 정치적인 통폐를 자기 힘으로 일거에 혁신해 보려는 야망을 단단히 품고 있었다. 가령 사색당쟁의 폐단, 외척들의 횡포와 그들을 배경으로 하여 야기되는 탐관오리들의 발호, 서원을 중심으로 한 유생들의 국고 낭비와 파벌 조성 등……. 국태공 대원군의 눈에는 근본적으로 뜯어고쳐야 할 그릇된 국정이 한두 가지가 아니었다.

그 중에서도 가장 눈꼴 사나운 것이 외척 김씨 문중의 세도였다. 마치 안동 김씨가 아니면 고관대작을 할 수가 없는 것처럼 되어 있었고, 안동 김씨의 비위를 맞추지 않으면 어느 시골의 아전 벼슬 하나도 못하도록 되어 있으므로, 대원군은 그런 문제를 근본적으로 혁신하려는 것이었다.

대원군이 일가친척 없는 민 규수를 중전으로 맞아오려는 근본 목적도 그 점에 있었다.

그러나 아무리 국가의 대권을 장악하고 있는 섭정이라도 일국의 중전을 모셔오는 문제만은 독단으로 결정할 수 없었다.

상감의 혼인 문제에 대해서만은 종실의 최고 어른이신 대왕대비의 승낙을 받아야만 하기 때문이었다.

을축乙丑년(1865) 늦은 가을 어느 날, 대원군은 그 문제를 품하기 위해 몸소 궁중으로 조 대비를 찾아갔다.

대원군은 조성하와 함께 입궐하여 우선 조 대비에게 일반 정사에 대한 보고를 올렸다.

그러나 조 대비는 일반 정사에는 별로 흥미가 없으므로,

"국사 일반은 이미 대감에게 일임했으니 모든 일은 대감 뜻대로 시정해 주시오."

라고 말할 뿐이었다.

"황공무비하옵니다. 그러면 모든 국사는 대왕대비마마의 뜻을 받들어 그르침이 없도록 하겠나이다."

대원군은 그렇게 대답하고 나서 잠시 침묵을 지켰다.

어쩐지 중전 문제를 자기가 먼저 발언하기가 외람된 듯이 느껴졌기 때문이었다. 그러자 조 대비는, 문득 생각난 듯이 얼굴을 들면서,

"참, 내가 대감에게 상의하고 싶은 일이 하나 있소이다"

하고 말한다.

"무슨 분부이시옵니까?"

"그것은 다름이 아니라, 금상의 혼인 문제요. 아직까지는 상감께서 복중服中이신데다가 보령도 너무 어리셔서 중전을 맞아들일 생각을 아니하고 있었지만, 오는 12월 초파일로 선왕의 상기喪期도 끝나고 또 상감께서도 이미 열네 살이나 되셨으니 이제는 중전을 맞아들일 준비가 있어야 할 것이 아니오?"

대원군이 아까부터 하고 싶으면서 주저하고 있던 문제를 우연하게도 조 대비가 먼저 꺼내는 것이 아닌가. 대원군은 짐짓 신중을 기하며 이렇게 대답하였다.

"지당하신 말씀이시옵니다. 그러나 금상께서 중전을 맞아들이시기에는 아직 보령이 너무 어리지 않으시올는지요?"

"대장부 열네 살이면 중전을 맞아들이는 데 무엇이 어리겠소? 더구나 상감은 평민과는 달라서, 국가에 국모가 아니 계신 것은 하늘에 달이 없는 것과 마찬가지요. 그 점은 염려 말고 대감은 좋은 중전을 속히 간택하도록 하오."

"분부대로 거행하겠나이다. 대비마마의 의중에 혹시 규수가 계시오면 이 자리에서 말씀해 주시기 바라옵니다."

대원군은 만일을 염려하여 조 대비의 의향을 먼저 떠보았다.

조 대비는 고개를 설레설레 내젓는다.

"궐내에서 아무 접촉도 없이 살아가는 나에게 어찌 의중의 규수가 있을 수 있겠소? 상감의 혼인 문제는 공적으로 보면 국모를 간택하는 것이 되지만, 사적으로 보면 대감의 며느리를 맞는 것이 아니오? 그러니까 이 문제도 대감이 잘 알아서 결정해 주기 바라오."

조 대비는 덮어놓고 대원군만 믿는다는 대답이었다.

대원군은 내심 회심의 미소를 지었다. 그러나 얼굴에는 수심을 지어 보이며 다시 입을 열었다.

"아뢰옵기 황송하오나, 금상의 가례嘉禮 문제에 대해서는 한 가지 난처한 문제가 있사옵나이다."

"난처한 문제라니? ……일국의 지존이신 국왕의 혼인 문제를 결정하는데 무슨 난처한 일이 있다는 말씀이오?"

조 대비는 매우 의아스럽게 반문한다.

"실은 전하가 어리시던 시절에, 이미 부모들간에 혼약을 정한 일이 있사옵니다."

"무어? 전하에게 이미 약정한 규수가 있다고요? 그 댁이 어느 댁이오?"

"제가 불우하던 시절에, 김병문댁 규수와 부모들간에 언약한 일이 있사옵니다."

"뭐? ……김씨네 규수와……?"

조 대비는 김씨 일문을 평소에도 원수처럼 싫어하는지라, 김씨네 규수와 혼약했다는 소리를 듣고 뛸 듯이 놀란다. 대원군은 그 점을 노리고 조 대비에게 계획적으로 그 사실을 알렸던 것이다. 왜냐하면 김병문의 딸과의 파혼 문제는 조 대비의 입을 통해 선언하고 싶었기 때문이었다.

아니나 다르랴. 조 대비는 잠시 생각에 잠겨 있다가 문득 얼굴을 들며 이렇게 말한다.

"일국의 국모를 간택하는 것은 사가私家에서 며느리를 택하는 것과는 근본적으로 다르오. 대감이 불우하던 시절에 김씨네 규수를 며느리로 맞으려고 약정한 것은 어디까지나 사사로운 일이오. 그리므로 이미 일국의 지존이 되신 오늘에는 그런 것은 응당 파기해 버리고, 현명하고 총명한 국모를 널리 천하에서 간택해야 할 것이오."

"지당하신 말씀이시옵니다."

"그뿐 아니라, 그러잖아도 김씨 일문이 권세를 맘대로 휘두르며 세상을 어지럽히는 이 판국에 신왕의 중전을 또다시 김씨 문중에서 맞아들인다면, 장차 대감은 외척의 횡포를 무엇으로 막아내겠소?"

"지당하신 말씀이시옵니다. 그러면 김 규수와의 혼약은 일단 해소해 버리되 김 규수도 중전 간택에 단자를 제출하게 하여 그 자리에서 떨어뜨려 버리는 것이 어떠하겠나이까."

"굳이 그럴 필요가 있을까요?"

"혼약을 직접 취소해 버리기보다는 그 편이 명분이 설 것 같아서 올려 본 말씀이옵나이다."

"그런 명분이 필요하다면 그것은 대감 뜻대로 하시구려."

"성은이 망극하옵나이다."

"아무튼 김 규수를 중전으로 간택하는 것만은 절대로 안 될 일이오."

"거듭 명심하겠나이다."

대원군은 어디까지나 조 대비의 뜻을 받들었는데 실상인즉 그것이 대원군 자신의 뜻이기도 하였다.

"이 문제는 선왕의 대상大祥이 끝나거든 속히 결정하도록 하오."

"분부대로 거행하겠사옵니다."

대원군은 그렇게 대답하고 나서 문득 생각난 듯이,

"중전을 간택하는 데 있어서는 저도 의중의 규수가 노상 없는 것은 아니옵니다."

하고 뜻있는 한 마디를 비춰 보였다.

"아, 대감에게는 이미 의중의 규수가 있단 말씀이오? 그 규수가 뉘댁 규수요?"

"여양 부원군의 후손으로서, 일찍이 숙종 임금의 계비셨던 인현왕후의 친정 6대 손녀에 해당하는 규수이옵니다."

"음……, 인현왕후의 친정이라면 더할 나위 없이 좋은 가문이구려. 그러면 대감 뜻대로 그 규수를 중전으로 모셔오는 것이 어떻겠소?"

"그 규수라면 천품이 총명하고 용모도 단아한데다가 학식도 도저해서 일국의 국모로 조금도 손색이 없으리라 생각하옵니다."

"민씨댁 규수라면 대감댁 부인하고도 척분이 있는 처지 아니겠소?"

"네. 저에게는 처편으로 12촌 처제뻘이 되는 처자이옵니다"

"그런 관계라면 더욱 좋은 일이 아니오?"

"그러나 한 가지 꺼려지는 점은, 그 규수에게는 엄친이 안 계시다는 점이옵니다. 대왕대비마마께서는 그 점을 어떻게 생각하시옵니까?"

"엄친이 안 계시다뇨? 부원군이 되실 분이 안 계시다면, 그런 고독한 규수를 국모로 맞아들이기는 어려운 일이 아니겠소?"

당연한 말이었다. 아버지도 없는 과부의 딸을 일국의 국모로 간택한다는 것은 전례법典禮法에도 어긋나는 일이었다.

조 대비가 난색을 보이자, 지금까지 침묵을 지켜 오던 조성하가 문득 입을 열어 말한다.

"아버님이 안 계신 규수를 국모로 모신다는 것이 일견 그릇된 처사인 것 같기는 하오나, 돌이켜 생각하오면 오히려 다행한 조건이라고도 볼 수 있을 것 같사옵니다. 왜냐하면 어느 분이 국모로 간택되오면 응당 외척들이 세도를 부려서 세상이 어지러워지기가 보통이온데, 만약 지금 국태공께서 말씀하신 규수를 국모로 맞아들이오면 일가친척이 없는 까닭에 외척들의 횡포가 없을 것이기 때문이옵니다. 그러므로 마마께서는 그 점까지 고려하시어 만약 인물만 합당하오면 대감께서 천거하시는 분으로 간택하는 것이 좋을 줄로 아뢰옵니다."

조 대비는 그 말을 듣고 고개를 끄덕인다.

"음……, 듣고 보니, 외척들의 횡포를 미연에 방지하는 점에 있어서는 네 말도 일리가 있는 말이로다. 그러나 중전을 간택하는 것은 국가의 중대사인 만큼, 비록 우리끼리 내정은 했더라도, 절차만은 널리 천하에 공포하여 우아한 규수를 고른다는 형식을 밟아야 하느니라, 그러니까 이 문제는 그쯤 알고 있거라."

조 대비는 조카 조성하에게 이렇게 일러 주고 나서 이번에는 대원군을 다시 돌아다보며,

"대감이 인물을 어련하게 보았겠소마는, 대감이 천거하는 그 규수를 나에게도 미리 한번 보여 주면 어떻겠소?"
하고 말한다.

대비 자신이 직접 선을 보고 싶다는 말이었다.

"옳으신 말씀이시옵니다. 그러하오나, 이목이 번다하온데 그 규수가 대궐 출입을 함부로 하다가 남의 눈에 띄어 부질없는 소문이 나지 않을까 두렵나이다."

"매우 신중을 기하시겠다 함은 옳은 말씀이오. 이목이 번다하여 궁 중 출입을 삼가는 것이 좋겠다면, 내가 일간 봉원사에 불공을 드리러 갔다 돌아오는 길에 대감댁에 들를 테니 그때에 그 규 수를 만나보면 어떻겠소?"

실로 파격적인 말이었다.

"황공무비하옵니다. 그러면 대왕대비마마께서 저의 집에 납실 때에, 그 규수를 꼭 대기시키도록 하겠나이다."

대원군은 머리를 조아리며 크게 기뻐하였다. 그로부터 두어 시간 후의 일이었다.

대원군은 대궐에서 물러나오자, 곧 민승호를 운현궁으로 불렀다. 민승호는 대원군의 손아래 처남인 동시에 장차 중전으로 간택하려는 민 규수의 양오라버니이기 때문이었다. 대원군은 민승호를 보고 대뜸 이렇게 말한다.

"이것은 자네만 알고 있게. 지금 대궐에 들어가 대비마마를 만나뵙고 자네 누이동생을 중전으로 간택하기로 결정하였네."

"네? 제 누이동생이라뇨? 자영이 말씀입니까?"

민승호는 너무도 놀라운 사실에 눈이 휘둥그레지며 반문하였다.

"자네 누이동생이 그 애 하나밖에 더 있는가?"

"대감! 그 말씀이 사실입니까? ……제가 알기로는 중전을 간

택한다는 것은 전례법상 수속 절차가 매우 복잡하다고 생각되는
데, 일국의 국모를 그렇게 간단히 결정하실 수 있는 일입니까?"

전례법에 밝은 민승호는 대원군의 말을 간단히 믿으려고 하
지 않았다.

"중전 간택의 수속 절차가 복잡하다는 것은 나도 알고 있네.
먼저 중신회의를 열어서 중전을 간택한다는 사실을 세상에 널
리 공포하고 나서 중전 간택이 결정될 때까지는 조관朝官과 사
족士族의 처자들에게 금혼령을 내린다는 격식을 나도 모르는 바
아니야. 그러나 그것은 형식적인 절차에 불과한 것이 아닌가?"

"그러면 대감께서는 그런 전례법을 무시하고 제 누이동생을
중전으로 모셔들이기로 결정하였단 말씀입니까?"

"예의상 형식적으로나마 그런 절차만은 밟아야 하겠지. 그러
나 그것은 어디까지나 형식적인 절차에 불과하고, 자네 누이동
생을 중전으로 간택한다는 것만은 이미 대비마마와 내약이 되
어 있단 말일세. 그러니까 이 사실을 자네만은 알고 있어서 금
후에는 자영이가 함부로 밖에 나다니지 않도록 단속을 각별히
해주기 바라네……."

"집에 돌아가거든 어머님한테 여쭙겠습니다."

민승호는 별로 기뻐하는 기색을 보이지 않는다.

"자네는 국혼을 하는 것이 마음에 탐탁하지 않은가? 왜 기뻐
하지를 않는가?"

"솔직히 말씀드리면 저는 별로 기쁜 줄을 모르겠습니다. 누
이동생이 국혼을 하면 세도는 부릴 수 있을지 모르나, 본인을
위해서는 자칫 잘못하면 그처럼 불행한 일이 없기 때문입니다."

"중전이 되는 것이 불행하다니? 그게 무슨 소린가?"

"국모가 되어 평화롭게 살아간다면 그처럼 영화로운 일이 어디 있겠습니까마는, 궁중이란 워낙 암투와 중상모략을 많이 받는 까닭에 아무리 중전이라도 죄 없이 비참한 죄인이 되는 경우가 많기 때문입니다. 저희 집 고조고모님이신 인현왕후가 그 좋은 표본이라 하겠습니다. 그러므로 그처럼 모험적인 결혼을 하느니보다는 차라리 평범한 남자와 결혼하여 평범하게 살아가는 것이 여자로서는 온당한 길이 아닐까 저는 생각합니다."

민승호는 은연중에 반대 의사를 표명하였다. 누이동생이 국모가 되면 자기도 영화를 누리게 될 것을 모르는 바가 아니었다.

그러나 그는 국모가 되었다가 너무도 비참하게 전락한 인현왕후의 쓰라린 역사를 알고 있는 까닭에 무턱대고 기뻐만 할 수도 없었다. 그러나 민승호가 반대한다고 결심을 굽힐 대원군은 아니었다.

"쓸데없는 걱정! 자네는 절로 굴러 들어오는 복을 몽둥이로 때려 쫓을 생각인가? 자네는 아무 소리 말고 집에 돌아가거든 누이동생 단속이나 잘하게! 아마 오래지 않아 대비마마께서 자네 누이동생을 부르시는 날이 있을 걸세."

대원군은 다시 아무 말도 못하게 못을 박아 놓는다. 민승호는 매부의 고집을 잘 알고 있는지라 그 이상 반대를 하다가는 벼락이 떨어질 것 같아서 묵묵히 집으로 돌아와 버렸다.

"운현 대감께서 무슨 일로 자네를 부르시던가?"

양모 이씨가 대청으로 마주 나오며 묻는다.

민승호는 안방으로 들어와 사방을 둘러보다가,

"자영이는 어디 나갔습니까?"
하고 물었다.

"조금 전까지 건넌방에서 책을 읽다가, 지금 잠이 들었나 보네……. 대감께서 무슨 말씀을 하시던가?"

"자영이를 중전으로 간택할 생각이니, 오늘부터는 행동거지를 잘 단속하라고 말씀하시더군요."

"뭐? 우리 자영이를 중전으로 간택하신다고? 중전이라니? 국모로 모셔 간다는 말씀인가?"

이씨는 기절초풍을 할 듯이 놀라며 반문한다.

"그 문제에 대해서는 이미 대비마마와도 밀의가 있었던 모양입니다."

"그래서 자네는 뭐라고 대답했는가?"

"저는 그다지 탐탁하게 여기지 않는다고 대답했지요."

"뭐? 우리 자영이가 국모로 간택되는 것이 탐탁한 일이 아니라고? 자네는 정신이 있는가? 딸자식을 낳았다가 국모로 모시면 그 이상의 영광이 어디 있다고 반대를 한단 말인가?"

"국모가 되어서 무사하게 지내면 그 이상의 영광이 어디 있겠습니까? 그러나 자칫 잘못해서 인현왕후처럼 비참한 꼴이 되면 어떡합니까?"

거기 대해서는 양모 이씨도 할 말이 없었다. 인현왕후가 대궐에서 쫓겨나와 감고당에서 눈물과 한숨으로 비참한 세월을 보내던 기억이 아직도 새롭다. 그 일을 깜박 잊어버리고 딸의 국혼을 덮어놓고 기뻐만 했던 사실을 이씨는 적이 뉘우치며 다시 묻는다.

"그래……? 자네가 반대하니까 대감께서 뭐라고 말씀하시던가?"

"나 같은 것이 반대한다고 대원군이 고집을 굽힐 사람인가요? 대비마마와도 이미 밀약이 있는 모양이니까 결국 이 일은 결정되었다고 보아야 옳을 겁니다."

마침 그때 건넌방에서 자고 있던 자영이가 별안간,

"으악……!"

하고 소스라치게 놀라서 소리를 지른다.

이씨가 깜짝 놀라 양아들 승호와 함께 부리나케 건넌방으로 달려와 보니, 자영은 흩어진 머리카락을 쓰다듬으며 일어나 앉는다.

"너, 자다 말고 왜 별안간 이상한 소리를 질렀니?"

이씨는 딸의 곁에 와 앉으며 물었다.

"자다가 이상한 꿈을 꾸었어요. 아주 무서운 꿈이었어요."

자영은 아직도 무서움이 가시지 않은 듯 사방을 둘러보며 중얼거린다.

"무서운 꿈이라니, 어떤 꿈을 꾸었길래 그러니?"

"꿈에, 나 혼자서 어떤 산에 올라갔었어요. 하늘에 구름이 짙어서 무척 음침한 날이었어요. 그런데, 내가 산에 올라 혼자서 있노라니까, 별안간 검은 구름이 가셔지며 하늘에 큰 해가 떠오르더니, 그 해가 별안간 색채도 영롱한 오색 햇살을 펴며 내 가슴을 향해 달려들지 뭐예요. 너무도 무서워서 소리를 지르며 놀라 깨었어요."

어머니 이씨는 그 꿈이야말로 국혼의 징조인 것 같아서 승호를 바라보며 싱그레 웃었다.

그리고 나서 딸의 등허리를 어루만져 주며,

"그 꿈은 범상한 꿈이 아니라, 아주 대몽大夢이로구나. 꿈에 태양을 품어 안았다면 얼마나 요란스러운 길몽이냐! 그런 꿈이란 남에게 말하면 효력이 없어지는 법이니 누구한테도 일체 입밖에 내지 말아라"

하고 거듭 타일렀다. 그러면서도 만일의 경우를 염려하여 본인한테는 국혼에 관한 이야기는 어디까지나 비밀에 부쳤다.

민 규수의 기백

을축乙丑년 12월 1일, 선왕의 대상을 일주일 앞두고 대궐에서는 제사 준비로 바쁘게 돌아가는데, 조 대비는 갑작스럽게 서대문 밖에 있는 봉원사에 불공을 드리러 가겠다는 분부를 내렸다.

"날씨도 차옵고 선왕의 대상일도 목전에 임박하였사옵는데 별안간 불공은 왜 드리려고 그러시옵니까?"

측근들은 감히 정면으로 반대는 못하고 은근히 만류하는 빛을 보였다. 그러자 조 대비는 이렇게 말하는 것이었다.

"선왕의 상기가 목전에 임박했기에 오늘은 부처님께 선왕에 대한 마지막 명복을 빌려고 그러오. 그래서 오늘은 나인 두어 사람만 데리고 갔다 올 테니 시종들은 아예 따라오지 말게 하오."

표면상의 이유는 불공이었지만, 실상인즉 조 대비는 오늘 절에 갔다 오는 길에 운현궁에 들러 대원군이 중전 후보자로 천거한 민 규수를 만나보려는 데 그 목적이 있었다.

이 날 조 대비는 평교자平轎子에 몸을 싣고 나인 두 사람만 데리고 봉원사로 가서 불공을 드렸다.

그리고 돌아오는 길에 아무도 모르게 운현궁에 들렀다.

운현궁에는 이미 예통이 있었는지라, 대원군은 민 규수를 미리 데려다 놓고 기다리다가, 조 대비를 융숭히 영접한다. 대왕 내비가 대궐 밖으로 누구를 방문한다는 것은 체통상 있을 수 없는 일인 만큼 오늘의 운현궁 방문이야말로 파격적인 대사건이었다. 대원군에 대한 조 대비의 신임이 그만큼 두터운 증거이기도 하였다.

대원군 내외는 나인들을 멀리 물러나게 하고 자영을 안방으로 불러들여 큰절을 시켰다.

"이 어른이 대왕대비마마이시다. 인사 올려라!"

자영은 그 소리를 듣더니 별안간 눈이 둥그레지며,

"어마! 대왕대비마마?"

하고 혼잣말로 중얼거리더니 이내 자세를 바로 하고 큰절을 올린다.

조 대비는 절을 받고 나서 자영의 얼굴을 빤히 바라보며,

"음……, 네가 어느 댁 규수인지는 모르겠으나, 아주 영특하고 총명하게 생겼구나. 너는 뉘집 딸이냐?"

하고 짐짓 시치미를 떼고 묻는다.

"저는 여양 부원군의 직계 후손인 민치록의 딸이옵니다."

자영은 무릎을 꿇고 앉더니 두 손을 모아 잡으며 낭랑한 음성으로 대답한다. 처음 만나뵙는 고귀한 어른인 만큼 두려울 법도 하건만 자영은 숫기가 조금도 수그러들지 않았다.

조 대비는 민 규수의 슬기로운 기상에 내심 감탄을 마지않으며 다시 묻는다.

"아버님은 지금 무슨 벼슬을 하고 계시느냐?"

"아버님은 일찍 돌아가시고, 저는 편모 슬하에서 자라옵니다."

"그래? 그거 참 가엾은 일이로구나……. 가만 있자, 여양 부원군의 후손이라면 돌아가신 인현왕후와 한 집안일 터인데 너는 인현왕후라는 어른을 아느냐?"

"옛날에 돌아가셔서 직접 만나뵈온 일은 없사오나, 인현왕후는 저의 고조고모님이십니다."

"음……, 촌수까지 분명히 알고 있는 것을 보면 너는 무척 영리한 아이로구나. 성인의 집에서 성인이 난다더니, 너도 역시 인현왕후를 닮아 무척 총명한가 보구나……. 나이가 몇 살이냐?"

"열다섯 살이옵니다."

"열다섯 살이면 무슨 생이지?"

"신해생……, 돼지띠이옵니다."

"너는 글을 배운 일이 있느냐?"

"《사서삼경》은 대충 배웠사옵고, 지금은 《좌씨전》을 읽고 있는 중이옵니다."

자영은 묻는 대로 서슴지 않고 쾌활하게 대답했다.

조 대비는 그 시원스러운 성품이 마음에 들어서 자영의 이목구비를 면구스러울 정도로 하나하나 뜯어보다가,

"음……, 눈도 시원스럽거니와, 코도 잘생기고 귀도 예쁜 것이 어디로 보나 귀상貴相이로구나! 너의 고조고모이신 인현왕후는 무척 자비하신 어른이셨는데, 너는 그 사실을 알고 있느냐?"

조 대비는 자영의 마음씨를 알아보기 위해 의식적으로 그렇

게 물었다.

그러자 민 규수는 서슴지 않고 이렇게 대답한다.

"인현왕후께서 자비하셨던 사실은 저도 어렸을 때 아버님에게서 여러 차례 들어 잘 알고 있사옵니다."

"그래, 너도 그 어른을 본받을 만한 자신이 있느냐?"

"저는 인현왕후의 자비하셨던 성품을 존경은 하옵니다마는 그 어른의 성품을 그대로 본받을 생각은 없사옵니다."

조 대비는 그 소리를 듣고 눈을 커다랗게 떴다. 옆에서 듣고 있던 대원군 내외도 민 규수의 입에서 무슨 말이 나올지 몰라, 적이 불안스러웠다.

"인현왕후의 자비하신 성품을 존경은 하지만 본받을 생각은 없다는 것은 무슨 소리냐? 거기에 대해 분명히 대답을 좀 들려다오."

자영은 잠깐 머뭇거리다가, 머리를 수그리며 분명한 어조로 이렇게 대답한다.

"마마께서 물으시니 외람되오나 대답하겠나이다. 여자가 인자하고 자비해야 한다는 것은 누구나가 다 아는 사실이옵니다. 더구나 인현왕후는 일국의 국모이셨던 만큼, 백성들에게 자비하셨던 것은 매우 본받을 만한 일이었습니다. 그러나 인현왕후는 자비하신 마음이 너무 지나쳐서 자기를 모해하는 장희빈에게조차 관대하고 자비했던 관계로 결국은 자신이 불행해졌을 뿐만 아니라, 숙종께서도 불행하게 되셨고, 나아가서는 국가도 어지러워졌던 것이옵니다. 그 점을 생각할 때 자비라는 것은 자기편 사람에게만 베풀 것이지, 자기를 해하려는 적에게는 결코 베풀 것이 아니라고 생각하옵니다. 인현왕후께서 미처 거기까지는 생각을 못하셨던 것이 아닌가 생각되옵니다."

열다섯 살의 소녀의 입에서 나온 말치고는 실로 놀랍기 짝이 없는 이론이었다.

자영의 이론에는 비단 조 대비뿐만 아니라, 대원군도 크게 놀랐다. 민 규수가 총명하고 현철하다는 사실은 진작부터 알고 있었지만, 사물에 대한 판단력까지 그처럼 투철한 줄은 몰랐다.

"음……, 너는 아주 놀랍도록 총명하구나."

그리고 조 대비는 대원군을 돌아다보며,

"민 규수는 어린 나이에 사물에 대한 판단력이 투철하니 이런 놀라운 처자가 어디 있겠소?"

"황송하신 말씀이옵니다. 저 역시 지금 민 규수의 말을 듣고 그 당돌한 기백에는 오직 놀랄 뿐이옵니다."

"좀 당돌하기는 하지만 그러나 만인의 윗사람이 되려면 응당 그만한 기백은 있어야 할 것이오."

그리고 다시금 자영을 돌아다보며,

"너 같은 처자를 발견했다는 것은 나의 큰 기쁨이로다. 이후에도 학문을 더욱 열심히 닦아 뒷날 부디 현명한 윗사람이 되도록 하여라!"

"황공하옵니다. 그럼 물러가겠사옵니다."

자영은 다시 한번 큰절을 올리고 공손히 물러나간다.

조 대비는 대원군을 향하여 돌아앉으며,

"민 규수는 실로 놀랍도록 현명한 처자요. 사람을 알아보는 대감의 총명에는 감탄을 아니할 수가 없구려. 그 처자는 이미 국모로서의 체통과 규범을 한 몸에 지니고 있는 것 같았소!"
하고 칭찬이 대단하다.

"황공하옵니다. 여자로서 약간 지나치게 과감한 성품이 있기는 하오나, 한두 가지의 결점은 누구나 있는 일이 아닌가 하옵니다."

"그 점도 나는 반드시 결점이라고는 생각하지 않으오. 윗사람은 응당 자비해야 하지만 자기를 해치려는 사람과 과감히 싸워야 한다는 것은 얼마나 장한 일이오. 국모는 마땅히 그만한 기백이 있어야 한단 말이오."

"민 규수가 대비마마의 마음에 드신다니, 천거한 저로서는 오직 황공하고 감격스러울 뿐이옵니다."

"그러면 중전을 간택하는 절차에 대해서는 이 달 초파일에 선왕의 상기가 끝나는 대로 내가 중신들에게 직접 전명傳命할 테니, 대감은 그런 줄 알고 잠자코 계시오."

"황공하옵니다. 분부대로 거행하겠나이다."

조 대비는 대원군과의 언약이 끝나자 나인들을 데리고 총총히 대궐로 환궁하였다.

대원군의 부인은 조 대비를 전송하고 들어와 자영을 안방으로 다시 불렀다.

"자영아! 조금 전에 네가 만났던 어른이 누구신지 아느냐?"

"그분이 대비마마라고 하셨지 않아요?"

"대비마마인 줄 알면서 서슴지 않고 대답을 했단 말이냐?"

"대비마마면 어때요? 대비마마만 사람이고, 나는 사람이 아닌가요? 다 같은 사람인데 겁을 낼 게 뭐예요?"

부인은 자영의 당돌한 대답에 또 한번 놀랐다.

"누구는 사람이 아니겠느냐마는, 네가 높은 어른 앞에서도 그렇게까지 당돌할 줄은 몰랐다."

"그 할머니가 높다는 것은 시집을 잘 간 덕택이 아닐까요? 나도 시집만 잘 가면 얼마든지 높은 사람이 될 수 있을 거예요. 여자들의 귀천은 오직 출가 하나에 달려 있다고 생각해요."

갈수록 놀라운 대답뿐이다.

"너도 시집만 잘 가면 얼마든지 윗사람 노릇을 잘할 수 있단 말이냐?"

"물론이죠. 바보가 아닌 바에는 자기 앞에 돌아온 의무와 권리를 제대로 행사하지 못할 사람이 어디 있어요?"

"아까 네가 말한 대로 자기편 사람에게는 인자하고 반대편 사람과는 과감히 싸운단 말이지?"

"자기가 살기 위해서는 적을 거꾸러뜨려야 할 게 아녜요? 그러자면 적에게는 무자비할 수밖에 없을 거예요."

자영은 무심코 던진 말이었다. 적에게는 어디까지나 무자비해야 한다는 그 기백─놀랍도록 당돌한 그 기백이 훗날에 대원군을 권력의 좌에서 무자비하게 몰아내는 원동력이 되었건만, 지금 대원군 내외는 그 점을 전연 내다보지 못하고 있는 것이었다.

대원군 부인은 눈앞의 소녀를 그윽히 바라보았다. 바라보면 바라볼수록 귀엽고 사랑스러운 소녀.

'이 아이가 정말로 나의 둘째 아들과 결혼하게 될 것인가?'

친정 촌수로 따지면 자영이는 12촌 동생뻘이 되는 아이다. 그리고 둘째 아들 재황이와 결혼을 하게 되면 며느리가 되는 셈이다.

부인은 '나의 며느리가 될 규수'라고 생각하니 별안간 사랑이 용솟음쳐 올라서 저도 모르게 자영의 어깨를 정답게 두드려 주며,

"아가!"

하고 불러 보았다.

"왜 그러세요? 언니!"

자영은 얼굴을 들며 묻는다.

"언니?"

일순간 부인은 언니라는 소리에 깜짝 놀라다가,

"아 참, 너와 나는 자매지간이지?"

하고 중얼거렸다.

그렇다! 지금은 틀림없는 자매지간이다.

그런데 둘째 아들과 결혼을 하는 날이면 촌수가 대번에 뒤바뀌어 며느리와 시어머니의 관계가 되지 않는가.

그러나 둘째 아들 재황이와 결혼을 한다면 과연 며느리라고 부를 수 있을까? 재황이가 틀림없는 자신의 아들이기는 하면서도 이제는 그 앞에 가서는 머리를 땅에 조아리며 '임금님'이라 부르고 '전하'라 부르고 '지존'이라 불러야 하는 것과 마찬가지로, 지금 눈앞에 앉아 있는 귀여운 소녀도 국혼을 하는 날에는 비록 시어머니라 할지라도 그 앞에서는 무릎을 꿇고 큰절을 하며 '중전마마'라고 불러야 할 것이 아닌가.

생각이 거기에 미치자, 부인은 어쩐지 자영이가 몹시 장하게 느껴지면서도 일말의 적막감이 없지 않았다.

지금은 귀엽다고 쓰다듬어주면서 얼마든지 '해라'를 할 수 있다. 그러나 국혼이 결정되는 날에는 감히 가까이 가지도 못할 것이다.

부인은 자영의 얼굴을 바라보며 그런 생각을 골똘히 하다가 무심중에,

"인생 만사가 흡사 연극과 같구나!"

하고 중얼거렸다.

"네? 언니, 뭐가 연극 같다는 말씀이세요?"

"아, 아니다. 아무것도 아니다. 내가 괜히 정신이 얼떠서 군소리를 하고 있었다."

부인은 당황하여 얼른 자기 말을 부인하고 나서,

"우리가 이렇게 단둘이 만나기가 쉽지 않으니 오늘은 우리 집에서 저녁이나 먹고 돌아가거라!"

하고 말하였다.

국혼이 공포되면 자주 접할 기회가 없겠기에, 오늘은 시어머니로서의 사랑을 마음껏 나누어 보고 싶었던 것이다.

이 날 자영이가 집에 돌아온 것은 해시 무렵이었다.

"운현 대감댁에서 무슨 일로 너를 부르더냐?"

어머니 이씨는 자영의 얼굴을 보기가 무섭게 묻는다.

"특별한 일은 없었지만, 대감댁에서 대비마마를 만나뵈었어요."

"뭐? 운현 대감댁에 대비마마가 행차하셨더냐?"

어머니 이씨는 직감적으로 느껴지는 일이 있어서 눈을 커다랗게 뜨며 묻는다.

"언니가 인사를 여쭈라기에 나도 큰절을 올렸어요."

"그러니까 대비마마께서 뭐라고 하시더냐?"

"이것저것 여러 가지 말씀을 물어보시더군요."

"대답은 잘하였느냐?"

"여러 가지 일을 물어보시기에 아는 대로 대답을 했죠, 뭐."

자영은 어디까지나 태연자약하다.

어머니 이씨는 그럴수록 불안해서,

"네가 무슨 실수는 없었는지 모르겠구나."

"어머니는 참 별걱정을 다 하세요. 대비마마도 사람이요, 나도 사람인데 사람끼리 실수가 좀 있었기로 어때요? 그 할머니는 시골뜨기 같은 할머니던걸요!"

자영의 무엄한 소리에 이씨 부인은 크게 놀라며,

"네가 무엄하기 짝이 없구나, 그게 무슨 말버릇이냐? 대비마마더러 시골뜨기 할머니라니? 누가 들으면 능지처참을 당할 일이다."

"어머니는 걱정도 많으시우! 대비마마거나 누구거나 나이를 많이 먹은 여자는 할머니가 틀림없지 뭐예요."

그 오돌진 대답에 이씨 부인은 잠시 응대할 바를 몰랐다.

'이 철없는 것이 지금 자기의 운명에 어떤 변화가 일어나고 있는지는 전연 깨닫지 못하고 있는 모양이구나!'

이씨 부인은 생각이 거기에 미치자 금후의 행동거지를 경계하기 위해서도 국혼 문제를 미리 귀띔해 줄 필요를 느꼈다. 그리하여 자영에게 이렇게 물어보았다.

"자영아!"

"왜 그러세요?"

"오늘 운현 대감댁에서 대비마마가 너를 왜 만나 보셨는지, 너는 그 이유를 모르겠지?"

"어머니는 저를 바보로 아시나 봐. 바보가 아닌 이상 제가 그런 눈치도 못 챈 줄 아세요?"

"뭐, 네가 눈치를 채고 있었더란 말이냐? ……대비마마가 너를 왜 만나 보신 것 같으냐?"

"선을 보려고 나를 부르셨지 뭐예요."

아무러한 자영도 이때만은 얼굴을 불그레 붉히며 대답한다.

"뭐? 너는 이미 그 일을 알고 있었느냐? 신랑이 누구라고 생각하느냐?

"누군 누구겠어요. 신랑은 재황이겠죠."

"뭐? 재황이라니? 네가 무엄해도 분수가 있지. 임금님더러 재황이라는 소리가 무슨 소리냐? 당장 취소를 못하겠니?"

이씨 부인은 눈알을 부라리며 벼락 같은 소리를 질렀다.

자영은 그제야 약간 머쓱해지며,

"신랑은 임금님이요. 상감님이에요"

하고 정정하더니, 이내 정색을 하며,

"어머니!"

하고 고즈넉한 어조로 부른다. 이씨 부인도 정색을 하며,

"왜 그러느냐?"

하고 반문하였다.

"어머니! 나를 한번만 더……아니, 얼마든지 꾸짖어 주세요!"

"얼마든지 꾸짖으라니? 그게 무슨 소리냐?"

어머니는 어리둥절하였다.

그러자 자영은 그윽한 어조로 이렇게 대답한다.

"만약 제가 중전이 된다면, 그때에는 아무리 모녀지간이라도 어머니가 저를 꾸짖지 못할 게 아녜요? 그 일을 생각하면 저는 지금 어머니에게 꾸지람을 듣는 것이 얼마나 정다운지 모르겠어요!"

실로 놀랍고도 정다운 말이었다.

이씨 부인은 전연 뜻하지 못했던 그 말에 가슴이 뭉클하였다.

그리하여 아무 말도 못하고 눈물어린 눈으로 사랑하는 딸을 그윽히 바라보다가,

"누가 뭐라거나 너는 천생 국모의 기상을 타고난 아이로구나!"

하고 혼잣말로 중얼거렸다.

무능한 군신들

조 대비는 민 규수를 만나보고 매우 만족스러웠다. 인품으로 보나 학식으로 보나 민 규수는 어느 대갓집 규수보다도 출중할 뿐만 아니라, 특히 그 기백에 있어서는 사내 대장부들도 감히 따르지 못할 정도였기 때문이다.

'일국의 중전마마가 될 사람은 그만한 기백이 있어야 할 거야……'

조 대비는 마음 속으로 그렇게 생각하며 혼자 미소를 지었다. 이미 60고개를 넘은 그녀로서는 마음에 드는 중전을 간택하는 것이 유일한 기쁨이기 때문이었다.

그러나 그와 같은 심중의 비밀을 아무에게도 말할 수는 없었다. 중전 간택은 국가의 최대 중대사의 하나이므로 후보자를 널리 천하에 구하여 중신회의를 열어 결정해야 하기 때문이었다. 조 대비는 왕가의 최고 어른이어서 거의 그녀의 뜻대로 되기는 하지만, 그러나 형식적인 절차만은 제대로 밟아야 했던 것이다.

을축년 12월 8일. 이 날은 철종의 상기가 끝나는 대상일이었다. 조 대비는 이 날의 제사가 끝나기를 기다려 만조백관에게,

"내가 긴히 의논할 일이 있으니, 영의정 이하 2품 이상의 중신들을 모두 빈청에 모이게 하라!"
라는 분부를 내렸다.

"대비마마께서 별안간 무슨 일일까?"

"글쎄 말이오. 중신들을 모두 다 모이라는 분부를 내리신 것을 보면 어지간히 중대한 일인 모양인가 보오."

중신들은 빈청으로 모여 들며 제각기 궁금해하였다.

이윽고 영의정 이하 많은 중신들이 빈청에 정연히 모여 앉아 대왕대비가 임석하시기를 기다리고 있었다.

그러나 잠시 후에 도승지가 나타나더니,

"대비마마께서는 몸이 피로하셔서 이 자리에 납시지 아니하시고, 다만 전지傳旨만 내리셨으므로, 본관이 이제 그 전지를 읽어드리겠나이다"
하고 말한다.

만조백관들은 무슨 일인가 싶어, 다시금 얼굴에 긴장의 기색을 띠었다.

도승지가 대비의 전지를 근엄한 목소리로 내려 읽는다.

상기가 오늘로 지났고, 상감의 보령이 앞으로 한 달 후면 15세가 되시오. 그러므로 상감의 대혼大婚이 시급하여 2월에 부태묘祔太廟의 욕의褥儀가 끝나는 대로 가례를 올렸으면 싶소. 그러자면 중전이 되실 처자를 시급히 간택해야 하겠소. 조정은 일관日官에 명하여 처자를 간택할 날짜를 정하고, 또 오늘부터 간택이 끝날 때까지는 조관朝官과 사족士族의 처자에게 금혼령을 내리게 하오. 내 듣건대 상감이 사저에 계실 때에 정혼한 처자가 있었다 하나, 중전은 일국의 국모인 까닭에 그런 점에 구애될 것이 아니므로, 모든 처자를 내 눈으로 보아 그 중에서 가장 덕이 높은 처자로 정하려 하오. 만조백관들은 그 점을 어떻게 생각하는지 신중히 수의收議하여 알려 주오.

도승지의 전교 낭독이 끝나자, 만조백관은 제각기 얼굴을 마주 보며 무엇인가를 수군거린다.

도승지는 전교의 두루마리를 둘둘 말면서 영의정 조두순을 보고 말한다

"이 자리에서 수의가 결정되거든 영의정께서 그 결과를 낙선재에 곧 알리시라는 대비마마의 분부이셨습니다."

영의정 조두순은 명에 의하여 중신들과 곧 회의를 시작하였다.

조두순이 여러 대신들을 둘러보며 말한다.

"상감마마께서는 해가 바뀌면 보령이 열다섯 살이시니, 중전마마를 맞이하셔야 한다는 데는 어느 분이나 이의가 없을 줄로 압니다. 다만 문제는, 상감마마께서 사저에 계실 때에 약정하신 처자가 이미 있다 하니, 이 자리에서는 그 문제를 어떻게 처리해야 좋을지 거기에 대한 의견만 말씀해 주시면 되겠소이다. 이미 대비마마께서 말씀하신 대로 사저에 계실 때의 조그마한 신의 같은 것은 애초부터 무시해 버리고 중전 간택을 새로 할 것인가, 혹은 과거의 신의를 존중하여 이미 언약된 바 있는 처자를 그냥 중전으로 모실 것인가……, 거기에 대해 여러분의 기탄없는 의견을 듣고 싶소이다."

영의정 조두순은 진작부터 흥선 대원군과는 내약이 있었건만

시치미를 떼고 여러 대신들의 의견을 물었다.

대신들은 서로의 얼굴을 바라보며 아무도 말이 없다. 개중에
는 일단 혼약이 결정된 이상에는 신랑이 상감으로 등극을 했거
나 어쨌거나 혼인은 그대로 이행하는 것이 옳다고 생각하는 대
신도 노상 없지는 않았다.

그러나 그것도 혼자 마음 속으로 생각만 하고 있을 뿐이지 감
히 입 밖에 내어 주장은 아니하였다. 왜냐하면 홍선 대원군이
어떤 생각을 품고 있는지 모르기 때문이었다.

그가 어떤 생각을 품고 있는지 모르면서 일종의 의협심에서
신의론을 함부로 내세우다가 대원군의 비위에 거슬리는 날에는
어떤 재앙을 당하게 될지 모를 일이 아니던가.

'군자는 위방불입危邦不入이라, 중전을 누구로 간택하든 간에
잠자코 있는 것이 상책이야.'

만조백관들은 무능하게도 그런 생각만 품고 있었다. 그러자
어느 눈치 빠른 대신이 이렇게 말한다.

"대미마마의 분부에도 명시되어 있는 바와 같이, 중전은 일
국의 국모인 만큼 사사로운 혼약에 구애되지 말고 후보자를 널
리 천하에 구하는 것이 옳은 줄로 아옵니다."

그가 그렇게 말한 것은, 대원군이 김씨댁 규수를 못마땅하게
여긴다는 소문을 들었기 때문이었다.

"대감 의견은 잘 알겠소이다. 다른 분들은 어떻게 생각하시
오?"

영의정 조두순은 다른 대신들의 의견을 다시 물었다. 그러나
그들은 갑자기 벙어리가 된 듯이 답답할 정도로 말이 없다.

그 회의에는 좌의정 김병학과 호조판서 김병국도 참석해 있었다.

그들은 물론 고종의 약혼을 파기하는 데 대해서는 반대하고 싶은 생각이 간절하였다. 왜냐하면 상감과 약혼중에 있는 문제의 처자는 그들과 6촌간인 김병문의 딸로서 그들에게는 7촌 질녀가 되기 때문이었다.

만약 고종이 과거의 약혼을 파기하지 아니하고 그대로 결혼을 한다면 임금님은 김씨 문중의 사위가 되는 셈이었다. 그러니까 그들은, 한 번 결정된 혼인은 여하한 경우에도 그대로 신의를 지켜야 한다고 주장하고 싶었다.

그럼에도 불구하고 그들마저 꿀 먹은 벙어리처럼 시종 침묵을 지키고 있는 이유는 어디에 있는 것일까? 그 이유는 지극히 간단하다. 그들은 이미 대원군의 심중을 짐작하고 있었기 때문이었다.

대원군이 국가의 대권을 장악하자, 머지않아 안동 김씨는 파멸할 지경에 이르리라는 것을 그들은 벌써부터 알고 있었다.

10여 년을 두고 김씨네 사람들에게 참지 못할 멸시와 모욕을 당해 온 대원군이 세상을 맘대로 휘두르게 된 이 판국에 김씨네의 세도를 그대로 둘 리가 만무하다.

그러므로 지금 논의의 대상이 되어 있는 고종과 김병문의 딸과의 파혼 문제도 결국 따지고 보면 김씨네 가문이 몰락하려는 하나의 전주곡이라고도 볼 수 있었다.

만약 대원군이 김씨네 규수를 그냥 중전으로 받아들일 생각이라면 구태여 그 문제를 새삼스러이 거론할 필요가 없지 않은가?

물론 그 문제를 중신들끼리 수의하라는 명령을 내린 사람은 대원군이 아니고 조 대비였다.

그러나 조 대비가 그런 중대한 문제를 대원군과 아무런 사전 타협도 없이 단독으로 제의했으리라고는 생각할 수 없는 일이다. 그렇다면 그것 하나만으로도 대원군의 심중을 충분히 짐작하고도 남음이 있지 않은가.

김씨네 처자를 두고 일단 결정된 약혼을 파기하느니 어쩌느니 하는 것은 옛날 같으면 어림도 없는 일이다. 그러나 이제는 김병학과 김병국조차도 대원군의 비위에 거슬릴까 두려워 수모를 받아가면서 반대를 못하게 되었으니 세상은 분명히 바뀐 셈이었다.

"좌의정 김 대감은 이 문제를 어떻게 생각하시오?"

영의정 조두순은 일부러 김병학을 보고 물었다.

"대사를 위해 사사로운 신의는 돌보지 않아도 무방하리라고 생각하나이다."

김병학은 울분을 참느라고 눈을 감고 대답하였다.

"음, 좌의정의 의사는 알겠소이다. ……호조판서 김 대감은 어떻게 생각하시오?"

"저 역시 좌의정과 같은 의견이옵니다."

김병국은 그렇게 대답하고 한숨을 쉬었다. 조카딸 하나쯤 희생되는 것은 문제가 아니다. 몇 대를 두고 누려 오던 안동 김씨의 권세의 지반이 이번 일을 계기로 소리 없이 뒤흔들리는 징후를 분명히 깨달았기 때문이었다.

"다른 대감들은 어떻게 생각하시오?"

"저희들은 대비마마의 존의에 순종할 따름이옵니다."

다른 중신들은 김병학과 김병국의 태도를 보고 파혼에 무조건 찬성하는 의사를 표명하였다. 명색이 국가의 중신이라는 위인들이 나라 꼴이야 어찌 되든 간에 시위소찬尸位素餐을 유지하기에 급급하여 좌고우면左顧右眄 눈치만 살피며 살아오는 꼬락서니가 이번 문제에 있어서도 여실히 나타나 있었던 것이다.

"그러면 다른 의향이 없는 모양이니 중전 간택은 전례법에 따라 후보자를 널리 천하에 구한다는 의견이 만장일치로 결의된 것으로 대비마마 전에 품하겠소이다."

조두순이 일방적으로 결론을 내리자, 잠자코 있던 조관들은 그제야 안도의 숨을 내쉬는 것이었다.

수의가 끝나자, 조관들은 빈청을 나오며 제각기 쑥덕거린다.

"대원군은 김씨네와의 약혼을 파기하고 새 며느리를 맞고 싶은 모양이지요."

"물론이죠! 그러니까 파혼의 책임을 우리 파에게 뒤집어씌우려고 일부러 오늘 회의를 열게 한 것이 아니겠소?"

"김씨 일문은 권세도 빼앗기고, 게다가 애꿎은 처자가 파혼까지 당하고……, 그야말로 패가망신 톡톡히 당하는 판이구려! 도대체 대원군의 의중의 규수가 누구일까요?"

"떠도는 소문에 의하면 민씨네 규수라는 말이 있습니다."

"대원군의 부인도 민씨인데, 이번에 또 민씨를? ……3대를 민취民娶하면 양반의 집안이 결딴이 나는 법이라는데……."

빈청에서 회의를 할 때에는 벙어리처럼 말이 없던 그들이었건만, 밖에 나와서는 수다스럽기 짝이 없었다.

'3대를 민취하면 양반의 집안이 결딴이 난다'라는 말은, 양반이 궁하여 3대씩이나 민가에 장가를 들면 가내 범절이 낮아져 상놈이 되어 버린다는 뜻이다.

요컨대 그가 말하는 '3대 민취'라는 말은 남연군(대원군의 아버지)과 대원군이 민씨에게 장가를 들었는데, 이번에 고종까지 민씨 가문에서 중전을 맞아오면 3대에 걸쳐서 민씨 문중에 장가를 들게 되는 것을 비꼬아 말한 것이다.

그야 어쨌든, 영의정 조두순이 낙선재로 조 대비를 찾아와 조관회의의 결과를 보고하자, 조 대비는 매우 만족하였다. 마음에 드는 민 규수를 중전으로 간택할 터전이 마련된 것도 기뻤지만, 김씨 가문의 세도를 꺾어 주는 것이 더욱 통쾌했던 것이다.

조 대비는 조카인 승후관 조성하를 불러 명한다.

"지금 중신회의에서 중전 간택에 대한 논의가 있었는데, 김씨 댁 처자와는 약혼을 파기해 버리고, 새로 전국에서 간택하는 데 만장일치로 결의를 하였다고 한다. 그러니 너는 곧 승정원으로 찾아가, 내일중으로 중전 간택령을 전국에 공포하도록 하여라."

"네, 알겠습니다. 그것은 형식적인 절차에 불과한 것이고, 실제로는 대원군께서 천거하신 민 규수를 맞아 오는 것이 아니옵니까?"

"그렇게 된다는 것은 너도 이미 알고 있는 일이 아니냐? 그러나 그것은 누구한테도 말해서는 안 된다."

"그것은 저도 알고 있사옵니다. 그런데, 민 규수를 중전으로 간택하는 데는 한 가지 난관이 있지 않을까 하옵니다."

"난관이 무슨 난관이냐?"

"종래의 규범으로 보면 과부의 딸을 중전으로 간택한 예가 한 번도 없었습니다. 그런데 민 규수로 말하면 부친이 이미 세상을 떠나고 안 계시므로, 중신들 사이에 그 점이 크게 말썽이 되지 않을까 걱정스럽습니다."

"음……, 그렇기는 하구나. 왕실에서 아버지 없는 처자를 중전으로 맞아 온다는 것은 옳다고 말하기는 어려울 것이다. 나도 거기까지는 미처 생각을 못 했었구나."

조 대비는 고개를 무겁게 끄덕이며 난처한 표정을 지었다.

중신들이 그 문제를 정면으로 들고 나오면 답변할 말이 없기 때문이었다.

"그러면 너는 그 문제를 어떻게 처리했으면 좋겠느냐?"

"글쎄올시다. 저는 신통한 묘책이 얼른 떠오르지 아니하옵니다."

"이 문제는 사전에 대책을 강구해 둘 필요가 있다. 지금 사람을 운현궁으로 보내, 흥선 대감을 낙선재에 곧 들어오시도록 일러라."

그로부터 얼마 후에 대원군이 낙선재로 들어왔다.

조 대비는 조관회의의 결과를 말한 뒤에,

"지금 성하의 말을 들어 보니, 왕실에서 부친 없는 처자를 중전으로 간택한 전례가 없다고 하는데, 만일 민 규수가 그 문제로 말썽이 될 경우에는 어찌했으면 좋겠소?"
하고 물었다.

대원군은 즉석에서 이렇게 대답하는 것이었다.

"저도 그 문제를 생각해 보았습니다. 그러나 그것은 별로 말썽이 되지 않을 줄로 아옵니다."

"말썽이 안 되다니요? 왕실의 규범인 《경국대전》에, 아버지 없는 처자는 중전으로 맞이할 수 없다는 대목이 분명히 있다고 하는데 대감은 그 규범을 모르시는 게 아니오?"

"저도 최근에 《경국대전》을 자세히 읽어 보았는데, 그런 대목은 없었습니다. 물론 원칙적으로 보면 양친이 갖추어 있어야 좋겠지요. 그러나 그와 같은 명문이 없는 이상에는 아버지 없는 처자라고 해서 대혼을 못하리라는 법은 없지 아니하옵니까?"

상식을 벗어난 억지 이론이었다. 그러나 대원군은 자신의 억지가 통할 수 있다는 자신을 가지고 있었다.

조 대비는 그래도 불안했다.

"지금까지 그런 전례가 없었다고 하니, 누가 반대를 하면 어찌하겠소?"

"조관들은 제 뜻을 대강 짐작하는 까닭에 별로 반대가 없을 줄로 아옵니다."

대원군은 어디까지나 과감하게 대답한다.

"그래도 그런 전례가 없었다는데?"

"그런 전례가 없었던 원인은, 승정원에서 처녀단자處女單子를 받을 때, 아버지 없는 처녀의 단자는 접수를 하지 않았기 때문이옵니다. 그러나 《경국대전》에는 그런 명문이 없으므로, 이번에는 승정원에서 부친의 유무를 막론하고 단자를 모조리 받아들이도록 분부하오면 해결될 문제가 아니옵니까? 일단 단자가 접수되면 뉘 집 처녀든지 맘대로 정할 것이오니 과히 괘념치 마시옵소서."

대원군은 이미 거기까지 생각하고 있었다.

조 대비도 그제야 마음을 놓으며,

"나는 그대로 하명할 터이니 제반사는 대감이 잘 알아서 법도에 어긋남이 없도록 하오."

"황공하옵니다. 마마의 분부대로 받들겠습니다."

대원군은 낙선재를 들러 나오다가 조성하를 만나 이렇게 말했다.

"자네가 지금 곧 승정원에 가서 간택령을 내리게 하되, 부모가 있고 없는 것은 가리지 말고, 사족의 처녀이면 모조리 단자를 받아들이도록 하게. 그래도 반대하는 사람이 있거든 '국태공께서는 그렇게 생각하시지 않으시더라'라고만 말하게. 그러면 모두 순조롭게 진행될 걸세……."

대원군은 그 한 마디를 던지고 운현궁으로 총총히 돌아가 버린다.

조성하는 대원군의 대담한 기백에 새삼스러이 놀랐다.

'국태공께서는 그렇게 생각하지 않으시더라고만 말하게. 그러면 모든 일은 순조롭게 진행될 걸세.'

그 자리에 멈춰 서서 대원군의 행차를 전송하는 조성하의 귀에는 금방 들은 대원군의 말이 새삼스러이 울려오는 것만 같았다.

천하에 군림하는 이 얼마나 자신만만한 말인가. 그 말은 분명 '내가 하려는 일에 어느 놈이 감히 반대하느냐' 하는 말투였다.

키가 다섯 자 두 치밖에 안 되는 조그마한 체구! 그러나 강철을 뭉쳐 놓은 듯이 탄탄한 체격이었다. 체구만이 강철같이 탄탄해 보일 뿐만 아니라 그의 입에서 울려나오는 음성은 쇠를 힘차게 울려대는 듯이 강경하였다.

비록 왕실의 후예이기는 하여도 아무 세도도 없이 조석이 마루하도록 궁색하게 지내던 때의 흥선군은 보잘것없는 '상갓집 개'에 불과하였다. 그때에는 술좌석으로 돌아다니며 안동 김씨들에게 갖은 수모를 받으면서도 공술이나 얻어먹기 좋아하였고, 투전판으로 돌아다니며 개평이나 떼어먹던 상갓집 개에 불과하였다. 그때에는 어디를 어떻게 두들겨보아도 성격 파탄자요, 시정의 무뢰한에 지나지 않았다.

그런 줄 알면서도 조성하가 흥선군과 밀접한 관계를 맺어온 이유는 안동 김씨네의 세력을 꺾으려면 왕실 종친 중에서 그래도 내세울 사람이 이하응밖에 없었기 때문이었다. 다시 말하면 이하응은 표면상의 간판으로 내세우고 조성하 자신이 일국의 권도를 장악해 보려는 야심이 있었기 때문이다.

안동 김씨들은 말할 것도 없고 조성하 자신도 그만큼 흥선 이하응을 대단치 않은 인물로 깔보고 있었다.

그러나 한번 권세를 잡고 나자 흥선 대원군은 인물이 확 달라졌다. 달라져도 이만저만 달라진 것이 아니었다.

지금까지는 상갓집 개라고 믿어 왔었는데, 이제 알고 보니 개가 아니라 호랑이 중에서도 무서운 호랑이였다.

'아, 지금까지의 모든 행동은 먼 장래를 생각하고 계획적으로 꾸며온 가장에 불과하였구나.'

조성하의 머리에는 와신상담이라는 네 글자가 불현듯이 떠올랐다. 대원군은 오늘이 있기를 기대하고 50평생을 무뢰한으로 자처해 왔다는 놀라운 사실을 조성하는 이제야 분명히 깨달았던 것이다.

대원군은 국태공의 지위에 오르자, 지금 전 국민을 동원하여 경복궁을 건조하고, 또는 선비들이 맹렬히 반대하는데도 불구하고, 부유腐儒들의 폐단을 막기 위해 서원을 철폐하였다. 그것은 홍선 대원군이 아니고는 감히 아무도 단행할 수 없는 대영단이었다.

"아아, 저렇게도 위대한 인물인 줄을 예전에는 미처 모르고 있었구나!"

조성하는 대궐 밖으로 사라지는 대원군 행차의 뒷모습을 멀리서 바라보며 혼잣말로 중얼거렸다.

최후의 경쟁자

　대원군과 헤어진 조성하는 승정원으로 도승지를 찾아가서 중전 간택에 대한 조 대비의 분부를 전달하였다.
　"대비마마께서는, 내일중으로 전국에 중전 간택령을 내림과 동시에, 대갓댁 규수의 단자를 모조리 받아들이라는 분부이시오."
　"잘 알겠소이다. 그러면 《경국대전》에 의거하여 곧 간택령을 내리고 단자를 받아들이도록 하오리다"
　"그리고 또 한 가지 분부가 계셨소. 종래에는 중전 간택시에 아버지 없는 규수는 단자를 받지 않아 왔지만, 이번만은 그런 처자라도 단자를 제출하기만 하면 그대로 받아들이라는 분부이셨소."
　도승지는 그 소리를 듣고 깜짝 놀라며,
　"예? 중전을 간택하는데 과부댁 규수도 단자를 받으라는 말씀인가요?"
하고 반문한다.
　"대비마마의 분부이시오."

도승지는 여전히 천부당 만부당하다는 표정으로,

"대비마마께서는 무슨 착각을 일으키신 게 아니신가요? 설마한들 과부댁 따님을 중전마마로 모셔올 수는 없는 것이 아니오? 그런 불필요한 단자를 무엇 때문에 번거롭게 접수한다는 말씀이오?"

도승지로서는 당연한 말이었다. 아비 없이 자란 규수를 중전으로 간택한다는 것은 상식으로는 생각할 수 없는 일이다.

"대비께서 어떤 생각으로 그런 영을 내리셨는지는 모르나, 어쨌든 그런 분부이셨소."

"그것은 《경국대전》의 본의에 어긋나는 분부이시니, 그러면 내가 대비마마를 직접 만나뵈옵고 품해 보리다."

도승지는 조성하의 말에 그대로 승복하려고 하지 않는다. 그러자 조성하는 대원군이 최후에 들려 주던 말이 불현듯 머리에 떠올라 이렇게 말하였다.

"대비마마는 분명히 그렇게 말씀하셨소. 아마 그것은 국태공의 의향이신 모양입디다."

도승지는 그 소리를 듣자 또 한번 깜짝 놀라더니, 이내 고개를 끄덕이며,

"국태공께서 그런 의향을 가지고 계시더라구요? 그러면 분부대로 거행하리다"

하고 두말이 없어진다.

조성하는 거기서 대원군의 위력을 또 한번 보았다. 대비마마의 분부에도 승복을 아니하려던 도승지가 '국태공'이라는 말 한마디에 단박 기가 질려서 쑥 들어가 버리니, 세상에 그런 위엄

이 또 어디 있으랴.

승정원에서는 다음날로 간택령을 내렸다. 한성부의 5부 48방을 동하여 조관과 사족집에 금혼령을 내림과 동시에, 각 부에서는 처녀단자를 받아들이되 전에는 아버지 없는 처자의 단자는 접수를 아니하였으나, 이번만은 그 점에 구애됨이 없이 모조리 받아들이라는 명령이었다.

처녀단자의 접수는 12월 20일까지로 하여 초간택은 그날 밤까지로 하고, 재간택은 이듬해인 정초로 하고, 최종 간택은 3월중으로 한다는 내용이었다.

간택령이 한 번 내려지자, 혼령기의 규수가 있는 조관과 사족의 집에서는 모두들 어수선하였다. 어떤 집에서는 혹시나 자기 딸이 중전으로 간택되지 않을까 하는 기대에서 가슴을 졸이기도 하였다.

그러나 어떤 양반댁에서는 다음과 같은 불평을 말하기도 하였다.

"대원군은 민씨댁 과부 딸을 중전으로 내정해 놓고서, 괜히 남의 집 귀한 딸들을 거풍만 시키려고 그러는 거야."

"민씨댁 과부 딸이라뇨? 뉘 집 과부 말이오?"

"몇 해 전에 죽은 민치록이라는 가난한 양반 있지? 대원군은 그 댁 과부 딸을 중전으로 데려오려는 거야."

"하필이면 중전마마가 될 색시가 왜 과부의 딸이오?"

"누가 아니래? ……그러나 대원군의 속셈은 빤한 일이야."

"뭐가 빤하다는 말씀이오?"

"대원군이 가장 싫어하는 것은 외척들이 득세하는 꼴이거든.

그래서 이번만은 일가친척이 없는 무남독녀를 데려오려는 거야."

"그러면 숫제 그 여자로 결정해 버릴 일이지, 우리네의 딸더러 단자를 내놓으라는 까닭이 뭐요?"

"그래도 격식은 필요하거든. 요컨대 우리네의 딸들은 민씨 집 규수의 배행陪行에 불과한 거야."

"아이구머니! 그렇다면 우리 집 아이는 숫제 단자를 내지 말아요."

"나도 단자를 내고 싶지 않지만, 나중에 대원군이 알면 생트집을 잡아 무슨 철추를 내릴지 모르니까 그저 꾹 참고 단자는 내어 봅시다."

이 모양으로 웬만한 집에서는 모두들 울며 겨자 먹기로 마음에도 없는 처녀단자를 내지 않을 수 없었다.

더구나 김씨 문중에서는 처녀단자를 내놓을 생각이 추호도 없었다. 그들은 그 때문에 문중회의까지 열었다.

처음 한동안은 모두들 대원군의 처사에 분개하며, 설사 안동 김씨가 3족이 멸하는 한이 있어도 처녀단자를 일체 거부해 버리자는 강경론까지 나왔었다.

그러나 나이 먹은 사람들은 고개를 좌우로 흔들었다.

"모든 일에는 시운이 있는 법이다. 우리네 안동 김씨가 수십 년을 두고 세상을 주름잡아온 것은 사실이었으나, 이제 다소의 쇠운이 든 것도 불가피한 천운이야. 그러한 천리를 이해하지 못하고 일시적 흥분으로 대원군과 정면으로 대결한다는 것은 너무나도 어리석은 일이다. 대원군이 지금 천하를 뒤흔들고 있기는 하지만 그 권세인들 언젠가는 꺾이는 날이 반드시 있을 것이다. 우리들은 은인자중하면서 그날이 오기만 기다려야 한다. 와신상담이라는 말은 그래서 필요한 거다."

노인들의 자중론이 주효하여, 안동 김씨 문중에서도 울분을 참고 처녀단자를 내기로 되었다.

승정원에서 12월 20일에 처녀단자의 접수를 마감하고 나니, 그 수효가 실로 40여 명에 달하였다. 그런데, 그 단자 중에는 이미 혼약이 되었던 김병문의 딸도 들어 있었다.

승정원에서는 곧 상의원常衣院에 명하여 각 처자의 집에 상의 3작作과 남색 안팎 치맛감 한 벌과 백색 단속옷감 한 벌과 위에 입는 당의 한 벌씩을 보내 주었다.(저고릿감을 세 벌씩 보낸 이유는, 예전에 여자가 밖에 나올 때에는 저고리를 세 벌씩 입는 까닭이니, 속에는 분홍 저고리를 입고, 위에는 자색 반회장 초록 저고리를 입었다)

그리고 다시 선공감繕工監에 명하여 각 후보자에게 운혜雲鞋 한 켤레씩을 보내게 하였다. 다시 말하면 선을 보이려고 대궐에 들어올 때에 입을 옷과 신발 일습을 골고루 맞추어 보내 준 것이었다.

드디어 초간택의 날이 왔다.

간섭은 조 대비 자신이 창덕궁 중희당에서 시행하기로 되어 있었다.

이날 아침이 되자 의장고儀仗庫의 교정轎丁들은 종친부 宗親府로 와서 여덟 명의 교정이 덩(궁중에서 쓰는 꼭지 없는 가마) 하나를 메고 처자를 데리러 가는데, 그들의 뒤에는 사복시司僕侍의

거덜〔別陪〕 4명이 호위로 따른다.

이날 늦은 조반때가 되자 중희당 넓은 뜰에는 처녀를 태운 덩 40여 채가 속속 모여들었다. 그리고 덩을 타고 온 처자들이 가마에서 내리면 나인 두 사람이 그들을 중희당의 넓은 대청으로 인도하는 것이었다.

중희당 넓은 대청에는 이미 처녀의 인원 수대로 질서도 정연하게 40여 개의 꽃방석이 놓여 있었다.

이윽고 40여 명의 아름다운 처녀들이 일당에 모여 앉으니 중희당 대청은 그대로 꽃밭동산인 양 향기조차 진동하는 듯하였다.

그 40여 명 중에는 한번 파혼을 당한 김병문의 딸과 민치록의 무남독녀 민 규수도 끼여 있었음은 말할 것도 없었다.

운현궁에서는 이날 아침 나인 두 사람을 일부러 민 규수의 집으로 보내어 민 규수만은 치장과 얼굴 화장을 궁중 풍속에 맞도록 꾸민 뒤에, 각별히 조심스럽게 모셔 오도록 일렀던 것이다.

40여 명의 처자가 한 자리에 모여 앉고 보니, 그들의 태도는 각양각색이었다. 어떤 처자는 부끄러워 숫제 고개를 수그리고 있기도 하고, 또 어떤 처자는 종작없이 요리조리 곁눈을 팔기도 하였다. 그러나 김병문의 딸과 민 규수만은 아무런 표정도 없이 태연히 앉아 있었다.

이윽고 조 대비가 시녀들의 부액을 받으며 중희당에 나타났다. 40여 명의 처녀들은 일제히 일어서서 조 대비가 자리에 앉기를 기다려 큰절을 올린다.

"모두들 앉거라. 열이 하나같이 꽃처럼 아름다운 처자들이로구나!"

조 대비는 처자들을 황홀한 시선으로 둘러보며 무심중에 감탄하고 나서, 이번에는 상궁들을 돌아보며,

"저 아이들에게 입맷상을 들여오도록 하라!"

하고 명한다. 간단한 음식을 먹여 가면서 간선을 하려는 것이다.

"어려워 말고 어서들 먹어라. 꽃 같은 너희들을 이렇게 한 자리에 대해 앉으니, 나도 너희들같이 젊고 아름다웠던 시절이 있었던가 하여, 인생의 무상함이 새삼스러이 절실하게 느껴지는구나!"

조 대비는 처녀들을 거듭 둘러보며 감개무량하게 말한다. 처녀들은 권에 못 이겨 수정과의 국물만 한 술 떠 마시기도 하고, 혹은 식혜를 두어 술 뜨는 척 마는 척하다가 숟갈을 그냥 놓아 버리기도 한다. 그러나 민 규수만은 예사롭게 약과를 두 개씩이나 집어먹고 나서, 수정과의 국물도 연거푸 대여섯 숟갈 떠 마신다.

'음……. 민 규수는 역시 천연스럽고도 당돌한 아이로구나.'

조 대비는 처녀들을 골고루 돌아보면서도 민 규수에게만은 특별한 관심을 품고 있었다. 아니, 특별한 관심 정도가 아니라, 오늘 이 행사는 민 규수를 중전으로 간택하기 위한 단순한 절차에 불과하지 않았던가.

그러나 조 대비에게는 또 하나 마음에 드는 처자가 있었다. 조 대비는 그 처자가 김병문의 딸인 줄을 모르고 무척 귀엽게 여겼다.

대왕대비는 초간선이 끝나자 중희당을 나와 낙선재로 돌아가며 도승지를 불렀다. 그리하여 민 규수를 비롯한 다섯 처녀만

수일 후에 재간택할 것을 말하고,

"나머지 처자들은 모두 소목蘇木 열근과 화장품과 의상값을 따로 주어 보내되 그들에게는 승정원에서 오늘로 허혼령을 내리도록 하오"

하고 분부하였다. 재간택에 뽑힌 다섯 처자 중에 민 규수가 들어 있었음은 말할 것도 없지만, 그 중에는 안동 김씨네 규수도 두 사람이 들어 있었다. 김병문의 딸도 그 중의 하나였다.

그것이 중전을 공정하게 뽑기 위한 행사였다면 재간택에 든 것만으로도 누구나 영광스럽게 생각하였으리라. 그러나 민 규수를 이미 중전으로 내정해 놓고 단순한 형식적인 절차만 밟는 까닭에 재간택에 입선된 네 처자의 집에서는 누구나 눈살을 찌푸렸다. 자기 집의 귀한 규수를 두 번씩이나 배행으로 거풍을 시키기가 너무도 억울했기 때문이었다.

재간택은 그로부터 이틀 후에 있었다.

조 대비는 재간택에서 세 처녀를 다시 떨어뜨리고 민규수와 김병문의 딸 두 처자만 최종 간택에 남게 하였다. 김병문의 딸은 그렇게도 조 대비의 눈에 들었던 것이다. 이제는 두 명의 규수 중에서 어느 한 처자만 중전으로 간택이 되는 판이었다.

조 대비는 최후의 한 명을 간택하기 전에 먼저 가례의 준비부터 착수하라는 명을 내렸다.

그리하여 새해로 들어선 병인년(1866) 2월 25일에는 〈가례도 감嘉禮都監〉이라는 관부를 새로 만들어 임금의 혼인식 절차를 맡아보게 하였다. 영의정 조두순을 도제조都提調로 임명하고, 우의정 이경재를 왕비 책봉의 정사正使로 임명하고, 대원군의 장인인

판도녕부사判都寧府事 민치구를 부사副使로 임명하여, 그들은 장차 중전 간택이 결정되는 대로 납채納采를 가지고 가게 하였다.

그 날 밤으로 대혼의 만반의 준비를 갖춘 뒤에, 3월 6일에 최후로 결정하는 간택을 시행하기로 하였다.

최후의 간택에 김병문의 딸이 남아 있다는 소식을 듣고 대원군은 크게 놀랐다.

만일 조 대비가 두 처자를 비교해 보고 마음이 변하여 김병문의 딸로 간택을 결정해 버리는 날이면, 대원군의 위신은 땅에 떨어질 뿐만 아니라, 한평생을 두고 외척들과 항쟁을 계속해야 할 것이 아닌가. 그러므로 여하한 일이 있어도 그것만은 결사적으로 막아내야 했다.

그렇더라도 한 번 언약이 있었다고 해서, 이제 다시 조 대비를 찾아 들어가서 똑같은 부탁을 되풀이할 수는 없는 일이 아닌가. 대원군은 생각다 못해 조성하를 급히 불러 이렇게 물어 보았다.

"대비마마께서 아직도 민 규수를 간택하지 않으시고 김병문의 딸과 저울질을 하고 계신 모양이니 어떻게 된 일인가?"

"글쎄올시다 대비마마께서는 민 규수도 마음에 드시지만 김병문의 딸도 무척 마음에 드시는 모양입니다."

"이 사람아! 그러다가 대비마마께서 김병문의 딸을 덜컥 간택해 버리면 큰일이 아닌가. 그것만은 어떤 일이 있어도 막아야 하네."

"저 역시 그렇게 생각하고 있습니다마는 마마께서는 그 처녀에게 애착이 무척 깊으신 모양입니다."

"마마께서 김씨들의 등쌀에 그처럼 골머리를 앓으셨는데, 중전 간택에서만은 그 생각을 잊어 버리신 모양이지? 그러면 좋은 수가 있네. 끝까지 대비마마가 김병문의 딸에게 마음이 쏠리실 경우에는 자네가 김씨네 구악을 들추어서 대비마마께 심리적인 충격을 드리도록 하게. 그러면 대비마마께서도 반드시 그 처자를 단념하시게 될 걸세."

3월 6일 ……드디어 최후 간택의 날이 왔다.

조 대비는 이날 중희당 서온돌西溫쫓에서 두 처녀를 만났다. 그런데 조 대비의 눈에는 김병문의 딸이 지극히 만족스러워 보여서 그녀의 손을 어루만져 보시며,

"너는 어쩌면 얼굴도 아름답고 부덕도 그처럼 높아 보이느냐?"

하고 감탄했다. 그 말은 이미 최후의 선언이나 다름없었다. 그 말 한 마디로써 조 대비의 심중을 충분히 엿볼 수 있었다. 그러자 옆에 있던 조성하가 얼른 뒤를 받아 깨우친다.

"마마께서는 그 규수가 뉘 집 따님인지 아시옵나이까?"

"이 애가 뉘 집 따님이더라?"

"김병문 대감댁 따님이옵니다."

조 대비는 문득 그 소리에 자신의 과거가 회상되었다. 외척 김씨 일가의 횡포를 생각하면 새삼스러이 입에 신물이 돌았다. 게다가 까맣게 잊어버리고 있었던 대원군과의 밀약이 불현듯 머리에 떠올라서,

"역시 모든 인품으로 보아 두 아이 중에서 민 규수가 더 뛰어나구나. 그러면 중전은 민 규수로 결정한다. 승정원에 나의 뜻을 곧 전하도록 하라!"

하고 분부하였다. 이리하여 아슬아슬하게도 최후의 순간에, 민
규수가 중전으로 간택이 되었던 것이다.

상감의 첫사랑

병인년 3월 6일에 중전 간택은 민 규수로 최후의 결정을 보았다. 중전 간택이 결정되자 새로 마련된 〈가례도감〉에서는 국혼을 거행할 만반의 준비를 갖추느라고 눈코뜰 사이가 없었다.

그러나 중전을 맞이해야 할 어린 임금인 고종은, 그런 문제는 일절 아랑곳 아니하고 날마다 내명부內命婦 이 귀인貴人과의 첫사랑에 취해 있었다.

고종이 궁녀 이 상궁을 처음 알게 된 것은 중전 간택이 시작되기 몇 달 전부터의 일이었다. 그때만 해도 고종은 열네 살의 철없는 소년에 불과하였다.

어쩌다 자기도 모르게 임금이 되어 대궐로 들어오기는 했으나, 날마다 글방 동무들과 함께 뒷골목에서 장난만 치던 그로서는 까다롭기 짝없는 궁중 생활이 한없이 원망스러웠다. 대궐 안에는 같이 장난을 할 수 있는 동무가 한 사람도 없는 것이 한없이 고독하였다.

무슨 일이나 일령지하에 불가능한 일이 없는 임금이건만, 그러나 정작 고종의 심정은 몹시 고독하였다. 맘대로 뛰놀아야 할 나이에 일거일동을 규범에 의하여 행동해야 한다는 것이 무척 고통스러웠던 것이다.

'임금이고 뭐고 죄다 집어치우고, 옛날로 돌아가게 해주었으면……'

그것이 고종의 솔직한 심정이기도 하였다.

궁중에는 상감이 맘대로 할 수 있는 꽃다운 궁녀들이 수없이 많건만, 아직 여자를 모르는 고종은 그들에게도 별로 흥미가 없었다.

어느 달 밝은 밤이었다.

어린 임금은 이날 밤도 고독을 참지 못해, 일단 편전便殿에 들었다가 다시 일어나 뜰로 나왔다.

그리하여 중천에 솟아 있는 교교한 달을 우러러보며, 수목 우거진 내정을 혼자 거닐고 있었다. 그 옛날 골목 안에서 '애! 재!' 하고 욕지거리를 해가며 같이 뛰놀던 동무들을 그리워하고 있는 것이었다.

달을 우러러보며 오랫동안 회고와 고독에 잠겨 있노라니, 문득 어디선가 여인의 아름다운 음성으로,

"상감마마, 밤 공기가 몹시 차옵니다. 그만 편전에 드사이다."

하는 소리가 들려온다.

고종은 깜짝 놀라며 소리나는 곳을 바라보았다. 고종이 서 있는 장소에서 조금 떨어진 곳에서 하얀 저고리에 남색 치마를 입은 아리따운 여인이 두 손을 모아 잡고 서 있는 것이 아닌가.

"아! 이 밤중에 네가 누구냐?"

고종은 적이 놀라며 물었다.

"궁녀 이 상궁이옵니다."

"궁녀라고⋯⋯?"

고종은 짐짓 여인의 자태를 유심히 바라보았다. 하얀 저고리에 남색 치마를 입고 전신에 달빛을 담뿍 받으며 서 있는 꽃다운 여인! 더구나 하얀 얼굴에 달빛이 곱게 비쳐서, 수줍은 듯 고개를 수그리고 있는 그 자태는 아름답기 그지없었다.

사내 열네 살이면 성에 눈이 뜨일 나이다. 이 상궁의 아름다운 자태를 보는 순간 어진 고종의 가슴은 별안간 설레었다. 달빛 아래 서 있는 아름다운 여인을 보고는 아무리 어린 고종도 목석일 수가 없었다.

여인의 아름다운 자태를 한동안 황홀하게 바라보고 있다가 고종은 자기도 모르게 그 앞으로 옥보를 천천히 옮겼다.

소년 왕은 아름다운 여인 앞에서 일단 걸음을 멈추었다. 그리하여 오랫동안 말없이 여인을 응시하였다. 바라보면 바라볼수록 가슴이 두근거린다. 누구든지 맘대로 할 수 있는 임금이건만, 한 사람의 남성으로 돌아온 고종은 가슴이 터질듯이 뛰었다. 그는 문득 자기도 모르게 여인의 어깨에 손을 얹으며,

"누구라고 했지?"

그렇게 물어보는 소년 왕의 음성은 떨리기조차 하였다.

"궁녀 이 상궁이옵니다."

"음⋯⋯, 아름다운 여인이로구나."

"황공하옵니다. ⋯⋯밤 공기가 몹시 차오니 속히 편전에 드사이다."

그러나 고종은 그 말에는 대꾸조차 아니하고,

"얼굴을 들어라!"

하고 무슨 밀명이라도 내리듯이 속삭였다.

어인은 눈을 내리깐 채 말없이 고개를 고즈넉이 들어 보인다. 달빛을 담뿍 머금은 여인의 갸름한 얼굴이 선녀같이 고와 보인다.

"음……, 과연 미인이로구나……. 너같이 아름다운 여인이 있다는 걸 내가 왜 진작 몰랐던고?"

이제야 알게 된 것이 무척 한탄스러운 듯한 말투였다.

이 상궁은 몸을 약간 움직이며,

"상감마마! 마마께서는 '나' 라는 말씀을 쓰지 마시옵고, 언제나 '과인' 이라고 하셔야 하옵니다"

하고 조그맣게 깨우쳐 준다. 그러자 소년 왕은 고개를 설레설레 흔들었다.

"쓸데없는 소리! 너와 나 사이에 과인이 무슨 필요냐!"

"황공무비하옵나이다, 상감마마!"

"아름다운 네 얼굴을 좀더 자세히 보고 싶구나! 얼굴을 좀더 치켜들라!"

소년 왕은 안타까운 듯이 여인의 어깨를 힘차게 잡아 흔든다.

여인은 눈을 살포시 내리감은 채 얼굴을 천천히 치켜든다.

여인의 얼굴을 바라보는 소년 왕의 심장은 터질 듯이 두근거렸다. 무엇인가 인생의 커다란 일을 저지르지 않고서는 견딜 수 없는 흥분이었다.

"자, 나와 함께 방으로 들어가자!"

고종의 입에서는 자신도 모르게 기어코 그 말이 나왔다.

여인은 고개를 수그린 채 임금의 뒤를 따른다.

휘황한 불빛에 바라보는 여인의 얼굴은 달빛에 바라보던 때보다도 더욱 아름다웠다.

"너, 지금 몇 살이냐?"

"열일곱 살이옵니다."

"열일곱 살? ……정말 아름답구나."

소년 왕은 그 말을 끝내자, 손을 들어 여인의 옷고름을 친히 끄른다. 아무리 나이가 어려도 사내는 역시 사내였다.

이날 밤 고종은 처음으로 여인을 알았다. 궁중에 여인이 많다 하되 임금이 살을 섞기는 이 상궁이 처음이었다.

다음날 이 사실이 알려지자, 승정원에서는 정5품의 상궁이었던 궁녀 이 상궁을 단박 종2품 귀인으로 승차시켰다.

그야 어쨌든 고종은 이 귀인을 한번 가까이한 다음부터는 저녁마다 그녀를 편전으로 불렀다.

고종에게 있어서 이 귀인은 첫사랑의 여인이었다. 몸은 비록 만민의 지존인 임금이라도, 첫사랑의 여인에게 심취하기는 평민과 다를 것이 없었다. 더구나 재색이 절미하고 천품이 온화한 이 귀인임에 있어서랴.

자고로 3천 궁녀라는 말을 흔히 써온다. 궁중에는 궁녀가 많다는 뜻이다. 임금은 그 궁녀들을 맘대로 범할 수 있다. 임금이 궁녀를 한번 가까이 하면, 그 총애의 정도에 따라 빈嬪, 귀인貴人, 소의昭儀, 숙의淑儀, 소용昭容, 숙용淑容, 숙원淑媛의 일곱 계품으로 부른다.

그런데 내명부 이 상궁은 대번에 귀인이라 부르게 되었으니 상감의 총애가 얼마나 두터웠는가 가히 짐작할 수 있는 것이다.

임금이 그와 같이 첫사랑의 정염에 도취되어 있는 동안에, 중전 간택이 본인의 의사를 무시한 채 진행되었다.

그러나 그 사실을 소년 왕과 이 귀인이 모를 리 없었다.

날씨가 몹시 추운 어느 겨울 밤. 이날 밤도 고종은 이 귀인을 침전에 불러 뜨거운 정을 나누고 있었다.

어릴 때의 동무들을 모조리 잃어버린 소년 왕은, 밤만 되면 고독한 심회를 이 귀인과의 쾌락으로 씻어버리곤 했던 것이다. 이날 밤도 상감은 이 귀인과의 쾌락을 무척 즐거워하였다. 그러나 이 귀인은 웬일인지 전에 없이 경황이 없는 기색이었다.

"네가 오늘 밤은 경황이 없어 보이니 웬일이냐?"

상감은 약간 불만스러운 어조로 묻는다.

이 귀인은 얼굴에 수심이 가득해지며,

"상감마마! 소첩이 마마를 가까이 모실 수 있는 기회는 앞으로 얼마 남지 않았사옵니다. 그 일을 생각하면 소첩은 눈물이 나옵니다"

하고 말하며, 짜장 눈물조차 흘리는 것이었다.

소년 왕은 그 소리에 적이 놀란다.

"나를 가까이할 기회가 앞으로 얼마 남지 않았다니, 그게 무슨 소리냐? 네가 나를 버리고 다른 사람한테 시집이라도 가겠단 말이냐?"

소년 왕은 불현듯 맹렬한 질투를 느끼며 반문한다. 자기는 만승의 제왕이요, 상대방은 궁녀라는 신분을 잠깐 잊어 버리고 사랑하는 남성으로서의 질투를 느낀 것이었다.

이 귀인은 그 소리를 듣고 깜짝 놀란다.

"마마께서는 무슨 말씀을 그렇게 하시옵니까? 궁녀의 신분으로 어찌 다른 곳으로 출가를 할 수 있으오리까?"

"음……, 그건 그럴 테지! 그런데 어찌하여 앞으로는 만날 기회가 없겠다고 말하느냔 말이다."

이 귀인은 가만히 한숨을 내쉬고 나서,

"상감마마께서는 지금 조정에서 중전을 간택중이신 것을 알고 계시지 않으시옵니까?"

하고 말한다.

"응 알았어! 중전이 새로 들어오면 너를 만나 주지 않을까봐 겁이 나서 그러는 모양이구나?"

"사실 중전마마께서 새로 들어오시면 천첩 같은 계집이야 감히 마마를 먼빛으로도 뵈올 수 없을 것이 아니옵니까? 오늘날 이렇듯 마마의 사랑을 받아오는 첩이 머지않아 마마를 뵈옵지 못할 일을 생각하오면 가슴이 찢어지는 듯이 슬프옵니다."

이 귀인은 그렇게 말하더니 소년 왕의 가슴에 얼굴을 파묻고 흑흑 느껴 울기까지 하는 것이었다.

이 귀인의 슬픔은 거짓 없는 슬픔이었다. 그녀 역시 첫사랑의 정열에 달뜨기는 고종과 다름이 없어서, 정이 깊이 들어버린 남성을 중전이라는 여인에게 빼앗기는 것이 한없이 슬펐던 것이다. 그녀는 임금이라는 지위가 탐이 나서 그러는 것은 아니었다. 다만 첫사랑의 남성을 잃어버리고 싶지 않았을 뿐이었다.

이 귀인의 진실에 소년 왕은 가슴이 뭉클해오며 눈물이 왈칵 솟았다.

"내가 너를 돌아보지 않는다고? ……그게 무슨 소리냐? 나는 중전이고 뭐고 모두 다 싫다. 오직 너만이 나의 사랑인 줄 알아라!"

임금은 이 귀인을 힘차게 껴안으며 격한 어조로 말한다.

그러나 이 귀인은 눈물을 흘리며 고개를 흔들었다.

"아니옵니다. 마마는 소첩의 애인이기보다도 일국의 임금님이시옵니다. 그것만은 넘어설 수 없는 엄숙한 사실이옵니다."

"아니다. 임금의 자리가 아무리 귀하기로 그 때문에 너와의 사랑을 희생시킬 수는 없는 일이다."

"말씀만으로도 황공무비하옵나이다. 그러나 마마께서 중전을 맞아들이셔야 할 것은 어찌할 수 없는 일인 것이옵니다."

"진심으로 사랑하는 네가 있는데, 생판 보지도 못한 중전이 무슨 필요냔 말이다. 중전이 기어이 필요하다면 너를 중전으로 맞아들이면 그만 아니겠느냐? 내가 내일 도승지를 불러 너를 중전으로 간택하게 할 테니 울지 말고 안심하거라……."

일국의 군주의 입에서 나온 말이라고 하기에는 너무도 경우에 닿지 않는 천진스러운 격정이었다.

그것이 법도상 불가능한 말임을 이 귀인은 알고 있었다. 그러기에 그녀는 임금의 가슴을 병아리처럼 파고들며 연방 흐느껴 울기만 하였다.

임금과 자신의 사랑이 아무리 진실해도 임금이라는 지위가 그것을 용납하지 않을 것이기에 그녀는 쓰라린 가슴을 부둥켜안고 울기만 했던 것이다.

가슴이 아프기는 소년 왕도 역시 마찬가지였다. 그는 어떡하든지 사랑하는 이 귀인으로 중전을 삼아 일생을 같이 살고 싶은 생각에서 다음날 아침에 도승지를 불러 이렇게 물어보았다.

"듣건대, 지금 조정에서는 중전을 간택중이라는데, 그게 사실이오?"

"예, 그러하옵니다. 상감마마께서는 해가 바뀌면 보령이 열다섯 살이 되시올 뿐만 아니라, 곤전마마가 계셔야 하옵기에, 지금 승정원에서는 중전을 간택중에 있사옵니다."

도승지의 대답이었다.

소년 왕은 무엇인가 머뭇거리다가 얼굴을 약간 붉히며 별안간 용기를 내어 이렇게 물었다.

"중전은 다른 데서 새로 맞아들일 것이 아니라, 이왕이면 궁중에 있는 이 귀인을 중전으로 맞아들이면 어떻겠소?"

도승지로 보면 너무도 도에 닿지 않는 분부이어서, 그는,

"옛! 이 귀인을 중전마마로 말씀이옵니까?"

하고 기가 막혀 하였다.

"여자는 다 마찬가지 여자가 아니오? 이 귀인은 얼굴도 잘생기고 인품도 얌전하지 않으오?"

소년 왕은 무슨 역정이라도 내듯이 투덜거린다.

도승지는 물론 소년 왕이 이 귀인에게 혹해 있음을 벌써부터 알고 있었다. 그러나 아무리 철이 없는 임금이라도 그렇게까지 무모하게 나올 줄은 몰랐다.

아닌게 아니라 상감은 그 문제로 심적 고민이 많은 탓인지 밤사이에 얼굴이 무척 초췌해 보이기까지 하였다.

그러나 아무리 철없는 소년의 고집이라도 상감의 체통을 무시

하고 궁녀를 중전으로 모셔올 수는 없는 일이 아니던가.

도승지는 정신을 가다듬느라고 한동안 침묵을 지키다가 공손히 입을 열었다.

"황공하신 분부이오나, 내명부는 중전으로 승격을 못 시키도록 되어 있사옵니다. 그런 까닭에 이 귀인을 중전으로 맞아들이는 것은 법도에 어긋나는 일이옵니다. 만민의 모범이신 지존께서 어찌 법도를 어기실 수 있사오리까?"

"그것은 도승지가 잘못 알고 하는 말이 아니오? 일찍이 숙종임금께서도 내명부인 장희빈을 후비로 받아들인 전례가 있지 않았소?"

도승지는 소년 왕의 반박에 또 한번 놀랐다. 숙종 임금이 인현왕후를 폐위시키고 장희빈을 후비로 받아들였던 것은 사실이기 때문이었다. 철없는 왕이 이 귀인을 중전으로 맞이하기 위해 거기까지 알아보았을 줄은 몰랐다.

그러나 도승지는 머리를 조아리며 다시 대답하였다.

"숙종 임금께서 장희빈을 후비로 맞아들이셨던 것은 사실이옵니다. 그러나 그 때문에 궁중에 얼마나 비참한 불행이 많았나이까? 숙종 임금께서는 그 점을 깊이 뉘우치신 바 계셔서, 그 이후로는 빈어嬪御에서 후비로 승격되는 일이 없도록 법을 새로 제정하셨습니다. 후비의 경우도 그러하거늘 하물며 일개의 궁녀를 어찌 중전으로 간택할 수 있으오리까?"

"마음에 드는 여인을 데리고 살겠다는 것이 뭐가 나쁘단 말이오?"

소년 왕은 또다시 역정을 부린다.

소년 왕의 생떼에 도승지는 진땀을 뺐다. 그러나 도승지로 서 궁중 법도에 벗어나는 분부를 용납할 수는 없는 일이었다.

"황공하옵니다. 저희 같은 평민이라면 이런들 어떠하고 저런들 어떠하오리까? 그러나 만승의 보좌에 앉으신 상감께서는 체통을 지키셔야 하옵니다. 지존께서 이 귀인을 극진히 총애하고 계심을 국태공께서도 알고 계시건만, 그럼에도 불구하고 국태공께서 중전을 간택하시려고 서두르시는 의도가 거기 계시지 않는가 하옵니다."

도승지는 생각다 못해 국태공을 방패로 내세웠다. 그래야만 상감의 고집을 꺾을 수 있을 것 같기 때문이었다.

과연 '국태공'이라는 말이 나오자, 상감은 입을 굳게 다문 채 말이 없다. 국태공의 명령에만은 복종하지 않을 수 없다고 체념한 모양이었다.

그러나 말없는 소년 왕의 눈에서는 한 줄기 눈물이 소리 없이 흘러내리고 있었다.

이미 60 고개를 바라보는 도승지는 그 광경을 보자 불현듯 측은한 심정을 금할 길이 없었다.

그리하여 조용히 입을 열어 이렇게 위로하였다.

"이 나라의 모든 백성은 지존의 적자赤子이십니다. 더구나 궁녀는 지존께서 누구든지 맘대로 총애하실 수 있으시옵니다. 비록 이 귀인을 중전으로 모시지 못한다 하온들 상감마마의 총애를 누가 감히 막을 수 있사오리까? 중전마마를 따로 모시는 것은 하나의 체통이오나, 그렇다고 이 귀인이 궁중을 떠나는 것은 아니옵니다. 그 점 너그럽게 헤아려 주시기를 바라옵니다."

"알았소. 알았으니 이제는 아무 말도 말아 주오."

어린 왕은 설움을 씹어 삼키며 말한다.

"황공무비하옵니다."

도승지는 진땀을 빼고 물러나왔다.

도승지가 물러나가자, 어린 왕은 주먹으로 가슴을 치며,

"장가 하나 맘대로 못 드는 이런 자리가 뭐가 좋단 말이냐! 중전은 저희들 맘대로 택하라지! 나는 나대로 이 귀인을 끝끝내 사랑하리라!"

하고 침통한 넋두리를 혼자 중얼거렸다.

백성의 입장으로 보면 만인이 우러러보는 임금이었다. 뜻이 있으면 무슨 일이나 안 되는 일이 없는 것처럼 보이는 임금이었다.

그러나 실제로 알고 보면 권력과 세도에는 반드시 거기에 따르는 남 모르는 구속과 고통이 있는 법이다. 만승의 제왕으로 그것만은 벗어날 수 없는 인생의 철칙이었던 것이다.

대운명의 날

누구에게 있어서나 일생의 반려자를 결정하는 약혼일이라는 것은 운명의 날이라고 할 수 있겠다. 그날의 결정으로서 일생의 운명이 좌우된다고 볼 수 있기 때문이다. 보통 평민으로도 그러하거늘 일국의 권도를 좌우하는 중전 간택의 경우는 더욱 그러하다. 그런 의미에서 중전 간택이 결정된 병인년 3월 6일은 비단 민 규수 개인의 운명의 날일 뿐만 아니라 근세 조선에 커다란 변화를 가져오기로 약속된 대운명의 날이기도 하였다.

이미 아는 바와 같이 이날 중전으로 결정된 민 규수는 그로부터 30년간 조선조 말엽에 커다란 풍운을 일으키다가 일제의 흉검에 시살된 명성황후다. 만약 그날에 민 규수가 중전 간택에서 낙선이 되었던들 근세 조선의 역사는 크게 달라졌을지도 모른다. 아니, 분명히 달라졌을 것이다.

그야 어쨌든 민 규수를 중전으로 결정한다는 조 대비의 최후 분부가 내리자, 그 순간부터 민 규수의 운명은 1백80도로 전환되었다. 조금 전까지도 민 규수는 끼니조차 제대로 끓여먹지 못하는 가난한 양반집 과부의 딸에 불과했다.

누구나 눈꼬리로도 거들떠보지 않는 무명천녀無名賤女와 별로 다를 것이 없는 보잘것없는 처녀였었다.

· 그러나 한 번 중전으로 간택이 되자 그녀는 일약 일국의 국모로 승격되었다. 위로 임금님 한 분을 제외하고는 일국 최고의 존귀한 어른이 되었다.

민 규수를 중전으로 결정한 사람은 조 대비였다. 그러나 이제는 그녀를 중전으로 결정한 대왕대비조차도 그녀 앞에서는 머리를 조아려야만 했던 것이다.

민 규수가 중전 후보자로 대궐 안에 있는 중희당에 들어올 때에는 여덟 명의 교정들에 의하여 덩을 타고 소리 없이 들어왔다.

그러나 일단 중전으로 선정이 되자, 집으로 돌아가는 그녀의 행차는 놀랍도록 호화로웠다. 스물네 명이 모시는 붉은 덩에 민 규수가 올라앉자 선전관宣傳官이 선두에 서고 그의 뒤를 승지가 따른다.

그리하여 그녀가 타고 있는 덩이 대궐 정문인 돈화문을 썩 나서니, 근장군사近杖軍士들이 전후좌우에서 호위하며 그녀의 행차 앞에서는 잡인들을 일체 얼씬도 못하게 하는 것이었다.

그나 그뿐인가, 어마어마한 호위를 받으며 감고당에 돌아오니, 어느새 어떻게 알았는지 평소에는 코빼기도 보기 어렵던 원근 친척들이 수십 명 몰려와서 민 규수를 융숭하게 영접하는 것이 아닌가.

'음! 알고 보면 인생이란, 하나의 커다란 연극이로구나. 나는 이제 일국의 국모가 되었다. 상감 한 분을 제외하고는 나 자신이 이 나라의 최고 지배자인 셈이다. 다시 말하면 나는 인생이라는 대연극의 주연자가 된 셈이다. 나는 이 연극을 멋지게 꾸며 보리라!'

민 규수가 속으로 그런 생각을 하며 덩에서 내리니, 모든 친척들이 허리를 굽혀 축하의 인사를 올린다.

그런데 한 가지 웃지 않을 수 없는 것은, 어머니 이씨조차도 이제는 딸을 딸이라 부르지 못하고 '중전마마'라고 불렀고, 아침까지도 '해라'를 했던 그녀가 이제는 최고의 존대사를 쓰고 있는 것이었다.

원래 왕비로 간택된 여인은 사가私家에 있지 아니하고, 혼례식을 거행할 때까지 별궁에 모시면서 시중하는 나인들과 지도상궁이 대궐에서 나가기로 되어 있는 법이었다. 그러나 민 규수의 경우는 감고당이 본디 인현왕후가 계시던 유서 깊은 집인 까닭에 그 집을 임시 별궁으로 정하고 그대로 눌러 있기로 했던 것이다.

그런데 감고당을 일단 임시 별궁으로 결정하고 나니, 어머니 이씨는 내실에서 쫓겨나 초당으로 나가 자야만 했다. 그리고 감고당 대문은 수문장이 지키고, 중문은 별감이 지키고, 안방은 민 규수가 쓰고, 건넌방은 궁중 법도를 지도하는 부모상궁傅姆尙宮이 쓰고, 안방 뒷방에는 중전을 보호하는 보모상궁保姆尙宮이 거처하게 되었다. 이제는 모든 것이 법도에 의하여 움직일 뿐이지 자유 행동이라는 것은 일체 용납되지 않았던 것이다.

어머니 이씨는 딸이 중전으로 간택된 것은 기뻤으나, 그 때문에 모녀지정이 9만 리로 멀어진 것 같아 오히려 섭섭한 정을 금

할 길이 없었다. 그리하여 따뜻한 정을 나누어 보려고 내실로
들어오려 하니, 수문장이 앞을 막고 별감이 앞을 막는다. 가까
스로 관문을 통과하여 내실로 들어와 딸을 보고,

"얘야! 너를 만나기가 이렇게도 어려워서야 가뜩이나 외로운
내가 무슨 재미로 살겠느냐?"

하고 말하니, 보모상궁이 그 소리를 듣고 펄쩍 뛰며 이씨를 호
되게 나무란다.

"중전마마 전에 감히 어찌 그런 무엄한 말씀을 드리옵니까?
나라 제도에 그리 못하는 법이오니 오늘부터는 사정을 버리고
중전마마로 모셔야 합니다."

어머니 이씨는 그 소리에 대답을 못하고 눈물만 지었다. 아
무러한 민 규수도 이때만은 어쩐지 서글픈 감회를 금할 길이
없었다.

민 규수가 중전으로 결정된 다음날인 3월 7일에는 조정으로부
터 민씨집에 정식 직함이 내렸다. 이미 세상을 떠난 사도시첨정
司導寺僉正이었던 민치록에게는 대광보국의정부 영의정 여성부
원군大匡報國議政府 領議政 驪城府院君이라는 칭호가 추증되었고,
그의 초취 부인이었던 세상 떠난 해주 오씨에게는 부령부부인府
寧府夫人이라는 칭호가 추증되었고, 후실 한산 이씨는 한창부부
인韓昌府夫人으로 책봉되었다.

그리고 그로부터 이틀 후인 9일에는 만조백관이 참석한 가운
데 인정전에서 납채례納采禮를 거행하였고, 11일에는 납징례納
徵禮를 거행하였고, 17일에는 종묘에서 선조에게 고유제 告由祭
를 거행하였고, 20일에는 인정전에서 책비례를 거행하였다. 21

일은 혼례식이 거행되는 친영례親迎禮의 날이었다. 이날은 국가의 대경사인 국혼의 날인 만큼 서울 장안은 아침부터 경축 일색이었다.

이날은 상감께서 중전을 맞이하러 감고당으로 친히 납시는 만큼, 신행이 행차할 길은 아침부터 티끌 하나 없이 깨끗이 청소되었고, 그 길에는 누구도 통행을 못하게 하였다.

임금이 곤시(坤時 : 오후 6시)에 중전을 친히 맞으러 납시는 것이었다.

이날 상감은 곤시가 되자, 면류관에 곤룡포를 입고 영의정 조두순 이하 만조백관의 배례를 받으며 봉련鳳輦을 타고 신행길에 올랐다. 좌우 길에는 육방관헌들이 깃발을 들고 늘어서 있고, 앞에는 근장군사들이 선봉을 서고 봉련 뒤에는 한성판윤漢城判尹이 말을 타고 따르고, 예조판서가 초헌을 타고 따르고, 또 그 뒤에는 훈련대장이 5천여 명의 군사를 거느리고 보무도 정연하게 따른다.

그리하여 상감이 돈화문을 나서니, 문 밖에 미리 대기중이던 악대가 '닐닐니리 쿵' 하고 아악을 유랑하게 울리며 앞을 인도하고, 그 뒤로는 노랑옷에 초립을 쓴 수많은 악공들이 너울너울 춤을 추며 따르고, 봉련 전후좌우에는 사모관대로 정장한 선전관과 승지들이 제각기 자리를 찾아 엄숙히 호위하며 행진하는 것이었다. 결혼식이란 여염집에서도 화려한 법이지만, 일국 제왕의 대혼식이고 보니 신행이 호화찬란할 것은 새삼스러이 말할 것도 없었다.

그러나 외부의 화려한 광경과는 딴판으로 이날의 신랑인 소년 왕은 중전을 맞이하러 가면서도 용안에 조금도 희색이 없었다.

'나는 어째서 마음에도 없는 여자와 결혼을 해야 하는가. 임금이란 싫든 좋든 간에 정해 준 여자와 한평생을 같이 살아야 하는 신세이던가?'

소년 왕은 봉련에 흔들리며 마음 속으로 그런 생각을 하였다. 소년 왕은 임금이 되기 2,3년 전에 오늘의 중전인 민 규수를 한 번 만나 본 일이 있었다. 민 규수는 어머니의 12촌 동생으로 아주머니뻘 되어서, 재황은 자기보다 한 살 위인 그녀를 어린 이모라고만 생각했을 뿐, 그 이상은 아무런 관심도 없었다.

그러한 그녀와 오늘부터는 중전으로서 한평생을 같이 살아야 한다는 것이 아닌가, 만약 소년 왕에게 이 귀인이라는 사랑하는 여인이 없었던들 그는 민 규수를 별로 싫어하지 않았을지도 모른다.

그러나 어른들의 강요에 못 이겨 봉련을 타고 중전을 맞이하러 가기는 가면서도 소년 왕의 머리 속에는 오직 이 귀인의 생각뿐이었다.

더구나 어젯밤에도 이 귀인이 소년 왕의 가슴에 얼굴을 파묻고 흐느껴 울며 애타게 호소하던 광경을 회상하면, 지금 버젓하게 다른 여인에게 장가를 가고 있는 자기가 무슨 죄악이나 범하는 것 같아 괴롭기조차 하였다. 어젯밤 이 귀인은 흐느껴 울면서 이렇게 호소했었다.

"상감마마, 첩이 상감마마를 가까이 모시는 것도 오늘 밤이 마지막이옵니다. 이 일을 생각하면 가슴이 미어지는 것만 같사옵니다."

"내가 너를 만나는 것이 어째서 마지막이란 말이냐? 나는 궁중 법도에 따라 마지못해 내일 중전을 데려오기는 하지만, 내가 진정으로 사랑하는 여인은 오직 너 하나뿐이라는 걸 잊지 말아 주기 바란다."

"상감마마 황공무비하옵나이다. 그러나 저는 일개의 궁녀에 불과하옵고, 새로 들어오시는 중전은 일국의 국모이시니, 저같이 천한 몸이 어찌 비길 수가 있으오리까? 다만 바라옵건댄 열흘에 한 번이라도 좋고, 한 달에 한 번이라도 좋으니 저를 잊지 마시고 때때로 찾아 주시기만 하옵소서."

"그야 물론이지! 내가 죽기 전에야 어찌 너를 잊을 수가 있겠느냐. 그 점만은 나를 믿고 안심하거라!"

"상감마마의 황공하신 분부를 받자오니, 천첩은 고대 죽어도 여한이 없겠나이다."

'아아, 상감마마를 중전에게 빼앗기기 전에 이 몸은 이렇게 마마의 정다운 품속에서 이대로 죽어 버렸으면 얼마나 행복스러울까?'

이 귀인은 혼잣말로 넋두리를 하며 목이 메도록 울었다. 그러자 소년 왕도 애인을 부둥켜안고 목을 놓아 울었다. 그것은 아무도 모르는 두 사람만의 비극이었다.

소년 왕은 지금 그와 같은 어젯밤의 비극을 가슴에 지닌 채 민규수를 중전으로 맞이하러 가는 길이었다.

이날 감고당에서의 초례 의식은 매우 복잡하였다. 만사가 귀찮은 소년 왕은 모든 행동을 의전관이 시키는 대로 기계적으로 움직였을 뿐이었다.

이윽고 예식이 끝나자, 머리에 화관을 쓰고 몸에 적의翟衣를 입은 신부는 상감과 함께 감고당을 떠나 대궐로 들어가는 것이다.

날이 어두워 대궐에 들어오니, 궁중에서는 인정전에 동뢰연 (同牢宴 : 신랑 신부가 교배 후에 술잔을 나누는 잔치) 을 베풀어 놓고 신랑 신부가 나타나기를 기다리고 있었다.

동뢰연이 끝나면 비로소 대조전에서 동방의 화촉을 밝히게 되는 것이다.

신부 민 중전이 나인에게 옹위되어 신방으로 들어가니, 청홍 쌍촛불이 휘황하게 밝혀져 있는 신방 한복판에는 금라금침이 이미 깔려 있었다. 새 중전이 봉황새 수놓은 꽃방석에 잠시 앉아 있는 중에, 상감이 동뢰연에 임석했던 그대로의 옷차림으로 방 안에 들어선다.

오늘의 신랑 신부는 생후 처음으로 단둘이 만나게 된 것이다.

신부 민 중전은 적이 가슴이 뛰었다. 지금 그녀의 눈앞에 나타난 열다섯 살의 소년은 이태 전만 하더라도 경운동 언니의 둘째 아들로 사사롭게는 조카뻘이 되는 재황이었다. 민 규수로 보면 아무 보잘것없는 코흘리개 소년에 불과하였다.

그처럼 보잘것없게 여겼던 재황이가 임금이 되었다는 소식을 들었을 때 민 규수는 크게 놀랐었다.

'그따위 철부지가 무슨 임금님이야!'

민 규수는 속으로 그런 생각조차 하고 있었다. 그러나 오늘에 와서는 자기 자신이 그의 아내로서 일국의 중전이 된 것을 생각하면, 또 한번 놀라움을 금할 길이 없었다.

상감은 옥보를 고요히 옮겨 오더니, 미리 마련해 놓은 용수 방석에 주저앉으며 말없이 신부를 바라본다.

새 중전은 고개를 수그린 채 말이 없었다. 상감의 동태를 기다리고 있는 것이었다.

그러나 아무리 기다려도 상감은 침묵에 잠긴 채 말이 없다. 중전은 기다리다 못해 고개를 고즈넉이 들어 상감을 올려다보았다. 그 순간 중전은 상감이 놀랍도록 성숙한 것에 깜짝 놀랐다.

그의 기억에 남아 있는 재황은 어디까지나 어린 소년이었다. 아까 초례청에서 의식을 올릴 때에도 용안을 잠깐 엿보기는 했으나, 불과 이태 동안에 그렇게도 성숙했을 줄은 몰랐다. 상감은 오랫동안 침묵에 잠겨 있다가 시선이 마주치는 것을 계기로 몸을 일으켜 가까이 다가오며,

"고단하시겠소. 그만 자리에 듭시다."

그런 소리를 조그맣게 중얼거리며 친히 화관을 벗기고 옷고름을 끌러 주는 것이 아닌가.

'아아, 재황이가 어느새 완전히 어른이 되었구나!'

중전은 가슴 두근거리는 흥분을 느끼며, 상감이 시키는 대로 원앙금침에 몸을 눕혔다. 상감도 친히 불을 끄고 자리에 든다.

중전은 상감이 장차 접근해 올 일을 상상하고 어둠 속에서 가슴을 졸였다.

어젯밤까지는 감고당의 누추한 방에서 이름 없이 살아오던 자기가, 오늘은 일국의 국모가 되어 대궐에 들게 된 것이 마냥 꿈만 같았다. 그러나 꿈 같은 변화이면서도 꿈은 아니었다.

'이제 상감께 몸만 허락하고 나면 나는 명실공히 이 나라의 국모다!'

생각이 거기에 미치자 중전은 상감이 빨리 접근해 오기를 은근히 기다리는 감정조차 동하였다.

그러나 상감은 웬일인지 바로 옆에 누워 있으면서도 깊은 침묵에 잠긴 채 움직임이 없다.

'아직 나이 어려 부끄러워서 그러시는 것일까?'

그러나 조금 전에 옷을 벗겨 주던 때의 능숙한 솜씨를 보면 반드시 부끄러움 때문이라고는 볼 수 없었다. 그렇다고 여자의 몸으로서 먼저 손을 내밀 수는 없는 일이 아니던가.

밤은 자꾸 깊어가건만, 상감은 그린 듯이 누운 채 여전히 말이 없었다. 그도 무리가 아닌 것이, 상감은 지금 마음속으로 이 귀인을 안타까이 그리워하고 있는 것이었다. 이 귀인의 옥같이 희고 비단결같이 부드러운 살결, 병아리처럼 가슴을 파고들며 상감을 사랑하노라고 애타게 부르짖고 연연해 하던 그 자태, 그러한 이 귀인을 생각하면 옆에 누워 있는 여인에게는 아무 흥미도 없었다.

상감은 자기도 모르게 한숨을 내쉬었다. 첫날밤부터 중전을 버리고 이 귀인에게 달려갈 용기는 없어도 마음만은 줄곧 그리로만 달리고 있었던 것이다.

이제나 저제나 왕이 접근해 오기를 기다리고 있던 중전은 천만뜻밖에도 상감의 입에서 한숨이 새어나오는 소리를 듣고 깜짝 놀랐다. 그와 동시에 가슴이 서늘하였다.

'무슨 까닭의 한숨일까?'

대뜸 머리에 떠오르는 것이 궁중에 우글거리는 꽃같이 아름다운 궁녀들이었다. 상감이 궁녀들을 맘대로 할 수 있다는 것쯤은 중전도 알고 있었다.

'혹시라도 상감은 어떤 예쁜 궁녀와 이미 깊은 정을 통하고 있었던 것이 아닐까?'

퍼뜩 그런 생각이 들자, 중전은 참기 어려운 질투를 아니 느낄 수가 없었다. 물론 중전과 궁녀는 지위가 근본적으로 다르다. 상감의 총애가 제아무리 두텁기로, 궁녀란 중전 앞에서는 고양이 앞에 나온 쥐의 신세와 다를 것이 없다.

그러나 그것은 어디까지나 형식상의 문제일 뿐이고, 상감이 어느 궁녀에게 혹하여 중전을 돌아보지 않는다면, 그것만은 아무도 막아낼 수 없는 일이 아니던가.

'상감의 한숨은 무슨 까닭의 한숨이었을까?'

천하를 주름잡을 수 있는 곤전마마의 지위도 상감의 사랑을 차지하고 나야만 존재할 것이 아니겠는가?

중전은 생각다 못해 상감 편으로 몸을 돌려 누웠다. 그제야 보니 상감은 어느새 쌕쌕 잠을 자고 있지 않은가. 중전은 불현듯 형용하기 어려운 모욕감을 느꼈다.

'아무리 나이 어리기로 내가 누구를 믿고 왔기에, 첫날밤에 이렇게도 냉대를 한단 말인가?'

분노와 비애의 감정이 한꺼번에 복받쳐올랐다.

'두고 보자. 제아무리 존귀한 지위이기로 결국은 한 사람의 남성이 아닌가?'

중전은 상감의 총애를 독점하기 위해서는 누구와든지 싸울 결심이었다. 물론 지금 당장은 그것이 불가능한 일인지 모른다. 그러나 언젠가는 독점을 달성할 자신이 있었다. 아무튼 동방에 화촉을 밝힌 첫날밤은 완전히 헛되이 보내고 말았다.

　민 중전은 그 원한만은 죽어도 잊을 수 없을 것 같았다. 그러기에 맨먼저 증오의 적이 되는 사람은 상감의 사랑을 독차지하고 있는 궁녀였다. 물론 그녀가 누구인지는 아직 모른다. 그러나 신방에서 상감으로 하여금 한숨을 짓게 한 궁녀가 어딘가에 반드시 있을 것만은 사실이기에 그 궁녀만은 그대로 둘 수 없다고 생각하였다.

　성품이 괄괄한 민 중전은 신방을 치르는 첫날밤부터 세상을 맘대로 휘두를 생각만 하고 있었던 것이다.

고독한 중전

결혼 초야를 헛되이 보낸 민 중전은 남모르는 원한을 가슴깊이 품은 채 두 번째의 밤을 맞이하였다. 아직까지는 명색이 곤전마마일 뿐이지, 실질적으로는 민 규수에 불과하였다. 명실상부한 곤전마마가 되자면 상감마마와 정을 나누어야 할 일이 아니었던가. 그러기에 민 중전은 두 번째의 밤을 은근히 기대를 갖고 있었다.

이날 밤도 소년 왕은 일찌감치 침전에 들었다. 그러나 고종은 자리에 들자 이내 잠이 들어 버린다.

민 중전은 또 한번 참기 어려운 모욕감을 느꼈다.

'상감은 내게 대해 이렇게도 관심이 없으셨던가?'

생각할수록 가슴이 미어지도록 통분할 일이었다.

민 중전은 잠이 올 리가 없었다. 불을 끈 채 자리에 누워 상감의 동태만 살피고 있었다.

'결혼 초야인 어젯밤에 상감은 무엇 때문에 한숨을 쉬었으며, 오늘 밤도 내게 대해 이렇게까지 무관심한 원인이 어디 있는 것일까?'

중전마마라는 자리는 누가 보나 존귀한 지위다. 그러나 상감과 접촉이 없는 명목상의 중전이라면 차라리 남편의 사랑 속에 살아가는 촌부의 신세만도 못한 것이 아니겠는가.

밤은 자꾸만 깊어가건만 상감은 언제까지나 잠에서 깨어나지 않는다. 그렇다고 여자 편에서 잠을 깨울 수는 없는 일이었다.

중전은 기다리다 못해 자기도 잠을 청해 보았다. 그러나 원한이 가슴에 맺혀 잠은 오지 않는다.

그 모양으로 답답하고 안타까운 시간이 오래 경과한 뒤였다.

상감은 문득 몸을 움직여 이편으로 돌아누우며 팔을 내밀어 민 중전의 어깨를 품어 안는다.

중전의 가슴은 별안간 터질 듯이 두근거렸다. 상감이 이제야 자기를 품어 안으려는 뜻을 나타냈기 때문이다.

그러나 상감은 중전의 어깨에 팔을 걸친 채 언제까지나 잠자코 있다. 방 안이 어두워 눈으로 볼 수는 없으나, 상감이 잠에서 깨어난 것만은 분명하다. 그 증거로, 상감의 숨결은 거칠기조차 하였다.

'상감은 아직 나이가 어려, 나에게 접근하기가 두려워서 주저하고 계신 것일까?'

중전은 그런 생각조차 먹으며 가슴을 졸이고 있노라니까, 상감은 어깨에 걸쳤던 팔을 다시 거둬들이면서 이번에도 가느다란 한숨을 쉬는 것이었다.

그 한숨은 중전의 가슴을 또 한번 서늘하게 하였다.

'상감은 나를 가까이할 생각은 아니하고, 밤마다 왜 한숨만 쉬실까?'

상감이 어느 궁녀와 깊은 정을 통하고 있음을 이제는 의심할
여지가 없었다.

상감은 몸을 뒤척이며 몇 번이고 한숨을 쉬더니, 문득 어둠 속
에서 벌떡 일어나 무엇인가 버스럭거린다. 명확하게는 알 수 없
어도 옷을 추스려 입는 것이 틀림없었다.

"이 깊은 밤중에, 상감이 옷을 추려 입고 어디를?"

민 중전은 생각이 거기에 미치자 저도 모르게 몸을 일으키며,

"마마, 이 밤중에 어디를 가시려고 그러시나이까?"

하고 물었다.

상감은 그 소리에 깜짝 놀랐는지 별안간 주춤하며,

"아! 아직도 자지 않고 있었소?"

하고 어색한 음성으로 묻는다.

"지금 자다가 깨어났사옵니다……. 마마께서는 어디를 가시
려고 그러시옵나이까?"

민 중전은 잠옷깃을 여미며 다시 한 번 물었다. 묻지 않고서는
배겨낼 수 없는 심정이었다.

소년 왕은 대답하기 거북한지 한동안 머뭇거리다가,

"어디 잠깐 다녀올 테니 중전은 어서 자오!"

하고 달래듯이 중얼거린다.

"이 밤중에 어디를 가시려고……."

"내 걱정은 말고 중전은 어서 자란 말이오."

상감은 볼멘소리로 역정이라도 내듯이 내쏘더니, 부랴부랴 밖
으로 나가버린다.

중전은 몸을 일으켜 따라나오려다 말고, 그 자리에 푹 주저앉

았다. 설움이 복받쳐오르며 눈물이 솟는다.

'대체 이 밤중에 상감은 어디로 누구를 찾아가는 것일까?'

평민과는 달라 상감의 거동은 자유로울 수가 없다. 밤중에도 그가 자유롭게 왕래할 수 있는 곳은 오직 궁녀들의 처소만이 아니겠는가.

자다 말고 밤중에 도망을 쳐가도록 상감을 미치게 하는 궁녀가 대체 누구일까?

민 중전은 한바탕 울다 말고 어둠 속에서 힘차게 원한의 입술을 깨물었다.

무엇보다도 궁금한 것이 상감의 사랑을 독점하고 있는 그 궁녀년의 이름이었다. 시집을 오기 전부터 시앗을 보고 있은 셈이니 기가 막힐 노릇이다. 곤전이라는 존엄한 긍지도 그 때문에 여지없이 유린되고 있는 것이 아닌가.

민 중전은 결혼 이튿날 밤도 눈물과 한숨으로 새웠다.

그러나 곰곰이 생각하면 울고만 있을 일이 아니었다.

'궁녀라는 것은 어디까지나 비천한 계집에 불과한 것. 곤전 마마의 권력은 궁녀 하나쯤 맘대로 처치할 수 있는 것이 아닌가. 그럼에도 불구하고 궁녀 때문에 내가 눈물을 흘리고 한숨을 쉬어야 한다는 것은 말이 안 되는 소리다!'

민 중전은 냉철한 이성으로 돌아오자 자신이 장악하고 있는 지위와 권력을 새삼스러이 인식해 보았다.

그러나 그와 같이 곤전만마로서의 거대한 세도를 맘대로 행사하기 위해서는 무엇보다도 상감의 총애를 받아야 할 필요가 있는데, 상감과는 아직도 남과 다름이 없지 않은가.

'그렇다! 내가 중전으로서의 지위를 확보하려면 우선 어떤 수단을 써서라도 상감의 환심부터 사야 한다.'

중전은 생각이 거기에 미치자 부질없이 눈물을 흘리며 한탄만 하고 있을 것이 아니라, 우선 상감의 총애를 독점하고 있는 궁녀가 누구인지부터 알아볼 필요를 느꼈다.

그리고 그 목적을 달성하기 위해서는 궁중 사정에 정통한 시녀들 중에서 어느 한 사람을 심복으로 삼아 상감의 과거 생활을 알아볼 필요를 느꼈다.

간밤을 공규空閨로 보내고 결혼 사흗날을 맞이하는 점심때 무렵에 지밀시녀至密侍女 반야월半夜月이 내전에 들어왔다. 반야월은 궁중에 들어온 지 5년이 넘는 열다섯 살의 궁녀로서 민 규수가 중전으로 간택됨과 동시에 감고당에 파견되어 민 중전의 시중을 들어 주던 시녀였다.

반야월의 입을 빌어 상감의 과거 생활을 알아볼 필요를 느낀 중전은 그녀를 침전으로 은밀히 불러 옥비녀 하나를 내주면서,

"반야월아! 이 옥비녀는 나의 결혼 기념으로 너에게 주련다. 네가 그 동안 감고당에서 나의 시중을 들어준 것이 하도 고마워 조그마한 선물이지만 주는 것이니 사양 말고 받아라!"

하고 말하였다.

반야월은 생각지도 못했던 귀한 패물을 받자, 어쩔 줄을 모르도록 기뻐하며,

"중전마마! 이렇듯이 귀한 패물을 내려 주시니 고마운 말씀 뭐라고 여쭈어야 좋을지 모르겠나이다!"

하고 곱살한 얼굴에 간드러진 웃음을 지어가며 말한다.

"너는 별소리를 다 하는구나. 나는 너를 시녀라기보다는 친 동생처럼 믿고 있는 터이다. 내가 궁중 생활에 생소해서 너만 믿고 있으니, 너는 나를 위해 무슨 일이나 도와 주기 바란다."

"중전마마, 쇤네 같은 인간에게 친동생이라는 말씀은 너무도 황공하옵나이다. 쇤네는 중전마마를 위해서는 목숨을 아끼지 않겠나이다."

반야월은 감격에 넘쳐 짜장 목숨이라도 바칠 듯한 심정이었 다. 민 중전은 이 기회에 반야월의 환심을 완전히 사두고 싶어 서 다시 입을 열어 이렇게 말하였다.

"나는 비록 중전이라고는 하지만 어디까지나 외로운 몸. 내 가 의지하고 싶은 사람은 오직 너 하나밖에 없다는 말이다."

중전으로서 시녀에게 하는 말치고는 너무도 체통이 없는 말 이었다. 민 중전도 그것을 모르지는 않았다. 그러나 목적을 위 해서는 수단을 가릴 필요가 없기에 민 중전은 체면을 손상시켜 가면서 그렇게까지 적극적으로 나온 것이었다.

반야월은 감격에 사무쳐 어쩔 줄을 모르도록 기뻐하면서,

"그저 황공무비하옵나이다 그러잖아도 중전마마가 아직 궁 중 생활이 생소하신 터에, 상감마마께서 어젯밤에도 궁녀의 처 소를 찾아가셨기 때문에 중전마마가 얼마나 외로우셨을까 하고 쇤네는 혼자 걱정을 마지않았나이다"

하고 말하는 것이 아닌가.

아무도 모를 줄 알았던 어젯밤의 비밀을 반야월은 이미 알고 있는 데 민 중전은 적이 놀랐다.

이미 그렇게 된 이상 민 중전은 아무것도 꺼릴 필요가 없었다.

"어젯밤의 일을 너는 이미 알고 있었느냐?"

"중전마마의 불행하신 일을 제가 어찌 모르오리까? 상감마마께서 하시는 일이라 저는 감히 입을 벌릴 수는 없었지만, 중전마마를 두시고 밤중에 침전을 빠져나오시는 것은 너무하신 일이었다고, 저는 혼자서 섭섭하게 생각하였나이다."

시녀에게까지 동정을 받아야 하는 불행한 신세에 민 중전은 눈시울이 후끈 달아올랐다. 그러나 체면만 지키고 있을 때가 아니기에, 민 중전은 눈 딱 감고 이렇게 물어보았다.

"너는 상감께서 간밤에 누구를 찾아가셨는지 알고 있느냐?"

"그야 물론이옵지요. 상감마마께서 밤중에 찾아가실 분이 이 귀인 이외에 또 누가 있겠나이까?"

"이 귀인? ……이 귀인이 누구냐?"

"어마! 중전마마께서는 아직 이 귀인이 누구인지조차 모르고 계시나이까?"

"궁중에 들어온 지 사흘밖에 안 되는 내가 무엇을 알겠느냐? 이 귀인이란 대체 어떤 사람이냐? 여자냐? 남자냐?"

"남자요……?"

반야월은 눈을 커다랗게 떠보이고 나서,

"상감마마께서 밤중에 찾아가시는 분이 남자라니, 무슨 말씀이시옵니까. 밤중에 대궐 안에 무슨 남자가 있사옵니까?"

"그러면 여자란 말이지?"

"물론이옵니다. 상감마마께서 밤중에 여자를 찾아가시니까 걱정이지, 남자를 만나신다면 무슨 걱정이겠나이까?"

"그러면 상감께서는 어젯밤에도 좋아하시는 여자를 찾아가셨단 말이냐? 물론 그 여자는 궁녀겠지?"

"그러하옵니다. 중전마마 전에 이런 말씀 여쭙기 무척 외람되옵니다마는 상감마마께서는 이 귀인을 무척 사랑하시옵나이다."

"상감께서는 언제부터 이 귀인을 사랑하셨느냐?"

"벌써 반 년이 넘었나이다. 궁중에는 아름다운 궁녀가 5,60명이나 되옵니다마는 상감마마께서는 다른 궁녀들은 거들떠보지 않으시고 오직 이 귀인만을 총애하시옵니다."

그 말에 민 중전의 마음은 무척 괴로웠다. 대궐 안에 상감이 맘대로 즐길 수 있는 궁녀가 있는 것만은 어찌할 수 없는 일이다.

따라서 상감이 이 궁녀 저 궁녀를 함부로 즐긴다면 그것 역시 중전으로서도 어찌할 수 없는 일인지도 모른다.

그러나 5,60명이 넘는 궁녀 중에서 다른 궁녀들은 거들떠보지 않고 오직 이 귀인 하나만을 총애한다면, 그것은 분명히 중전의 권위를 손상시키는 존재라고 볼 수밖에 없었다.

"이 귀인은 나이가 몇 살이나 되는 여자냐?"

"올해 열여덟 살이옵나이다."

"열여덟 살……?"

열여덟 살이라면 민 중전 자신보다 두 살이나 위다. 나이가 비슷하다는 데 민 중전은 패배감이 더욱 절실하였다.

"물론 얼굴은 미인이겠지?"

"제가 보기에는, 중전마마에 비기면 아무것도 아니옵니다마는, 사람들은 모두 미인이라고 야단법석이랍니다."

반야월은 중전의 환심을 사기 위해 마음에도 없는 소리를 종알거린다.

"그럴 리가 있나. 그 많은 궁녀 중에서 뽑힌 여자라면 둘도없는 미인일 터인데?"

"그야 물론 얼굴이 아름답고 살결이 비단결같이 희고도 곱고, 앞가슴이 불룩 솟아오르고 허리가 개미 허리같이 잘록하고, 다리가 쭉 뽑은 듯이 날씬한 것이 보통 미인은 아니옵니다."

반야월은 칭찬을 했다가 헐뜯었다가 종잡을 수가 없게 종알대고 있다.

그로 미루어 보면 이 귀인이라는 계집이 천하절색인 것만은 틀림이 없어 보인다. 그러기에 민 중전은 더욱 열등감이 느껴져서,

"상감마마께서는 이 귀인 이외에도 가까이하시는 궁녀가 또 있느냐?"

하고 다시 캐어 물었다.

"상감마마께서는 이 귀인 이외에는 아무도 가까이하지 않으시옵니다. 낮이나 밤이나 사랑하시는 궁녀는 오직 이 귀인 한 사람뿐이옵니다."

민 중전은 질투와 증오로 가슴이 지글지글 끓어오르는 것만 같았다.

'이 일을 어찌 해결했으면 좋단 말인가?'

처녀 시절의 민 규수는, 만약 자기가 중전이 되면 궁녀 따위는 맘대로 할 수 있는 존재라고 생각하고 있었다. 그러나 아무리 하찮은 궁녀라도 임금의 총애를 받게 되자 그 위력이 중전

을 무색하게 하고 있는 것이 아닌가.

'대원군과 부대부인께서는 이 사실을 알고 계실까?'

문득 뇌리에 떠오르는 것이 대원군 내외분이었다. 부대부인은 친정 언니뻘이 되는 관계로 만약 이 사실을 언니가 알기만 한다면 적절히 처리해 주리라는 생각이 들었던 것이다. 그리하여 민 중전은,

"애, 반야월아!"

하고 지밀시녀를 다시 불렀다.

"예? 마마, 왜 그러시나이까?"

"상감마마께서 이 귀인에게 혹해 돌아가시는 사실을, 운현궁 부대부인께서도 알고 계시느냐?"

"예? ……상감마마께서 이 귀인을 총애하시는 사실을 대원위 대감댁 부대부인께서 알고 계시느냐구요?"

"응! 물론 모르고 계시겠지?"

그러자 반야월은 천만의 말씀이라는 듯이 눈을 커다랗게 떠 보이며,

"중전마마! 그것은 어림도 없는 말씀이시옵니다. 궁중에서 일어나는 일은 대소사간에 운현궁으로 즉각 상세한 보고가 들어가는데 대원위 대감께서 어찌 그런 중대사를 모르시겠나이까?"

"뭐? 대원위 대감까지 그 사실을 알고 계시다고? ……그러면 부대부인께서도 알고 계실 게 아니냐?"

"물론 알고 계실 것이옵니다. 대감댁 마님이 그 일을 모르실 리가 있사옵니까?"

"부대부인께서도 알고 계셔?"

민 중전은 또 한번 놀랐다. 대원위 대감댁 부대부인이 알고 계시다면 그 일을 그냥 내버려두었을 리가 만무하기 때문이었다.

"네가 모르는 게 아니냐? 부대부인께서 알고 계시다면 그런 일을 그냥 내버려두지는 않으셨을 게 아니냐?"

그러나 반야월은 태연스럽게 이렇게 말한다.

"그것은 중전마마께서 모르시는 말씀이시옵니다. 부대부인께서는 진작부터 알고 계셔서, 지난 번에 이 귀인이 몸살로 앓아 누웠을 때에는 보약까지 지어 보내 주셨답니다."

"뭐? 부대부인이 이 귀인에게 보약까지 지어 보내셨다고? 그게 정말이냐?"

민 중전은 자신의 귀를 의심할 지경이었다. 대원위 대감댁 부대부인으로 말하자면, 사적으로는 친척 언니뻘에 해당하고, 공적으로는 사저의 시어머니에 해당하는 어른이다. 이번에 자기를 중전으로 간택하는 데 전력을 다해 준 사람들도 운현궁의 그들이었다.

그러한 그들이 자기를 중전으로 모셔들인 오늘날 상감이 이 귀인에게 미쳐 돌아가는 것을 가만 내버려둘 리는 없는 일이 아니던가. 더구나 이 귀인이 감기몸살을 앓는다고 보약까지 지어 보냈다는 것은 아무리 생각해도 믿을 수 없는 말이었다.

"중전마마께서는 제 말씀이 의심스러우시겠지만, 저는 운현궁에서 보내온 보약을 제 눈으로 똑똑히 보았답니다. 녹용과 인삼이 듬뿍 들어 있는 그 보약을 이 귀인이 그날로 달여 자시는 것까지 보았답니다."

"음…… 그래? ……그게 몇 달 전 이야기냐?"

"몇 달이 무슨 몇 달이옵니까? 바로 7, 8일 전 일이옵니다."

"7, 8일 전이라면 네가 감고당에 나와 있을 때가 아니냐?"

"예, 그러하와요. 제가 감고당에서 중전마마를 모시고 있다가 대궐로 잠깐 다니러 들어왔을 때에 그 광경을 보았답니다."

반야월이 그렇게까지 분명하게 말하는 데는 의심할 여지가 없었다.

'다른 사람이라면 몰라도 대원군 내외분께서야 나를 생각해서도 이 귀인을 그렇게까지 소중하게 여길 수가 있을까?'

그러나 그런 일은 자기가 중전으로 들어오기 이전의 일이니까, 민 중전은 그것으로 자위를 삼았다.

"내가 중전으로 들어온 이후에는 그런 일이 없었겠지?"

"중전마마께서 대궐에 들어오신 지 사흘밖에 안 되셨는데, 그동안에 무슨 보약을 또 지어 들여보냈겠나이까?"

"비단 보약만이 아니라, 이 귀인과 운현 대감댁 사이에 다른 연락은 없었느냔 말이다.

"바로 어제 대감댁에서 이 귀인에게 옷을 한 벌 지어 보냈다는 말은 들었습니다마는 그것이 사실인지 어쩐지는 모르겠나이다."

"뭐? 바로 어제도 이 귀인에게 운현 대감댁에서 옷을 지어 보냈다고?"

민 중전은 저도 모르게 언성을 높여 반문하였다. 들을수록 기가 막힐 뿐이기 때문이었다.

그러자 반야월은 상글상글 웃으면서,

"중전마마, 너무 흥분하지 마사이다. 운현 대감댁으로 보면 그것이 당연한 일인지도 모르옵니다"

하고 종알거린다

"무엇이 당연한 일이란 말이냐?"

"중전마마도 생각해 보사이다. 운현 대감댁으로 보오면, 중전마마나 이 귀인이나 모두 다 며느리이기는 마찬가지가 아니옵니까. 부대부인께서 이 귀인에게 보약을 지어 보내고 옷을 지어 보낸 것도 그런 심정에서 우러나온 소치가 아닌가 하옵나이다."

계집아이의 말이기는 하지만 듣고 보니 일리가 있는 말이었다. 중전 자신으로 보면 이 귀인이야말로 죽이고 싶도록 미운 계집이었다. 그러나 부모의 입장에서 보면 이 귀인도 중전과 마찬가지로 사랑스러운 며느리가 아니겠는가. 더구나 아들이 귀여우면 그가 사랑하는 여자도 귀여울 것은 정한 이치다.

여기서 민 중전은 자신의 고독한 위치를 홀연 절실하게 깨달았다.

'나는 운현 대감댁을 믿어서는 안 된다. 이 귀인 문제에 한해서만은 운현 대감 내외도 나의 적이다.'

그 순간에 민 중전은 놀랍고도 냉혹한 현실을 뼈저리게 깨달았다. 그와 동시에 그녀는 입술을 악물며 내심으로 이렇게 결심하였다.

'중전마마라는 엄숙한 지위를 확보하기 위해서는 모든 사람을 적으로 돌리고 나 혼자서 싸워야 한다. 싸움이란 이겨야 하는 것. 곤전마마라는 지엄한 지위를 잘만 이용하면 세상에 두려울 것이 무엇이랴. 국태공이라는 대원군의 위세도 결국 따지고 보면 곤전마마에는 비할 것이 못 되지 않던가?'

《육도삼략》을 읽고 《좌씨전》을 읽은 말괄량이 처녀 민 규수의 괄괄하고 기승스러운 기질은, 중전마마가 된 오늘날에도 그 대로 나타나 있었다.

고도의 전략

민 중전은 자신의 지위를 확보하기 위해서는 이 귀인을 없애 버리지 않을 수 없다고 생각하였다. 목적을 달성하기 위해서는 수단을 가릴 필요도 없었다. 그러나 그 목적은 어디까지나 상감의 환심을 사가면서 달성해야 할 목적이라는 것을 모르지 않았다. 만약 그 목적을 조급히 달성하기 위해 상감의 비위를 조금이라도 거슬렀다가는 오히려 화가 돌아오겠기 때문이다.

그러므로 이 귀인을 없애 버리려는 목적을 달성하기 위한 전제조건으로서 우선 상감의 환심을 사는 것이 급선무였다.

소년 왕은 결혼 사흗날 밤에도 중전과 한 이부자리에 들기는 하였으나, 좀처럼 중전과 접촉할 생각을 아니한다. 몸은 중전 옆에 누워 있어도 마음은 이 귀인만을 그리워하고 있는 것이었다.

중전으로 보면 이가 갈리도록 모욕적이고도 통분할 일이었다. 그러나 여기서 분노를 터뜨렸다가는 일을 근본적으로 망쳐 버리겠기에 민 중전은 어디까지나 양순하고 온화한 여성으로 가장하였다.

상감은 잠이 드셨는지 깨어 계신지 눈을 감으신 채 언제까지

나 말씀이 없으시다

'음……, 벌써 잠이 들었을 리가 만무한데, 아무 말이 없는 것을 보면 지금도 그년을 생각하고 있는가 보구나!'

민 중전은 속으로 악이 받쳤지만, 여전히 양순하고 온화한 말씨로,

"상감마마, 벌써 잠이 드셨나이까?"

하고 정숙하게 물었다.

"응! 곤전도 고단할 테니 어서 주무시오."

상감의 말투는 매우 퉁명스럽다.

"그러면 불을 끄오리까?"

"응! 불을 끄고 어서 자요!"

민 중전은 불을 끄고 상감의 옆자리에 누웠다. 팔과 팔이 맞닿도록 가깝게 누웠다.

상감은 그래도 아무 반응이 없다. 젊은 사람들 사이에 살과 살이 맞닿으면 응당 반응이 있을 법하건만, 이 귀인 생각에 골똘한 상감에게는 중전 따위는 안중에도 없는 모양이었다.

'이 모욕, 이 설움을 장차 어떻게 씻으랴!'

민 중전은 어둠 속에서 피가 엉기도록 입술을 야무지게 깨물었다.

그러면서도 상감께서 무슨 말씀이 있기를 가슴 졸이며 고대하였다.

그러나 상감은 30분이 지나고 한 시간이 지나도 여전히 말이 없다. 조금만 더 있으면 어젯밤 모양으로 또다시 어둠 속에서 옷을 추려 입고 이 귀인을 찾아갈 기미가 농후하다.

'오늘 밤만은 어떤 일이 있어도 상감을 이 귀인의 품속으로 돌려보내서는 안 된다!'

그렇게 결심한 민 중전은 문득 몸을 상감 편으로 약간 돌려 누우며,

"상감마마!"

하고 속삭이듯이 조심스럽게 불렀다

"왜 그러오?"

상감의 목소리가 또렷한 것을 보면 자지 않고 있는 것이 분명하다. 민 중전은 심중의 분노를 줄기차게 참고 상감에게 이렇게 속삭였다.

"상감마마! 오늘 밤은 제가 옆방에 가서 잘까 하오니, 마마께서는 찬바람을 쏘이시며 이 귀인의 처소에 친히 행차하실 것이 아니라 이 귀인을 이 방으로 불러다가 동침하시도록 하시옵소서!"

상감에게는 너무도 뜻밖의 제안이었다. 그러기에 소년 왕은 적이 놀라며 ,

"곤전은 그게 무슨 소리요?"

하고 약간 당황한 어조로 반문한다.

중전은 이때라 생각하고, 눈물겨운 어조로 이렇게 호소하였다.

"마마께서 이 귀인을 진심으로 총애하시는 것은 저도 잘 알고 있사옵니다. 마마께서 저를 꺼려 밤바람을 쏘이시며 이 귀인을 몸소 찾아다니시다가 만약 감기라도 드신다면 저로서는 그린 죄송스러운 일이 어디 있겠나이까. 그것은 곤전으로서의 도리가 아닌 줄로 아뢰옵니다. 그러니 마마께서는 제 걱정은 조금

도 마시옵고 마음에 드시는 대로 이 귀인을 침전으로 불러오도록 하시옵소서."

상감을 위해서는 이런 희생이라도 감수하겠다는 선언이있다.

그것은 인간의 약점을 교묘하게 찌르는 심리적인 전술이었다. 너무도 의외의 제안에 왕은 대답할 바를 모르는 듯 한동안 말이 없었다.

중전은 다시 입을 열어 말한다.

"곤전이란 상감마마를 항상 즐겁게 받들어모실 의무를 가지고 있는 여인인 줄로 아옵니다. 그러므로 마마께서 저를 꺼려 야한夜寒에 궁녀의 처소까지 행차를 하신다면 그처럼 망극한 죄가 어디 있겠나이까!"

소년 왕은 그렇지 않아도 곤전에게 양심의 가책을 느끼고 있는 판인지라, 민 중전의 너무도 현숙한 제의에 심리적인 고통을 아니 느낄 수가 없었다.

"곤전! 곤전의 마음은 잘 알겠소. 매우 고마운 말이오. 그러나 궁중에는 체모가 있고 체통이 있는 법인데, 내가 이 귀인을 좋아하기로 어찌 침전에까지 불러들이오?"

"지당하신 말씀이옵니다. 저도 궁중에는 법도가 지엄하다는 것을 잘 알고 있사옵니다. 그러나 마마의 건강은 법도보다도 더 소중한 것이 아니옵니까? 저는 그것이 걱정스러워 말씀 올린 것이옵니다."

"오오, 고마운 말이오. 곤전이 나를 이렇게까지 참된 마음으로 걱정해 주는 줄은 미처 몰랐소."

소년 왕은 감격에 사무쳐 민 중전의 어깨를 덥석 잡아끌며 말한다. 민 중전은 말없이 상감의 품에 안겼다.

"곤전!"

"...... ?"

"어젯밤에는 내가 무척 원망스러웠던 모양이구려?"

"아니옵니다. 마마만을 받들어모셔야 할 제가, 마마께서 즐겨 하시는 일에 대해 어찌 원망을 품을 수 있사오리까?"

민 중전은 상감의 품속에서 꿈결처럼 다정하게 속삭였다.

"오오, 더욱 감격스러운 말이오. 나는 곤전의 참되고 아름다운 성품을 처음 알았소."

감격과 함께 상감은 민 중전의 허리를 힘차게 끌어당긴다. 이 귀인에게 마음이 끌렸을 때에는, 민 중전이 옆에 있어도 여인이 아니었었다.

그러나 허리를 한번 끌어안고 보니 민 중전의 젊고 탄력 있는 육체는 소년 왕의 정신을 황홀하도록 도취시키기에 충분하였다.

이리하여 민 중전은 이날 밤 비로소 명실상부한 곤전마마가 되었다. 이를테면 고도의 전술을 써서 지위를 확보한 것이었다.

자고로 열 계집 싫어하지 않는 것이 남자의 본능이다. 그 점에 있어서는 임금님이라도 평범한 남성들과 다를 것이 없었다.

소년 왕은 이 귀인을 사랑하고 있음에도 불구하고 중전과 살을 한번 섞고 난 다음부터는 중전에 대해서도 애정을 느끼게 되었다. 이 귀인은 이 귀인대로 사랑스러웠고, 중전은 중전대로 좋아 보였던 것이다.

그리하여 그때부터는 두 여인을 번갈아가며 접근하였다.

이 귀인을 조금이라도 멀리하게 하고 상감과 자주 접촉하게 되었다는 것은 민 중전으로서는 큰 성공이었다. 중전은 상감이 침전에 들어오기만 하면 이 귀인을 찾아가지 못하도록 갖은 친절을 다하였다.

그러나 그런 정도로 만족할 민 중전은 아니었다. 당당한 곤전마마로서 상감의 총애를 이 귀인 따위와 이등분하여 차지한다는 것은 자존심과 체면이 허락지 않았다. 그러기에 원망스럽고 미운 마음에서는 이 귀인을 당장 때려 죽이고 싶기까지 하였다. 남편의 애정을 독점하고 싶은 점은 곤전마마라고 천부촌녀와 다를 것이 없었던 것이다.

중전은 그 문제로 골머리를 앓다 못해, 하루는 친정 오빠인 민승호를 불러 이렇게 물어보았다.

"오라버니! 이 귀인이라는 년을 없애버리기 전에는 내가 마음이 괴로워 못 견디겠는데 그년을 어떻게 했으면 좋겠소?"

민승호는 그 소리를 듣고 고개를 설레설레 내젓는다.

"물론 중전마마의 고충은 충분히 짐작이 가옵니다. 그러나 대궐로 들어오신 지 반 년도 못 되어 이 귀인을 제거하시려다가 일이 여의치 않을 경우에는 오히려 마마에게 큰 화가 미칠지도 모르옵니다. 그러므로 당분간은 고통을 참고 계시면서 순순히 타개해 나가실 기회를 기다리시는 것이 좋을 줄 아옵니다."

"나도 그 점을 생각해 보지 않은 것은 아니오. 그러나 눈엣가시 같은 그년을 어떻게 그냥 내버려둔단 말이오?"

"물론 중전마마로서는 그러실 것이옵니다. 그러나 급히 먹는 밥에 목이 멘다 하옵고, 독을 보아 쥐를 못 친다는 속담도 있지 아니하옵니까?"

상감마마께서 지금 이 귀인을 몹시 총애하고 계시옵는데, 그녀를 선불리 제거하려다가 지존의 기휘에 거슬리면 어떡합니까? 아직은 중전마마의 지반이 튼튼하지 못 하오니, 우선 마마의 지반이 튼튼해지실 때까지는 참으셔야만 하옵니다."

"그년이 상감의 총애를 받고 있는 동안에는 그년이 중전인지, 내가 중전인지 모를 지경인 것을 어떡하오?"

"그것은 너무도 지나치신 기우이시옵니다. 궁녀에 대한 지존의 총애가 아무리 열렬하기로 중전과 궁녀를 어찌 같이 논할 수 있겠나이까? 모든 것은 시간이 정당하게 해결해 줄 것이오니 그 점은 안심하고 계시옵소서."

중전도 민승호의 사리정연한 신중론에는 수긍을 아니할 수가 없었다.

그러나 그녀의 울분은 아직도 많았다.

"이 귀인이라는 년도 밉지만 그보다도 더욱 괘씸하게 생각되는 것은 운현 대감 내외분의 해괴한 처사요."

"예? 운현 대감 내외분께서 어떤 처사가 있었기에 그런 말씀을 하시옵니까?"

민승호는 어리둥절한 표정으로 반문하였다.

"오라버니는 아직도 그 댁 내외분의 처사를 모르시옵니까?"

"저는 전연 모르옵니다. 어떤 일이 있었사옵니까?"

"듣건대 운현 대감 내외분은 나보다도 오히려 이 귀인이란 년을 소중히 여겨서, 그년이 감기에 걸리자 채신머리없게 녹용과 인삼을 듬뿍 넣은 보약을 그년에게 지어 보냈다니, 세상에 그럴 수가 어디 있단 말이오? 다른 사람이 그런 짓을 했다면 또 모르겠소. 부대부인으로 말하면 우리와 한집안인데, 오라버니나 나를 보아서도 어찌 그럴 수가 있단 말이오?"

"그런 일은 저는 금시초문이옵니다. 중전 간택에 적극 협력하신 운현궁에서 어찌 그럴 리가 있사옵니까? 그것은 잘못 아신 것이 아니옵니까?"

"내가 아무리 경솔하기로 잘못 알고서 그런 말을 함부로 할 리가 없는 일이 아니오?"

"만약 그런 일이 사실이었다면 그것은 중대한 일이옵니다. 제가 한번 알아보도록 하겠습니다."

"새삼스러이 알아볼 필요조차 없는 사실이오. 아마 운현 대감댁에서는 상감이 총애하는 계집이라고 해서 중전인 나와 궁녀에 불과한 그년을 똑같은 며느리로 취급하는 모양이니 이런 억울한 일이 어디 있단 말이오? 운현궁에서 그런 태도로 나온다면, 나도 운현 대감댁에 대한 각오를 달리할 수밖에 없을 것 같소이다."

민 중전은 독기 오른 눈에 굳은 결의를 보이며 말한다.

"지당하신 말씀이옵니다. 그러나 모든 일에는 시기가 있사오니, 너무 서두르지는 마시옵소서. 제가 중전마마의 결의를 머리 속에 두고 자세한 내막을 알아보도록 하겠나이다."

"나는 오라버니만 믿겠소이다."

이리하여 민승호와의 이날의 회견은 그것으로 끝났다.

그러나 민 중전의 가슴에 맺힌 운현궁에 대한 원한은 한날 한시도 풀릴 때가 없었다. 그것이 나중에는 대원군과 민 중전의 암투로 변하였으니, 조선이 멸망하게 되는 한말 풍운의 씨는 이미 이때에 뿌려졌던 것이다.

그후에 민 중전은 민승호의 충고에 의하여, 중전마마로서의 자신의 지반을 튼튼히 구축하기에 전력을 기울였다. 위로는 상감의 환심을 사기에 온갖 정성을 다한 것은 말할 것도 없고, 아래로는 대궐에 드나드는 관인官人들은 물론이요, 나인 시녀에 이르기까지 어느 누구에게나 후덕을 베풀어 보였다. 그리하여 모든 사람들은 입을 모아 민 중전의 부덕을 높이 찬양하였다.

그러나 상감은 중전을 가까이하면서도 이 귀인에 대한 총애만은 전과 다름이 없었다. 민 중전은 무엇보다도 그것이 가슴 아팠다. 더구나 이제는 나이가 열일곱이 넘어 남녀의 정을 알게 되었는지라, 밤에 상감이 이 귀인을 찾아가서 공규를 지킬 때면, 이 귀인에 대한 원한이 골수에까지 사무쳤다.

'도대체 이 귀인이란 어떻게 생겨먹은 계집이기에, 상감의 총애가 그다지도 지극할까?'

중전으로 들어온 지 만 이태가 가까워 오도록 아직 한 번도 만나본 일이 없는 이 귀인이었다. 마음속으로는 어느 날이고 미워하지 않은 적이 없는 '그녀'이었건만 정작 본인은 코빼기도 구경한 일이 없는 중전이었다.

'어떻게 생겨 먹은 계집인지, 한번 만나보기라도 하자!'

민 중전은 문득 그런 생각이 들자, 어느 날 오후에 조용한 틈을 타서 이 귀인을 내전으로 불렀다.

중전마마의 부르심을 받았으니, 궁녀의 신분으로서 감히 어찌 거역을 할 수 있으랴.

민 중전이 아랫목에 단정히 앉아 기다리고 있으려니까, 잠시 후에 이 귀인이 단신 내전으로 들어선다.

그녀는 중전 앞에 나오자, 머리를 푹 수그린 채 두 손을 땅에 짚고 큰절을 하는 것이었다.

나이는 중전보다 두 살 위인 열아홉. 얼굴이 갸름하고 코가 오똑 솟고, 몸매가 날씬한 것이 첫눈에 보아도 향기롭도록 아름다운 여인이었다.

'과연! 놀랄 만큼 미인이기는 하구나……'

민 중전은 저도 모르게 맘속으로 감탄하였다. 여자의 눈으로 보아도 반할 지경인데, 하물며 남자의 눈으로 본다면 미쳐 버리는 것이 오히려 당연할 것 같았다.

'나도 저런 미인으로 태어났으면 얼마나 좋았을까?'

민 중전은 이 귀인의 미모에 황홀히 도취되어 잠시 질투의 감정조차 망각하고 있었다.

그러나, 상감께서 저녁마다 저렇듯 아리따운 여인의 육체를 마음껏 즐기고 계시리라 생각하니, 중전의 가슴속에서는 별안간 질투의 감정이 회오리처럼 치밀어올랐다. 맘 같아서는 당장 때려죽여, 이 세상에서 없애버리고 싶기도 하였다.

그러나 중전은 분노와 질투의 감정을 줄기차게 억제하였다. 중전으로서의 위엄을 보여 줘야 하겠기 때문이었다.

"네가 이 귀인이냐?"

중전은 분노와 질투의 감정을 털끝만큼이라도 보일세라, 지극히 온화한 어조로 조용히 물었다.

"예, 그러하옵니다. 부르심을 받고서야 찾아뵙게 되어 황공망극이옵니다."

이 귀인은 중죄인처럼 고개를 폭 수그린 채 전신을 가냘프게 떨며 대답한다.

"네가 평소에 상감을 극진히 모신다니 참으로 고마운 일이로다."

"그 죄 백 번 죽어 마땅할 뿐이옵니다."

"내가 너에게 특별히 부탁하노니, 너는 이제 앞으로도 상감을 변함없이 극진히 받들어모시도록 하여라! 오늘은 그 말을 부탁하기 위해 너를 일부러 불렀다."

이 귀인은 그 말을 어떻게 해석해야 좋을지 몰라, 이제는 황송하다는 대답조차 못하고 떨기만 한다.

중전은 다시 말없이 이 귀인을 바라보았다. 살결은 어떻게 그렇게도 희고 맑으며, 손가락은 어쩌면 그렇게도 고울 수 있으랴.

일찍이 서시와 양귀비 등이 절세미인이었다는 소리를 들었지만, 그들이 제아무리 아름다웠기로 눈앞의 이 귀인만은 못했을 것 같았다.

그러나 그녀의 아름다운 눈, 코, 입, 귀, 손가락, 유방 등⋯⋯, 모든 것이 밤마다 상감을 미치게 하고 있을 일을 상상하자, 민 중전은 눈알이 뒤집히도록 미운 생각뿐이었다.

그리하여 자신도 모르게,

"내 말을 명심하고, 그만 물러가거라!"

하고 거친 음성으로 명령하였다.

이 귀인은 여전히 몸을 떨며 얼굴을 수그린 채 뒷걸음을 쳐서 물러나간다. 그리하여 문 밖에서 발자국소리가 멀어져가자, 민 중전은 무의식중에,

"아무래도 저년만은 죽여버려야 하겠어!"

하고 소리내어 투덜거리며 두 주먹을 불끈 움켜쥐고 전신을 부르르 떨었다. 이 귀인을 그냥 두고서는 상감의 총애를 독점할 자신이 전연 없었던 것이다.

마침 그때 대청에서 인기척이 나더니, 반야월이 무슨 긴한 말이라도 하려는 표정으로 들어오며,

"중전마마! 지금 이 귀인이 이곳을 다녀나갔나이까?"

하고 묻는다.

"응! 금방 다녀나갔다. 왜 그러느냐?"

"이 귀인은 참으로 다복도 하시와요."

"이 귀인이 다복하다니? 그게 무슨 소리냐?"

"그분은 상감마마와 운현 대감댁의 총애를 한 몸에 모으고 있는데다가, 이번에는 경사까지 겹쳤다 하옵니다."

반야월은 의미심장하게 종알거린다.

"이 귀인에게 경사가 있다니? ……그게 무슨 경사냐?"

민 중전은 반야월의 옷깃을 무심중에 움켜잡으며 다급하게 물었다.

완화군 탄생

경사라는 말에는 여러 가지 뜻이 있다. 결혼을 하는 것도 경사
요, 여자가 아이를 잉태한 것도 경사다.

그런데, 지금 시녀 반야월이 말하는 '이 귀인의 경사' 란 무엇
을 말하는 '경사' 일까?

경사라는 말에서 민 중전의 머리에 대뜸 떠오르는 생각은 이
귀인의 '임신' 이었다. 그러니까 민 중전은 자신도 모르게 무슨
경사냐고 다급하게 물어본 것이었다.

"중전마마! 이 귀인에게 경사가 있다 하오면, 한 가지 이외에
또 무슨 경사가 있겠나이까?"

반야월은 솔직하게 대답하지 아니하고 변죽만 울린다.

"도대체 이 귀인에게 무슨 경사가 있길래 너는 솔직히 대답
하지 않고 변죽만 울리는 것이냐? 궁금해 못 견디겠구나. 어서
속시원하게 대답하여라!"

"황공하옵니다. 그러나 솔직하게 여쭙기에는 너무도 놀랍고,
중전마마를 위해서는 너무도 섭섭한 일이옵기에, 어쩐지 경솔
히 어쭙기가 송구스럽나이다."

"아……니, 무슨 일이기에 네가 그렇게도 대견스럽게 구느냐? 이 귀인이 아기라도 가졌단 말이냐?"

민 중전은 궁금증을 참다 못해 문제의 핵심을 자기가 먼저 찔러 보았다. 그러자 반야월은 고개를 까딱이며 대답한다.

"예, 그러하옵니다. 이 귀인께서 아기를 가졌다 하옵니다."

"뭐? 이 귀인이 아기를 가졌다고……?"

민 중전은 무심중에 소리를 크게 쳤다. 그 순간 그녀는 눈앞이 캄캄해왔던 것이다.

"너는 어디서 그런 소리를 들었느냐?"

"조금 전에 최 상궁을 만나 뵈었더니, 다달이 있어야 할 것이 벌써 석 달째 없을 뿐만 아니라, 이 귀인께서 요새 식성이 갑자기 변한 것을 보면 분명히 임신인 것 같다고 하옵니다."

"최 상궁이 누구냐?"

"이 귀인을 모시는 내빈이옵니다……. 아기를 중전마마께서 가지셨다면 쇤네인들 얼마나 기쁘겠나이까? 쇤네는 그 소식을 듣고 어쩐지 서글픈 생각이 들었나이다."

반야월은 제멋대로 종알거리며 짜장 슬픈 표정조차 지어 보인다.

그러나 민 중전의 귀에는 아무 말도 들리지 않았다. 이 귀인이 임신했다는 말은, 청천의 벽력보다도 더 놀라운 소식이기 때문이었다.

'왕의 총애를 받고 있는 그년이 아기를 본다면 이제 앞으로 그년의 존재는 더욱 커질 것이 아닌가? 내가 아들을 낳기 전에 그년이 먼저 아들을 낳으면 그 아이를 세자로 봉하게 될지도 모를 일이 아니던가? 그렇게 되는 날에는 중전이라는 나의 존재는 허울 좋은 명색에 불과하고, 실질적으로는 그년이 국모가 될 것이 아니겠는가?'

생각이 거기에 미치자, 민 중전의 가슴은 질투와 증오로 지글지글 끓어올랐다.

민 중전은 자신의 지위를 확립함과 동시에 상감의 총애를 자신에게 집중시키고 싶어서 벌써부터 임신을 바라고 있었다. 그러나 세상에 맘대로 안 되는 일이 임신이어서 결혼한 지 2년이 다 되도록 여태 감감소식인데, 난데없는 이 귀인이 임신을 했다니 일은 크게 벌어진 셈이었다.

'이런 일이 생길 줄 알았으면 그년을 진작 처치해 버렸어야 할 것을!'

이제 와서는 우유부단했던 자신을 뉘우치기조차 하였다. 임신을 했다면 '그년'의 존재는 점점 커질 것이니, 그년의 존재가 커질수록 처치하기가 어려워질 것이 아닌가.

'반야월의 말대로 그년이 정말로 임신을 했을까?'

무엇보다도 확인하고 싶은 것이 그 일이었다. 민 중전은 반야월을 통하여 임신 여부를 좀더 명확하게 알아보도록 일렀다.

그러나 반야월은 이 귀인이 다달이 있어야 할 것이 석 달째 없다는 것과, 이 귀인의 식성이 갑자기 변했다는 말만 반복할 뿐, 그 이상의 자세한 확증은 말하지 못했다.

민 중전은 생각다 못해 어느 날 밤 잠자리에서 그 사실을 상감에게 물어보기로 결심했다.

이 귀인의 임신 여부를 누구보다도 정확하게 알고 있을 사람이 상감이겠기 때문이었다.

그리하여 중전은 말 허두를 이렇게 꺼내었다.

"이 귀인이 잉태를 했다 하오니 마마께서는 얼마나 기쁘시옵니까. 진심으로 축하의 말씀을 올리나이다."

상감은 중전에게서 뜻하지 않았던 축하의 말을 듣자 어리둥절해하다가,

"곤전은 누구한테서 그 말씀을 들으셨소?"

하고 약간 겸연쩍은 표정으로 반문했다

"상궁들한테서 들었사옵니다. 그런 일이 있는 줄 알았으면 진작 축하의 말씀을 올렸어야 할 터인데, 오늘에야 알았기 때문에 축하의 말씀이 늦어 죄송하옵니다."

말만은 어디까지나 현숙하고 정숙하였다. 그러나 이 귀인의 잉태를 부인하지 않는 상감의 태도를 보고, 민 중전의 가슴속은 또다시 질투와 증오로 끓어올랐다.

"축하……? 허허허, 고맙소이다. 곤전도 하루속히 잉태를 해야 할 터인데……."

"저도 역시 아기를 낳아 보고 싶사옵니다. 그러나 그것이 어디 맘대로 되는 일이옵니까?"

"곤전이 어서 아들을 낳아 주오. 그래야 이 나라의 국기國基가 튼튼해질 게 아니오?"

"마마의 뜻을 받들지 못하여 죄송하옵니다. 그러나 제가 아기를 못 낳으니, 이 귀인이라도 속히 상감의 혈육을 낳아야 할 것이 아니옵니까?"

민 중전은 상감의 마음을 떠보기 위해 그렇게 말하였다. 그 말

은 상감의 마음을 떠보는 동시에 자기 자신의 현숙성을 장식해 보이는 말이기도 하였다.

"음……, 과연 곤전은 마음이 현숙하구려. 곤전이 아기를 가졌다면 그 이상 기쁜 일이 어디 있겠소마는, 곤전이 잉태를 못하니, 이 귀인이 잉태한 것만도 다행인가 하오."

어린 왕은 약간 수줍어하면서도 첫 혈육이 생겨나게 된 것을 적이 기뻐하는 눈치다.

민 중전은 통곡이라도 하고 싶도록 슬펐다.

'내가 못 낳는 아기를 그년이 낳다니, 이 무슨 비극이란 말인가?'

중전은 물론 자기가 임신을 영영 못하리라고는 생각지 않았다. 이제 겨우 열일곱 살이니 아기는 이제부터 낳을 나이다. 그러나 이 귀인이 상감의 애정을 자기보다도 먼저 점령한데다가, 이제 또 아기마저 먼저 낳게 되니 중전 자신은 사사건건 이 귀인에게 발등을 짓밟히는 것이었다.

그러나 임신이라는 엄연한 사실에 대해서는 어찌할 방도가 없었다.

'역시 그년은, 언젠가는 내 손으로 없애버려야 할 불공대천지수야!'

그러나 지금 당장은 어찌할 수 없으므로, 민 중전은 이 귀인이 제발 아들을 낳지 말고 딸을 낳아 주기를 바랄 뿐이었다.

그 때문에 비밀리에 반야월을 시켜 태점胎占도 여러 번 쳐보았다.

그러나 물어보는 곳마다 점쟁이들은 마치 약속이나 한 듯이 모두가 아들이라는 것이었다.

'만약 아들을 낳는 날이면?'

민 중전은 그런 질문을 자기 자신에게 해보기도 하였다. 이 귀인의 몸에서 아들이 태어나면 그 아이가 상감의 맏아들이 된다. 맏아들이라는 이유로 그 아기가 세자로 책봉이 된다면, 자기가 장악해야 할 국가의 권세가 이 귀인의 손에 넘어가고 말 것이 아닌가. 그것만은 도저히 용납할 수 없는 일이기에,

'그때에는 그 아이를 내 손으로 처치해버릴 수밖에 없겠지!'

하고 민 중전은 마침내 심독한 결심까지 하였다.

그러나 그럴수록 민 중전의 태도는 온화하였고, 아랫사람들에게는 더욱 자비심을 베풀어 보였다. 그러기에 중전마마처럼 부덕이 높으신 어른은 없다는 칭찬이 날이 갈수록 세상에 널리 퍼졌다.

주위에서는 어떤 생각을 하고 있든 간에 한번 잉태된 아기는 열 달이면 세상에 나오게 마련이었다. 해가 바뀐 무진戊辰년 (1868) 이른 여름에 이 귀인은 상감의 첫아기를 낳았다.

아들이었다. 민 중전은 그 소식을 전해 듣고, 아무도 없는 내전에서 혼자 주먹으로 가슴을 치며 통곡하였다.

그러나 이 귀인이 원자를 낳았다는 소문이 널리 퍼지자 궁중은 말할 것도 없고 조선 천지에 경색이 충만하였다.

만조백관들은 제각기 앞을 다투어 입궐하여 상감에게 축하의 인사를 올렸고, 대원군 내외도 이날만은 특별히 부부 동반으로 임금님을 배알하고 축하를 주상하였다.

그리고 그 소식을 전해 들은 백성들도 저마다,

"나라에 큰 경사났네. 장차 임금님이 되실 분이 탄생하셨으니 그 얼마나 기쁜 일인가?"

하고 경축 일색이었다.

그러나 지각 있는 노인들만은 왕자의 탄생을 무턱대고 기뻐하지는 않았다.

"왕자가 곤전의 몸에서 태어났어야 할 터인데, 이 귀인의 몸에서 태어났다는 것은 아기님을 위해서나 국가를 위해서나 큰 불행이야!"

"이번에 태어난 아기님이 누구의 몸에서 태어났거나 임금의 첫 아드님인 것만은 틀림이 없으니까, 이번 아기님은 응당 세자로 책립될 것이 아닙니까?"

"그야 물론 임금님으로 보면 맏아들임이 틀림이 없지만, 그러나 궁녀의 몸에서 태어난 아드님을 적계嫡系라고는 볼 수 없거든. 국가의 대통을 서계자庶系子로 계승시키는 데는 반드시 말썽이 따르는 법이거든. 임금님의 자리를 계승하는 데는 친형제 간에도 피비린내나는 투쟁이 많은 법인데, 하물며 서계는 말썽이 없을 수가 없단 말이야. 그런 의미에서는 이번 왕자 탄생은 국가의 장래를 위해서는 불상사의 씨앗이라고도 볼 수 있단 말야!"

역사에 밝은 노인들은 오히려 국가의 장래를 우려하기도 하였다.

그야 어쨌든 간에, 이 귀인이 해산한 그날 상감은 만인의 축하를 받기에 바빴고, 상감 자신도 아기 아버지가 된 것을 노골적으로 기뻐하였다.

민 중전은 겉으로는 상감과 함께 기뻐하며, 산후에 복용하는 보약과 아기를 위한 비단이불까지 이 귀인에게 보내 주었다.

그러나 그것은 어디까지나 겉치레일 뿐이었고, 그녀는 그날부터 입맛이 없었고, 그로 인한 심리적 고민이 이만저만이 아니었다.

더구나 그녀를 분노하게 만든 것은 대원군 내외가 왕자 탄생을 노골적으로 기뻐하는 사실이었다.

아무리 상감의 첫아들이라 하더라도 그 아기는 하찮은 궁녀의 몸에서 태어난 아기가 아닌가. 따라서 대원군 내외만은 아무리 맏손자라 해도 국가의 대통을 생각하거나 민 중전에 대한 의리를 생각해서 설사 마음속으로는 기쁠지언정 그런 기색을 표면에는 나타내지 않아야 옳을 일이다. 그럼에도 불구하고 대원군은 누구보다도 먼저 대궐로 달려 들어와 어전에 경축사를 올렸고, 부대부인은 해산한 그날로 아기 포단과 미역을 가지고 이 귀인의 산실을 친방親訪했으니 그야말로 중전의 존재를 완전히 무시한 처사라고 볼 수밖에 없었다.

'어디 두고 보자! 당신네가 그년을 그렇게까지 싸고 돌진댄 이제부터는 당신네들도 나와는 원수나 다름없는 존재다!'

민 중전은 반야월을 비롯하여 지밀시녀들의 입을 통해 대원군 내외의 처사를 들었을 때 저도 모르게 앙심을 품으며 그렇게 중얼거렸다.

그러나 민 중전이 마음속으로 저주를 하거나 말거나, 이 세상에 태어난 아기는 슬기롭게 자라나고 있었다.

새로 탄생한 아기의 이름은 선墡.

왕자군 선이 백일을 맞는 날에는 궁중에서 성대한 백일잔치가 있었다. 중전은 국모로서의 체면을 생각해 많은 선물을 보내 주었다. 그리고 반야월을 그 잔치에 보내어, 하객들의 이름과 잔치의 광경을 자세히 탐사해 오게 하였다.

저녁에 반야월이 돌아와 알리는 말에 의하면, 이날의 잔치에는 문무백관들이 한 사람도 빠지지 않고 모두 다 진귀한 선물을 들고 찾아왔다는 것이었다.

그나 그뿐이랴, 그 잔치에는 대원군 내외도 친히 참석했는데, 특히 대원군은 벌렁벌렁 웃는 아기를 가슴에 품어 안고 매우 통쾌한 웃음을 웃으며,

"백 날밖에 안 된 분이 숙성도 하셔라! 어서 빨리 자라서서 이 나라의 국운을 더욱 융성하게 하소서!"

하고, 마치 조선 천지 미래의 운명이 핏덩어리 같은 그 아기에 달린 듯이 말하더라는 것이었다. 그렇다면 그 말은 그 아기를 세자로 삼으려는 뜻이 내포되어 있었다 볼 수밖에 없었다. 더구나 그 말이 국권을 맘대로 주름잡는 국태공의 입에서 나온 말이고 보니, 민 중전은 무심히 들어 넘길 수가 없었다.

'만약 그년의 몸에서 태어난 그 자식을 황세자로 책립만 한다면, 당당한 중전인 내 꼴이 뭐가 되며 장래에 내가 낳을 아들의 신세는 뭐가 된단 말인가?'

중전은 그 일을 상상하면 전신에 소름이 끼쳤다. 아무튼 이 귀인은 '선'이라는 아들 하나를 낳음으로써 모든 영광과 권세가 그리로 집중하여, 자기는 버젓한 중전이면서도 완전히 빛을 잃어가고 있는 느낌이었다.

그러는 동안에도 세월은 흘러서 어느덧 1년이 되었다. 왕자 선의 첫 돌이 돌아온 것이었다.

궁중에서는 아기의 첫 돌잔치를 차리느라고 매우 바빴다. 특히 이번에는 대원군의 특명으로 잔치를 크게 차리는 것이었다.

돌잔치를 하루 앞둔 날 저녁에, 반야월이 내전으로 들어오더니,

"중전마마! 내일 아침 아기씨의 돌잔치에는 아기씨를 태자로 책립하셔서 완화군完和君이라고 부르시게 한다는 소문이 도는데, 그것이 사실이옵니까?"

하고 묻는다.

"무어? 이 귀인이 낳은 아기를 태자로 책립한다고?"

중전은 깜짝 놀라며 반문하였다 그녀는 진작부터 그 일을 걱정해 왔었지만, 설마 정말로 그렇게 될 줄은 몰랐다.

"누가 그런 소리를 하더냐?"

"모두들 그러는데, 대원위 대감의 특명으로 내일 아침 돌잔치에는 그 아기씨를 왕세자로 정식 책립하신다 하와요. 쉰네는 중전마마께서 이미 알고 계신 줄 알았는데, 그러면 아직 모르고 계셨나이까?"

"나는 처음 듣는 소리다. 세상이 아무리 어지럽기로 그럴 수가 있나, 원!"

중전은 철없는 계집아이 앞에서 차마 분노를 터뜨릴 수가 없어서 듣기 좋게 중얼거렸지만, 내심에는 불이 일었다.

"만약 이 귀인의 아드님을 세자로 책립하는 날에는, 나중에 중전마마께서 아드님을 낳으셔도 상감님이 못 되실 것이 아니옵니까? 대원위 대감께서 중전마마께 대해 너무하시와요. 마마

는 그렇게 생각되지 않으시나이까?"

"그것도 천운인 걸 어떡하니? 모든 것은 시간과 하늘이 해결해 주시겠지!"

민 중전은 이미 심중에 각오한 바 있으면서도 겉으로는 어디까지나 온화하고 정숙하게만 꾸몄다.

왕은 궁녀의 몸에서 태어난 아들을 세자로 봉하기가 어심에 괴로웠던지, 돌잔치가 있기 전날 밤에 중전에게,

"국태공께서 내일 아침 돌잔치에서 아기를 세자로 봉한다는 분부가 계신데, 곤전 생각에는 어찌했으면 좋겠소?"
하고 넌지시 의향을 떠본다.

중전은 반대해 보았자 별수 없으리라 깨닫고, 흔쾌한 표정을 지으며 이렇게 대답한다.

"어르신네들이 하시는 일에 제가 감히 무슨 의견이 있겠나이까? 왕자군은 상감의 유일한 혈통이오니 의당 세자로 봉하여야 합니다. 내일 아침 돌잔치에 왕세자로 책립하신다면 그 이상의 생일 선물이 없을 것이옵니다."

"나는 곤전의 몸에서 태어난 자식이 아니어서 꺼리는 점이 없지 않지만, 국태공께서 기어이 책립하신다고 고집이시구려."

그 말을 듣는 순간 민 중전은 감격의 눈물이 솟았다. 결혼 초기에는 이 귀인에게 반하여 중전을 거들떠보지도 않던 왕의 입에서 이제는 이 귀인보다도 자기를 더 소중히 여기는 말이 나왔기 때문이었다.

상감과의 거리가 그처럼 가까워졌다고 생각하니 이제는 원수처럼 미운 사람은 국태공 대원군뿐이었다.

"상감마마께서 저를 그처럼 아껴 주시니 황공무비하옵나이다. 저의 소생이 왕세자로 책봉된다면 상감인들 얼마나 기쁘시며, 전들 얼마나 기쁘겠나이까. 그러나 왕자군을 세자로 책립하게 되는 것도 제가 잉태를 못했기 때문이오니, 상감께서는 제게 대한 걱정은 조금도 마시옵소서, 그 아기도 상감이 사랑하시는 아드님이 아니옵니까."

"오오, 곤전은 어쩌면 마음이 그렇게도 아름다우오."

상감은 중전의 너그러운 대답에 감탄해마지않으며, 두 손을 덥석 붙잡기까지 하는 것이었다.

그리하여 민 중전은 마음속으로는 무서운 음모를 계획하고 있으면서도 상감의 총애는 날이 갈수록 두텁게 얻고 있었다.

국태공과의 적대

홍선 대원군 이하응은 그의 둘째 아들 재황이 왕위에 오르기 이전에는 몰락한 왕족의 후예로서, 한낱 파락호破落戶에 불과하였다. 당대의 권세가인 안동 김씨들을 따라다니면서 공술이나 얻어먹기가 일쑤였고, 돈이 떨어지면 투전판으로 돌아다니며 개평이나 떼어먹는 것이 그의 직업처럼 되어 있었다. 그러기에 안동 김씨들은 그를 수모하는 의미에서 '상갓집 개'라는 별명으로 부르기도 했다.

그러면 이하응은 과연 그렇게도 못난 사나이였던가? 아니다. 결코 그런 것은 아니었다. 혁혁한 왕족의 피를 받아 태어난 그는 일찍부터 학문에 힘을 써 세상에 대한 경륜이 높은데다가, 언젠가는 조선 천하의 국권을 장악하리라는 웅대한 뜻을 품고, 천시天時를 기다리며 안동 김씨들의 경계의 눈을 속이기 위해 계획적으로 그런 비루한 처세를 해오고 있었던 것에 불과하였다.

그리고 그의 웅대한 뜻은, 철종의 급격한 훙거薨去와 동시에 그의 둘째 아들로 익종의 대를 이어 등극하게 함으로써 드디어 이루어진 것이었다.

이하응은 열두 살짜리 재황이를 왕위에 등극시킴으로써 자기 자신은 섭정이라는 이름으로 만반 정사를 한손에 장악하였다.

섭정이니, 국태공이니 하는 직함은 단순한 칭호일 따름이고, 실질적으로는 그 자신이 임금님이나 다름이 없었던 것이다.

흥선 대원군은 국권을 장악하자 오랫동안 누적되어 오던 정치상의 만반 폐단을 일소하고 평소에 계획하고 있던 신정新政을 단호하게 결행하였다. 누가 뭐라든 간에 그는 모든 정사를 자기 마음대로 전단하였다.

물론 그의 혁신 정책에는 득과 실이 반반이었다.

이제 그가 단행한 신정 중에서 몇 가지 혁혁한 시책을 들어 보면,

첫째, 외척들의 농단을 막기 위해 안동 김씨를 정치에서 거세하는 동시에, 사색붕당의 악폐를 방지하기 위해 신분 여하를 막론하고 관리를 인물 본위로 등용한 것.

둘째, 양반과 상놈의 신분 구별을 없애는 동시에, 양반이라는 이름으로 무고한 지방민들을 수탈하던 악습을 엄금하고 탐관오리를 철저히 단속한 것.

셋째, 당쟁의 근원이요, 국정을 어지럽히는 유생들의 소굴인 서원을 철폐한 것.

넷째, 《육전조례六典條例》, 《오례편고五禮便攷》 등을 편수 완비케 하여 국가의 정치 기강을 확립한 것.

다섯째, 의정부를 부활하여 중앙집권제를 확립시키는 동시에, 비변사備邊司를 폐지하고 3군부를 새로 두어 정권과 군권을 분리시

킨 것.

여섯째, 반상班常의 의복제도를 통합, 혁신하여 국민의 신분을 계급적으로 동일하게 만든 것.

일곱째, 종래 지방 재정의 근원인 사창社倉제도를 확립하여 탐관오리들의 전단을 방지한 것.

홍선 대원군은 섭정의 자리에 오름과 동시에 불과 3,4년 내에 이상과 같이 눈부신 개혁을 단행하였다.

물론 그만한 혁신을 단행하는 데는 수많은 반발에 봉착한 것은 말할 것도 없다. 그 중에서도 가장 심한 반발은 서원을 철폐하는 데 대한 유생들의 반발이었다. 모든 정치의 이념을 유교정신에 두고 있는 유생들은 그들의 정신적인 근원지인 서원을 철폐하는 데 대해서는 당쟁을 초월해서 반기를 들고 나왔다.

그리고 또 하나 혁명적인 혁신 정책은 양반과 상놈의 사회적인 신분의 차별을 철폐한 것이었다. 물론 반상의 제도를 철폐하는 데 대해서는 국민 대다수인 상놈 계급은 그를 절대적으로 지지하였다. 그러나 양반 계급은 극소수일망정 모든 권력을 장악하고 있는지라, 자기네의 특권을 박탈당하는 데 대해 결사 반대인 것은 말할 것도 없었다.

그러나 홍선 대원군은 그것을 감연히 단행하였다. 그것은 저 유명한 아브라함 링컨이 노예제도를 철폐한 것에 비길 만한 일대 혁신이기도 하였다.

그런 점에 있어서는 홍선 대원군은 분명히 시대 사조에 순응한 용맹 과감한 정치가였다.

그러나 그 반면에 그에게는 실정도 많았다.

첫째, 상구한 학정으로 인하여 국민 경제가 극도로 피폐해 있음에
도 불구하고 정권을 장악한 이듬해에 경복궁 중건이라는 거대한 토
목 공사를 일으켜 국민에게 과중한 세금을 부과시켜 민생을 도탄에
빠뜨린 것.

둘째, 천주교도를 핍박하고 선교사들을 죽임으로써 종교의 자유
를 탄압한 것.

셋째, 외국 문화에 어두워 시대에 역행되는 철저한 쇄국정책을 단
행함으로써 프랑스, 영국, 러시아 같은 선진국들을 비롯하여 이웃
나라 일본과도 철두철미 수교를 거부하여 허다한 국제적인 알력을
일으킨 것.

이상과 같은 몇 가지 실정으로 인하여, 처음에는 국민 대다수
의 절대 지지를 받아오던 국태공도 세월이 흐름에 따라 국민의
원한을 사게 되었다.

그러나 그의 독재적인 성격은 국민의 원한을 용납하지 않았
다. 게다가 권력에 맛을 들인 그는 1인 독재를 언제까지나 계속
할 요량으로 자기에게 대항하는 세력이 발생할 요소를 미연에
방지하기 위해 외척들의 정치 참여를 극도로 꺼렸다.

안동 김씨 일문의 권력의 뿌리를 뽑은 것도 그 때문이었고, 과
부의 딸인 민 규수를 중전으로 맞아들인 원인도 그 점에 있었다.

그러나 민 중전은 대원군이 생각하듯이 그렇게 녹록한 여인
은 아니었다. 한 번 중전의 지위를 차지한 민 중전은 자기 자신

이 응당 장악해야 할 권세를 알고 있는 까닭에 국태공의 독재 정치에 은근히 반감을 품고 있었다.

'국권은 으레 임금님이 장악해야 하는 것. 상감이 비록 나이는 어리지만, 국태공이 제가 뭐길래 상감과 중전인 나를 무시하고 국정을 전단하는 것일까?'

현명한 민 중전은 한번 그런 반발심이 생기자, 그때부터는 정치에 대한 관심이 깊어졌고, 특히 대원군의 정치에 대해서는 일일이 비판의 태도를 잃지 않았다.

그런데다가 민 중전의 반발심을 더 한층 자극한 사건은, 이 귀인의 몸에서 태어난 선을 대원군이 우겨서 왕세자로 책립한 일이었다.

'도대체 섭정이란 무엇이며, 버젓한 임금님이 계신데 국태공이란 존재는 무슨 필요가 있는가?'

왕자 책립에 극도의 충격을 받은 민 중전은 드디어 내심으로 적개심을 확고하게 품게 되었다.

그러나 마음속으로는 대원군이 제아무리 죽이고 싶도록 미워도, 아직 그를 제거하기에는 너무도 무력한 중전이었다. 현명한 민 중전은 그것을 충분히 알고도 남음이 있었다.

'오냐! 두고 보자. 나는 일국의 국모요, 그대는 일시적으로 국권을 장악한 섭정에 불과하지 않던가. 그대가 권력을 토대로 나를 무시한다면 나도 결코 가만 있지는 않겠다. 지금은 은인 자중해야 하겠지만, 국태공도 언젠가는 나에게 비참히 굴복할 날이 반드시 있으리라.'

한번 그런 앙심을 먹은 민 중진은, 친정 오라버니인 이조참판 민승호를 불러 구체적인 대책을 강구하기로 하였다.

　민 중전은 민승호와 단둘이 마주 앉자, 수심에 싸인 어조로 이렇게 말하였다.

　"오라버님은 국태공께서 이씨의 소생인 어린아기를 이번에 왕세자로 책립하신 일을 알고 계십니까?"

　"예. 알고 있사옵니다. 곤전마마께는 뭐라고 위로의 말씀을 드릴 길이 없사옵니다."

　민승호는 두 손을 마주 잡고 고개를 수그려 보이며 대답한다.

　"나는 위로를 받고 싶어서 오라버님을 만나자고 한 것은 아닙니다. 오라버님은 그 처사를 어떻게 생각하시오?"

　"저는 그 일을 매우 옳지 못한 처사라고 생각하옵니다."

　"국태공이 하신 일인데, 어찌해서 옳지 못하다는 말씀이시오?"

　"아무리 국태공께서 하신 일이라도 옳지 못한 것이 아니겠습니까?"

　"옳지 못하다는 이유는 무엇이오?"

　"곤전마마께서 아직은 혈육이 없으시지만 머지않아 자녀를 생산하실 터인데, 그런데도 불구하고 궁녀의 소생을 조급히 왕세자로 책립한다는 것은 국가의 대통을 어지럽히는 일밖에 안 되니, 이 일을 어찌 옳다고 하겠습니까. 일후에 만약 곤전마마께서 아드님을 낳으신다면 그때에는 문제가 사뭇 복잡해질 것이 아니겠습니까?"

　"옳으신 말씀이오. 그렇다면 오라버님은 국태공의 처사가 그처럼 그릇된 것을 아시면서 어찌하여 국태공에게 간언을 한 마디도 아니하시었소? 국태공의 위엄이 그렇게도 두려웠던가요?"

"황공하옵니다. 제가 어찌 국태공께 간언을 아니 올렸겠나이까? 세 차례나 조용히 찾아뵙고 간곡히 만류했습니다마는, 대원위 대감께서는 저의 말을 용납하지 않으실 뿐만 아니라, 나중에는 낯빛을 붉히며 크게 꾸지람조차 하셨습니다."

"오라버님은 나를 위해 그렇게까지 애를 써주셨던가요? 내가 미처 알아보지 못해 죄송하였습니다."

"황공하신 말씀이시옵니다. 곤전마마께 아무 도움도 되어 드리지 못해 그저 황공할 따름이옵니다."

"국태공께서 뭐라고 꾸지람을 하시더이까?"

"국태공께서는 이렇게 말씀하셨습니다. '그야 물론 곤전의 몸에서 태어난 왕자가 있다면 그를 세자로 책립하는 것이 당연한 일이겠고, 국가의 대통으로 보아도 그 이상 기쁜 일이 없으리라. 그러나 중전은 결혼한 지 3년이 넘도록 아직 잉태를 한 번도 못해 보았으니, 없는 아기를 장차 낳으려니 기대하고, 있는 왕자를 왕세자로 책립을 아니할 수는 없는 일이 아니냐? 중전의 몸에서 낳거나 이 귀인의 몸에서 낳거나 임금님의 혈육임에는 틀림이 없는데 완화군을 세자로 책립하는 것이 무엇이 나쁘다는 말이냐' 하고 호되게 꾸지람을 하셨습니다."

"뭐요? 나의 몸에서 낳거나 그년의 몸에서 낳거나 왕자이기는 마찬가지라고요? 그렇다면 중전인 나와 궁녀인 그년과의 지위가 똑같다는 말씀이 아니오? 대원위 대감이 정말로 그런 말까지 하십디까?"

민 중전은 분노를 참지 못해 별안간 전신을 하들하들 떨며 따지듯이 묻는다. 그녀의 얼굴에는 독기가 충만하였고, 눈에서는 독살스러운 불길이 타오르는 것 같기도 하였다.

"황공하옵니다. 국태공께서는 분명히 그런 말씀을 하셨습니다."

"음……!"

민 중전은 주먹을 불끈 움켜쥐며 어찌할 줄을 모르도록 분개한다. 그러다가 문득 무슨 결심이라도 한 듯이 오히려 냉랭한 어조로 이렇게 말하는 것이었다.

"이제 그 말씀으로 내게 대한 대원위 대감의 심중은 명확히 짐작하였소. 대감이 중전인 나를 그렇게 하찮은 존재로 여기신다면 나도 가만 있을 수는 없는데, 오라버님은 그 일을 어떻게 생각하시오?"

"상감마마께서 아직 유충하시어 대원위 대감께서 임시로 섭정을 하고 계시지만, 머지않아 상감마마께서 국정을 친정하시게 될 것이 아니옵니까? 그렇게만 되면 대원위 대감은 끈 떨어진 두레박 신세가 될 것이옵니다."

"옳은 말씀이오, 오라버님께서도 그렇게 생각하시지요?"

민 중전은 이제야 뜻을 얻은 듯이 별안간 용기가 생동하는 어조로 반문한다.

"그것은 불을 보는 듯이 명확한 사실인 줄로 아뢰옵니다."

"그렇다면 섭정 제도를 하루빨리 철폐하고 상감이 친정을 하시도록 해야겠는데, 거기 대해 무슨 묘책이 없겠소?"

"글쎄올시다. 대원위 대감께서는 상감마마가 성년이 되시더라도 섭정의 자리를 쉽사리 내놓으려고는 하지 않으실 것이옵니다."

"섭정의 자리를 내놓지 않으리라구요? ……국태공이 그렇게 나온다면 우리가 빼앗아야지요. 국권을 언제까지나 국태공에게 맡겨 둔다는 것이 말이 되는 소리요?"

"황공하옵니다."

"……"

민 중전은 무엇을 생각하는지 갑자기 침묵에 잠긴 채 말이 없었다.

그러다가 감았던 눈을 활연히 뜨면서 민승호의 손을 덥석 붙잡고 조그맣게 속삭인다.

"오라버님! 차라리 국태공을 아무도 모르게 우리 손으로 돌아가시게 하면 어떻겠소?"

나이 어린 중전의 입에서 나온 말치고는 너무도 놀라운 말이었다. '돌아가시게 하자'라는 말은 죽여 버리자는 말이 아닌가. 민 중전이 처녀 때부터 성질이 기승스러워서 누구한테나 지려고 하지 않는 성품임을 민승호는 진작부터 알고 있기는 하였다. 그러나 이제 겨우 열아홉 살인 여자의 입에서 감히 그런 말이 나올 줄은 몰랐다. 더구나 상대방은 일국의 전권을 장악하고 있는 국태공 대원군이 아닌가.

그 순간, 민승호는 눈을 커다랗게 뜨며 놀라 몸서리를 쳤다.

"중전께서는 무슨 말씀을 그렇게까지 극심하게 하시옵니까? 혹시라도 누가 들으면 어찌하옵니까?"

"우리가 단둘이 하는 소리를 누가 엿듣겠소. 나는 오라버님이니까 감히 그런 소리를 했지, 누구에게 그런 소리를 하겠소."

"중전께서 그런 말씀을 하시도록 노여워하시는 심정은 충분히 짐작하옵니다. 그러나 상감께서 친정을 하시기 전에 조급히 그런 큰일을 저질러놓으면 국권은 또다시 안동 김씨들에게 빼앗기고 말게 될 것입니다. 그러니까 아예 그런 생각은 마시옵고, 상감께서 친정하실 날만 기다리옵소서."

대원군이 없어지면 안동 김씨에게 정권을 빼앗기게 되리라는 말에는 민 중전은 깜짝 놀랐다. 안동 김씨 일파는 상대방이 대원군이니까 권세를 일시에 박탈당하고도 끽소리를 못하고 있지, 대원군만 없어지면 또다시 들고 일어설 것은 너무도 명확한 일이기 때문이다.

"오라버님! 내가 미처 거기까지는 생각을 못하였습니다. 그러나 상감이 언제 친정을 하게 되리란 말씀이오?"

"자고로 누구나 국권을 붙잡았다가 자진해서 내놓는 일은 없었습니다. 그러므로 상감께서도 어느 시기에 가서는 정사를 친히 다스리겠다고 하시면서 국권 반환을 강력히 요구하셔야 하실 것이옵니다."

"어느 시기란, 그때가 언제란 말씀이오?"

"지금은 아직 유충하시니까 아무래도 성년이 되셔야 하실 것이 아니겠습니까?"

"성년이란 스무 살을 말씀하는 것이오?"

"예. 그러하옵니다."

"상감이 스무 살이 되시려면 아직도 앞으로 2년……. 이런 수모를 받으면서 2년이라는 세월을 어떻게 기다린단 말씀이오?"

"속담에 급히 먹는 밥에 목이 멘다 하옵니다. 일국의 정권을 장악하는 일이 어찌 그리 단시일 내에 되오리까. 중전께서는 모든 분노를 참으시고 그 동안에 백성들의 환심을 사시면서 친정에 대비할 만반 준비를 갖추시는 것이 좋으리라 생각되옵니다."

"나라의 근본이 백성이라는 것은 나도 잘 알고 있습니다. 그러니까 착하고 어진 국모가 되어 인심을 얻으려고 꾸준히 노력해 오고 있습니다. 그러나 대원위 대감의 처사가 너무도 분해서……."

"물론 중전마마의 심정은 저도 잘 짐작하옵니다. 그러나 큰일을 도모하려면 언제나 와신상담이 필요하옵니다."

"오라버님의 말씀은 잘 알겠습니다. 오늘부터는 오라버님의 뜻을 받들어 어떤 수모든지 참고 견딜 터이니, 오라버님께서는 오늘 이 자리에서의 언약을 잊지 마시고 부디 나를 도와 주십시오."

"제가 어찌 마마의 분부를 잊을 수 있으오리까. 중전마마를 위해서는 신사臣事를 가리지 않을 결심이옵니다."

민승호는 언약을 굳게 맺고 퇴궐하였다.

민 중전은 혼자 앉아 국권을 장악할 날의 기쁨에 도취해 있었다.

'만약 국태공을 거꾸러뜨리고 상감이 친정을 하시는 날이면 세상만사는 나의 뜻대로 될 것이 아닌가.'

앞으로 2년……. 상감이 성년이 되는 날에는 어떤 일이 있어도 국태공에게 국권을 돌려받아야 한다고 재삼 결심하였다.

그러자 문득 머리에 떠오르는 것이 완화군을 왕세자로 책립한 문제였다. 국권이 상감의 손에 돌아오더라도 그 문제만은 의연히 남아서 자기를 괴롭힐 것이 분명하기 때문이었다.

'명실공히 중전으로서의 지위를 확보하기 위해서는 국태공을 제거하기 이전에 먼저 완화군부터 처치해 버려야 한다.'

그렇게 결심한 민 중전은,

"얘! 반야월아 거기 있느냐?"

하고 밖에다 대고 큰소리로 외쳤다.

무서운 음모

민 중전의 부름을 듣고 반야월이 급히 대령하였다.

"중전마마, 불러계시옵나이까?"

"응! 불렀다. ……네 생일이 언제라고 했지?"

중전은 일부러 엉뚱한 말을 물었다.

"쇤네의 생일은 이달 스무엿새날이옵니다."

"그러면 앞으로 열여드레가 남은 셈이로구나."

"중전마마께서 쇤네의 생일날을 기억하고 계시니 황공하기 짝이 없사옵니다."

"그게 무슨 소리냐. 나를 위해 전력을 다하는 너의 충성을 내가 어찌 모르겠느냐."

중전은 그렇게 말하고, 경대 서랍에서 금으로 만든 쌍가락지 한 개를 반야월에게 꺼내 주며,

"자, 이것은 너의 생일 선물이니 받아 두어라. 이 금가락지는 내가 일찍이 돌아가신 할머님한테서 물려받은 유서 깊은 금가락지다"

하고 말하였다.

반야월은 너무도 뜻밖의 귀중한 선물에 어쩔 줄을 모르며 기뻐한다.

"중전마마! 이런 귀중한 선물을 어찌 쇤네 같은 천한 몸에게 주시나이까?"

"그게 무슨 소리냐. 세상 사람들은 모두 너를 천하게 생각할지 몰라도 나만은 너를 친동생이나 다름없게 여긴다. 그런 의미에서 이 선물을 네게 주려는 것이다."

민 중전은 중대한 모사에 성공하려면 반야월의 협력이 절대로 필요할 것을 알고 계획적으로 파격적인 친근함을 보였다.

"황공하옵니다 중전마마! 쇤네는 그저 마마를 위해서는 생사를 가리지 않겠나이다."

"고마운 말이로다. 내 비록 중전이라고는 하지만, 나 역시 외로운 몸. 세자로 책봉된 완화군이 점점 자라갈수록 이 귀인의 세도가 점점 커갈 것이니, 이제 3년만 지나면 나는 그림자조차 없는 신세가 될 것이 아니냐? 그때에도 너만은 나를 버리지 말아 다오."

민 중전은 반야월의 마음을 사기 위해 마음에도 없는 말을 계획적으로 눈물겹게 호소하였다.

금가락지를 손에 껴보고 좋아하던 반야월도 별안간 수심에 잠기며,

"중전마마께서는 어찌하여 그런 슬픈 말씀을 하시나이까? 제아무리 완화군이 세자로 책봉되었기로 이 귀인이 감히 어디라고 중전마마를 업신여기겠나이까?"

하고 위로의 말을 들려 준다.

그러나 민 중전은 고개를 흔들었다.

"그것은 네가 모르는 소리로다. 지금은 비록 내가 곤전이고, 이 귀인은 일개의 궁녀에 불과하지만, 세자로 책립된 완화군이 점점 커가면 자기 생모를 소중히 여길 것은 뻔한 일이 아니냐? 옛날부터 피는 물보다 진한 것, 나의 운명은 머지않아 처참해질 것은 뻔한 일이야!"

"중전마마께서 아드님을 낳으시면 그분으로 세자를 바꿔버리시면 될 것이 아니옵니까?"

"물론 그렇게 되면 문제는 없겠지. 그러나 일단 책립한 세자를 바꾸기가 어디 그리 쉬운 일인 줄 아느냐? 내 신세가 비참해지면, 네 신세 역시 나와 같이 비참해질 것이니, 나는 그것도 걱정스럽기 그지없는 일이로다!"

반야월은 그 소리를 듣자, 별안간 몸에 소름이 끼치며 이 귀인에 대한 증오심이 북받쳐올랐다. 민 중전이 비참하게 될 경우에는 자기도 비참하게 될 것이 사실이기 때문이었다. 그리하여 중전 앞으로 한 자리 다가앉으며 애원하듯이 묻는다.

"중전마마, 그렇다면 지금 대책을 미리 세워야 할 것이 아니옵니까?"

"대책은 무슨 대책이 있겠느냐. 설사 이제 앞으로 내가 아들을 낳는다 하더라도, 완화군이 죽어버리기 전에는 도저히 세자로는 책립되지 못할 것인데!"

민 중전은 그렇게 한탄하며,

'완화군이 죽어버리기 전에는'이라는 대목에 각별히 힘을 주어 말하였다. 반야월에게 정신적인 암시를 주려는 것이었다.

반야월은 무엇을 생각하는지 고개를 수그린 채 한동안 깊은 생각에 잠겨 있었다. 그러다가 문득 얼굴을 들더니 나지막한 목소리로, 그러나 힘차게,

"중전마마!"

하고 부른다.

"왜 그러느냐?"

"중전마마, 그렇다면 차라리 완화군을 지금 죽여버리면 어떻겠나이까?"

반야월의 입에서는 드디어 놀라운 말이 나왔다. 그것은 민 중전이 진작부터 듣고 싶어했던 말이었다. 그녀는 반야월의 입에서 그런 말이 나오게 하려고 지금까지 연극을 해왔었다. 그러나 정작 그 말을 듣는 순간, 민 중전은 얼굴에 놀라운 빛을 그득히 담았다.

"무어? ……세자를 죽여버려? 무엄하게도 네가 그게 무슨 소리냐?

"……."

반야월은 너무 지나쳤다는 생각에 얼굴을 붉히고 대답을 못한다.

그러자 민 중전은 얼른 부드러운 음성으로 반야월을 이렇게 달래었다.

"나를 위하는 너의 충정은 나도 충분히 이해한다. 말만 들어도 나는 네가 얼마나 고마운지 모르겠구나. 나를 오죽이나 생각하면 네가 그런 말까지 했겠니. 옛날에도 왕위 계승을 둘러싸고 세자를 살해한 일이 흔히 있었지. 그러나 그 계획이 실패

로 돌아가는 날에는 큰일이거든!"

"……."

"나의 장래를 생각하거나 너의 장래를 생각하거나, 가능하다면 나도 일을 한번 저질러보고 싶은 심정이로다. 그러나 그것은 결코 용이한 일이 아니거든!"

반야월의 얼굴에는 차츰 희망의 빛이 넘친다. 그녀는 드디어 무슨 결심이라도 한 듯이 고개를 힘있게 들며 말한다.

"중전마마께서 승낙만 해주신다면 제가 한번 단행해 보겠나이다."

"네가 무슨 수단으로 그런 큰일을 처리할 수 있단 말이냐?"

"완화군의 유모 배씨裵氏를 매수하면 될 것이 아니옵니까?"

"그야 물론 유모를 끼면 될 일이지만, 그 유모가 네 말을 들어줄 리가 없지 않느냐 말이다."

"그 점은 염려 마시기 바라옵니다. 유모 배씨로 말하면 저와는 외사촌 형제간인데다가, 제가 평소에 중전마마의 인자하심을 하도 여러 번 말했기 때문에, 중전마마께서 상금을 후히 주시고, 또 사후에 배씨를 저와 같이 거두어 주시기만 한다면 제 말을 반드시 들어 줄 것이옵니다."

"그건 안 될 소리다! 내가 어찌 그런 일에 상금을 낼 수가 있겠느냐. 하기는 유모 배씨가 어린 세자를 양육하느라고 그 동안 고생이 많으니 그런 의미에서 상금을 좀 보내 줄 생각은 없지 않다마는……."

어디까지나 책임을 회피하는 태도로 나왔다. 영리한 반야월이 그런 눈치를 모를 턱이 없었다.

"중전마마! 잘 알겠나이다. 그러시면 제가 전할 터이오니 상금은 저를 주사이다."

"그럼 그러려무나. 그런 심부름을 해줄 사람이 너 이외에 누가 또 있겠느냐. 그러나 아까 말하던 그 얘기에 대해서는 행여 입 밖에 내지 말아라!"

"제가 잘 알아서 할 터이오니, 중전마마께서는 조금도 염려마사이다."

이리하여 완화군을 살해하는 밀약은 민 중전과 반야월 사이에 무언중에 성립되었다.

'중전마마의 뜻을 받들어 완화군을 살해한다!'

반야월로서는 가슴이 벅차오르도록 중대한 임무였다. 사람을 죽인다는 것은 결코 쉬운 일이 아니다. 왕세자를 죽인다는 것은 더욱 그러하다. 자칫 잘못하여 그 일이 탄로나는 날에는 사형이 영락없겠기 때문이었다. 그 일을 상상하면 소름이 끼칠 지경이었다.

'그러나……'

반야월은 다시 한번 곰곰이 생각해 본다. 완화군을 죽이고 싶어하는 것이 중전마마의 소망임은 의심할 여지가 없었다. 그 일을 위해서는 돈도 얼마든지 대줄 눈치였다. 물론 반야월로서는 굉장한 모험인 동시에 너무도 벅찬 임무일는지 모른다.

그러나 그는 그 일이 성공했을 때의 경우도 생각해 보지 않을 수 없었다. 민 중전의 소망대로 완화군을 무사히 죽이기만 하는 날이면, 반야월도 온갖 부귀와 영화를 맘대로 누릴 수 있는 일이 아니던가.

'그렇다! 단 한 번의 모험의 대가로 부귀와 영화를 일생 동안 맘대로 누릴 수 있다면 무엇을 주저하랴!'

반야월은 마침내 완화군을 살해할 결심을 굳게 먹었다.

그로부터 며칠이 지난 뒤였다.

반야월은 민 중전한테서 값진 패물 몇 가지를 받아가지고 비밀리에 완화군의 유모 배씨를 만났다. 유모 배씨와 외사촌간이라는 것은 반야월의 거짓말이었다. 그러나 반야월은 이 귀인의 비밀을 염탐하기 위해 유모와 자주 접촉해 온 관계로 두 사람의 친분이 무척 두터운 것만은 사실이었다.

반야월은 아무도 안 보는 틈을 타, 유모 배씨에게 선물들을 내주며 이렇게 말하였다.

"이것은 우리같이 가난한 사람은 좀처럼 가져보기 어려운 패물인데, 중전마마께서 언니한테 특별히 보내 드립디다. 그러니까 아무도 모르게 받아 두어요."

유모 배씨는 중전마마가 보냈다는 패물들을 펼쳐 보고 깜짝 놀란다.

"아니, 중전마마께서 나한테 이게 웬일이냐?"

"언니가 세자를 양육하기에 애쓰신다고 특별히 보내 드리던 걸요."

"뭐야? 세자를 양육하기에 애쓴다고 이런 패물을 보내 주셨다고?"

유모는 도저히 이해가 가지 않아 겁을 시퍼렇게 내며 반문한다. 그것도 무리가 아닌 것이, 이 귀인의 소생인 완화군의 유모 노릇을 하고 있는 배씨는 민 중전에 대해서는 항상 송구스러운 마음을 품고 있었기 때문이었다.

"나는 그렇지 않아도 이 귀인의 소생인 완화군의 유모 노릇을 하기가 중전마마한테는 죄를 짓는 것같이 송구스러운데 중전마마께서 이런 패물을 보내셨다니 도대체 이게 어찌된 일이냐? 네가 중전마마의 분부를 잘못 들은 게 아니냐?"

유모 배씨는 겁에 질려 몸을 떨기조차 하였다.

"언니두, 내가 세 살 먹은 어린애도 아닌데 마마의 분부를 잘못 들었겠수. 중전마마께서 틀림없이 언니께 전해 주라고 하시던걸요."

"중전마마는 나를 미워하고 계실 텐데, 이런 보물을 내려 주실 까닭이 없지 않느냔 말이다."

"중전마마가 언니를 왜 미워하우?"

"나를 직접 미워하실 까닭은 없지만, 중전마마가 완화군을 미워하실 것은 뻔한 일이니까, 완화군의 유모인 나도 미워하실 게 아니냔 말이다."

"어마! 중전마마가 완화군을 미워하는 것은 언니도 알고 있구려?"

"그럼 미워하시지 않구! 시앗은 떡으로 빚어 놓아도 돌아앉는다는데! 중전마마로 보면 완화군은 원수의 자식이거든. 시앗의 자식인 완화군이 세자로 책립되어 장차 나라의 권세까지 빼앗길 테니, 미워할 것은 너무도 당연하지 뭘 그러니. 너 같으면 안 미워하겠니?"

유모의 입에서 그 말이 나오자, 반야월은 바짝 다가앉으며 손을 꼭 붙잡더니……, 귓가에 입을 갖다 대고 속삭인다.

"언니! 중전마마께서 언니한테 아무도 모르게 패물을 많이 보내 주신 이유도 바로 그 점에 있을 거야. 말씀인즉 완화군을 양육하느라 수고해서 상금으로 보내 주신다고 하였지만, 그 말씀을 곧이곧대로 들을 수는 없는 일이 아니오?"

"그러면 그 말씀을 어떻게 들어야 한단 말이냐?"

"언니는 참 답답도 하오. 중전마마가 완화군을 무척 미워하시리라는 것은 잘 알고 있으면서, 언니한테 패물 보내 주신 이유는 왜 그렇게도 못 알아보시우?"

"미워해야 할 나한테 패물을 보내 주셨으니, 내가 그 이유를 어떻게 알겠니? 애, 반야월아, 이게 무슨 일인지 겁이 나고 몸이 떨려 못 견디겠구나. 속시원하게 빨리 좀 말해다오."

"언니가 그렇게까지 중전마마의 심정을 못 알아 주신다면 내가 시원히 말해 줄게요."

반야월은 거기까지 말하고 일단 입을 다문 뒤에, 방문을 열고 바깥을 살펴보고 나서,

"언니! 중전마마는 완화군이 죽어 주었으면 하고 생각하실 것이 당연한 일이 아니우? 그러나 사람이 어디 그렇게 쉽게 죽수? 그런데 언니는 완화군에게 젖을 먹이고 있으니까, 다른 사람이라면 몰라도 언니라면 맘대로 죽일 수가 있는 일이 아니우? 모르기는 하지만, 중전마마는 그런 뜻에서 언니한테 귀한 패물을 보내 주신 게 아닐까요?"

유모 배씨는 그 소리를 듣자 얼굴이 새파랗게 질리며 몸을 하들하들 떨었다.

"뭐? 완화군을 죽이라구? 누가 뭐라든간에 그건 안 될 말이

다. 여러 얘기 말고 이 패물 가지고 빨리 돌아가거라. 내가 아무리 재물에 탐이 나기로, 내 젖으로 키워 오는 세자님을 어떻게 내 손으로……."

배씨는 목이 메어 말을 맺지 못한다. 비록 자기 소생은 아니라도 날마다 젖을 먹이는 동안에 정이 들 대로 들었던 것이다.

반야월은 유모의 너무도 강경한 태도에 일시는 어찌할 바를 몰랐다. 그리하여 오랜 침묵에 잠겨 있다가, 다시 입을 열어 타이르듯이 이렇게 말한다.

"그야 물론 언니의 심정을 나도 모르는 바는 아니에요. 그렇지만 이 패물을 보내 주신 분이 중전마마라는 점을 잊어서는 안 될 거예요. 만약 패물을 돌려보내고 중전마마의 분부를 거역하는 날에는 언니나 나나 이 세상에 살아남지 못할 것만은 각오해야 할 거예요. 그 대신, 우리가 중전마마의 분부대로만 하면 부귀영화를 한평생 누릴 수 있어요. 둘 중에서 어느 편을 택하느냐 하는 것은 언니의 결심 하나에 달렸어요."

유모 배씨는 그 소리에 또 한번 소스라치게 놀란다.

"아니, 그건 또 무슨 소리냐?"

반야월은 한숨을 쉬며 냉랭하게 대답한다.

"사실이지 뭐예요. 일국의 국모로서 한번 마음을 먹었다가 뜻대로 안 되면 우리들을 곱게 살려 둘 줄 알아요? 어차피 완화군은 누구의 손에든 죽기로 결정되어 있는 목숨, 결과는 똑같아요. 언니가 명령을 거역하는 날에는 억울하게도 언니만이 덤으로 죽임을 당하게 되는 셈이에요."

"……."

유모 배씨는 겁에 질려 몸을 떨며 아무 말도 못한다. 반야월이 다시 입을 열었다.

"거듭 말하거니와, 완화군은 누군가의 손에 반드시 죽고야 말 거예요. 그렇다고 언니까지 따라 죽을 이유는 없지 않느냔 말예요. 언니는 부귀와 영화를 누리기가 그렇게도 싫으우?"

그러나 그때 유모 배씨는 이미 결심한 바가 있는 듯 얼굴을 힘 있게 들면서 야무진 어조로 이렇게 말했다.

"나는 완화군의 유모로서, 완화군은 내 젖을 먹고 자라신 왕 자님이야. 그런데 내가 아무리 재물에 탐을 내는 여자이기로 내 자식이나 다름없는 왕세자를 어떻게 내 손으로 죽인다는 말이냐. 설사 내 목숨이 달아나는 한이 있어도 내 손으로 완화군을 죽일 수는 없으니, 제발 그런 얘기를 다시는 하지 말아라."

유모 배씨의 결심은 도저히 꺾을 수가 없어 보였다.

반야월은 내심 크게 실망하며,

"언니는 참말로 딱하기도 하시우. 왜 그와 같은 쓸데없는 고집을 부리시우."

"너는 아직 아기를 낳아 본 일이 없어서 모성애가 어떤 것인지를 몰라서 그런 소리를 하는 거야. 부귀와 영화가 아무리 좋기로 자식하고 어떻게 바꿀 수 있겠느냔 말이다."

"언니는 유모이기만 할 뿐이지, 완화군을 직접 낳은 어머니는 아니지 않아요? 그런데 무슨 내 자식이란 말이오?"

"그건 말도 안 되는 소리다. 완화군이 누구의 뱃속에서 나왔거나, 내 젖으로 키웠으면 내 자식이나 다름이 없는 것이야. 그러니까 나는 죽으면 죽었지, 완화군을 내 손으로 죽일 수는 없어. 너는 아무 말 말고, 이 패물을 가지고 돌아가서 중전마마께 모든 것을 사실대로 말씀 올려라."

유모 배씨의 결심이 하도 확고부동하기 때문에 이번에는 반 야월이 당황할 수밖에 없었다.

"그렇다면 언니의 마음은 알았으니까, 오늘의 이야기는 없었 던 일로 돌리고 이 패물이나 받아 주어요."

그러자 유모 배씨는 펄쩍 뛸 듯이 놀란다.

"그게 무슨 소리냐. 이 패물이 어떤 패물이라고 받겠느냐, 여 러 말 말고 어서 가지고 가거라."

"언니는 참말 딱하기도 하우. 완화군을 죽이고 안 죽이는 것 과는 별개 문제죠. 언니가 이 패물을 돌려보내면 중전마마와 정 면으로 대결하겠다는 셈이 되니까, 중전마마께서 크게 노여워하 실 게 아니우. 그렇게 되면 그때야말로 언니는 죽음을 면하기가 어려울 게 아니냔 말예요."

"나도 이미 죽음을 각오한 몸, 이 패물을 받는다고 무사할 리 가 없을 것이다."

"언니가 패물을 받아 주기만 하면, 그 다음 문제는 내가 책 임을 지고 해결하도록 할게요."

반야월은 그렇게 말하며 패물을 억지로 남겨 둔 채 대궐로 돌 아와버렸다. 그녀가 패물을 남겨 두고 돌아온 데는 여러 가지로 이유가 있었다.

첫째는, 패물을 주고 돌아와야만 유모 배씨에게도 약점이 생 겨서 '완화군 살해'의 음모를 함부로 발설을 못하겠기 때문이 었고, 둘째는, 패물을 주고 돌아와야만 유모 배씨와의 비밀 협정이 성립되어서 그녀를 통해 완화궁에 출입하는 사람들의 금후의 동태를 염탐할 수가 있겠기 때문이었다.

반야월이 대궐로 돌아와 민 중전에게 자세한 보고를 올리자, 중전의 얼굴이 새파랗게 질려 버린다.

"그 계획이 실패로 돌아간다면 머지않아 그 비밀이 백일하에 탄로될 터인데, 그렇게 되면 큰일이 아니냐?"

그러나 반야월은 상글상글 웃으며 고개를 좌우로 흔들었다.

"그 점은 염려 마시옵소서, 중전마마께 누가 미치지 않도록 쇤네가 방어를 단단히 쳐놓고 돌아왔사옵니다."

"어떤 방법으로 방어를 하고 돌아왔다는 말이냐."

"유모 배씨는 죽으면 죽었지 자기 젖으로 키운 완화군을 자기 손으로 죽이지 못하겠다는 대답이었습니다. 그래서 완화군을 이번 기회에 살해하는 것만은 깨끗이 포기했습니다. 그러나 중전마마께서 내려 주신 패물만은 그냥 유모 배씨에게 주고 돌아왔사옵니다."

"패물만은 주고 돌아왔다고? 네 말을 들어 주지 않는 계집에게 어째서 패물을 주고 돌아왔다는 말이냐?"

"모두가 중전마마를 위해 그렇게 한 것이옵나이다."

"나를 위해 한 일이라니? 그게 어째서 나를 위한 일이란 말이냐?"

"생각해 보시옵소서. 유모 배씨가 우리 말을 들어 주지 않는다고 해서 가지고 갔던 패물을 그대로 가지고 돌아오면 중전마마는 유모 배씨에게 반드시 원한을 사게 될 것이옵니다. 그렇게 되면 그 비밀이 열흘이 못 가 세상에 널리 알려질 것이 아니옵니까. 그러나 유모에게 패물을 주었으니까, 이제는 자기도 약점이 생겨서 이번 일을 결코 입 밖에 내지는 못할 것이 아니옵니까?"

"음……, 네 말을 들어 보니 과연 그렇기도 하구나. 너는 어쩌면 그렇게도 머리를 잘 쓰느냐."

"중전마마를 위하자니 자연히 그런 생각이 들었사옵니다. 그나 그뿐이옵니까, 패물을 주는 데는 또 하나의 목적이 있었사옵니다."

"또 하나의 목적이란 무엇을 말하는 것이냐?"

"중전마마께서 이제 앞으로 대원위 대감을 몰아내고 국가의 대권을 장악하시려면 지금부터 완화궁에 자주 드나드는 인물들의 동태를 세밀하게 살피셔야 할 것이 아니옵니까. 그 목적을 달성하기 위해서는 유모 배씨를 미리 매수해 두는 것이 좋을 것 같아서, 숫제 패물을 아낌없이 주어 버린 것이옵니다."

민 중전은 그 말을 듣고 무릎을 치며 감탄하였다.

"너는 어린 나이에 계교가 어쩌면 그렇게도 출중하냐. 너는 마치 《삼국지》의 제갈공명이 환생한 것만 같구나."

"과찬의 말씀이시옵니다. 쇤네는 비록 미천한 계집이오나, 중전마마를 위해서는 목숨을 아끼지 않을 것이옵니다."

"그 뜻이 한없이 고맙구나. 나도 너를 하늘같이 믿는 터이니, 모든 일은 네가 잘 알아서 처리해 주기 바란다."

"염려 마시옵소서. 그 일이 언제 성공할지는 모르오나, 완화 군만은 중전마마의 뜻을 받들어 반드시 쇤네가 처치해 버리도록 하겠나이다."

"매사에는 반드시 기회라는 것이 있는 법이니, 너무 서두르지 말도록 하여라."

그리고 서랍 속에서 비취 반지와 호박 단추를 꺼내어 반야월에게 주면서,

"오늘은 정말 수고가 많았다. 이것은 청나라 황제께서 나를 위해 특별히 보내 주신 것인데 기념으로 너한테 줄 테니 후일 출가할 때 가지고 가도록 하거라"

하고 반야월의 환심을 사기를 잊지 않았다.

칼을 가는 중전

왕세자 완화군을 살해하려던 음모는 수포로 돌아가고 말았다. 그러나 그것은 아무 대가도 없는 실패는 아니었다.

이제부터는 유모 배씨를 통해, 완화궁에 자주 드나드는 대원군 측근 인물들의 동태를 염탐해 볼 수 있는 길이 열렸으니, 그것만으로도 커다란 수확이라고 볼 수 있겠다.

그나 그뿐이랴, 반야월 자신은 별로 깊은 생각도 없이 지껄인 말이었겠지만, 민 중전은,

"중전마마께서 이제 앞으로 대원위 대감을 몰아내고 국가의 대권을 잡으시려면 지금부터 대원위 대감 주변 인물들의 동태를 세밀하게 살피셔야 할 것이 아니옵니까?"

하던 반야월의 말에서 많은 것을 새삼스러이 깨달았던 것이다.

'그렇다! 국가의 대권을 녹록히 내놓을 대원군이 아니다. 그렇다면 국권을 장악하기 위해서는 힘으로 그를 몰아낼 도리밖에 없지 않겠는가?'

그러한 힘을 기르기 위해서는 적의 동태를 세밀하게 살펴야 할 것은 말할 것도 없지만 한 걸음 더 나아가 이쪽은 이쪽대로

힘을 길러야 할 것이 아니겠는가.

민 중전은 어렸을 때 읽은 《손자병법》이 문득 회상되었다.

《손자병법》에 이르기를,

'적을 알고 나를 알면 백 번 싸워도 패하지 않는다'라고 하지 않았던가.

민 중전은 완화궁에 자주 드나드는 대원군의 측근 인물들이 누구누구인가를 알아보기 위해 반야월을 유모 배씨에게 자주 놀러가게 하였다.

그로부터 얼마가 지난 어느 날 반야월이 유모 배씨한테 놀러 갔다 오더니 분노를 금치 못하는 표정으로 민 중전에게 이렇게 고해 바치는 것이었다.

"중전마마! 쇤네는 오늘 완화궁에 놀러갔다가 밸이 꼴리는 꼬락서니를 너무도 많이 보고 돌아왔사옵니다."

"밸이 꼴리는 꼬락서니라니? 그게 무슨 소리냐?"

"중전마마가 어엿하게 계시온데도 불구하고 대원위 대감께서는 완화군을 무릎 위에 올려놓고 귀여워하시면서 이 귀인을 마치 중전처럼 받들어 모시고 있으니, 세상에 그런 분통 터질 노릇이 어디 있사옵니까?"

"이 귀인을 중전처럼 받들어모시다니? 나는 도무지 네 말이 무슨 뜻인지 알아듣지를 못하겠구나 알아듣기 쉽도록 보고 들은 대로 자상하게 설명해 보아라."

그러자, 반야월은 가쁜 숨을 쉬어 가면서 다음과 같은 이야기를 들려 주는 것이다.

반야월이 유모 배씨와 함께 이야기를 나누고 있노라니까, 마침 대원군이 왕세자를 보려고 좌의정 강노와 우의정 한계원, 두 중신을 거느리고 완화궁으로 몸소 찾아왔다.

그리하여 이제 겨우 두 살밖에 안 되는 완화군을 덥석 안아서 무릎 위에 올려놓더니 좌우에 읍하고 서 있는 두 중신들을 굽어보며,

"이 왕자는 장차 이 나라의 군주가 되실 분이시오. 경들은 그런 줄 알고 지금부터 용안을 잘 배알해 두시오, 하하하!"

하고 말하더라는 것이었다.

그것은 물론 즉흥적인 농담이었는지 모른다.

그러나 좌의정 강노와 우의정 한계원은 대원군의 말을 단순히 농담으로만 받아들일 수는 없었다. 그리하여 두 중신은 짐짓 두 살짜리 어린아이 앞에 머리를 조아려 큰절을 올리며,

"황은이 망극하옵나이다. 세자 저하에게 숙배를 올릴 은전을 베풀어 주시와 노신들은 다시없는 영광이옵나이다."

하고 말하더라는 것이었다. 민 중전은 그 소리를 듣고 분노가 치밀어올랐다.

"아니 그래, 좌의정 강노와 우의정 한계원이 두 살바기 어린아이한테 정말로 큰절을 올리더란 말이냐?"

"쇤네가 얼토당토않게 왜 그런 거짓말을 하겠나이까. 그런 일을 보면 대원위 대감은 손자에게 미쳐서 자기 정신이 아니었던 것 같사옵니다."

"그 노인이 아직 노망을 하실 나이가 아닌데, 정말로 자기 정신이 아니었던가 보구나."

"그 정도는 아직도 약과이옵니다. 대원위 대감께서 완화군의

어머니인 이 귀인을 대비라고까지 말씀하시는 데는, 쇤네는 분통이 터져올라 정말 볼 수가 없었사옵니다."

"이 귀인을 대비라고 말하더라고? 그건 또 무슨 소리냐?"

"대원위 대감께서 완화군을 무릎 위에 올려놓고 눈에 넣어도 아프지 않을 만큼 귀여워하고 계시는데, 때마침 이 귀인이 나타나서 대원위 대감에게 큰절을 올리더이다. 그러니까 대원위 대감은 완화군을 무릎 위에 앉힌 채 절을 받으시면서, 이 귀인을 보고 '국모께서 이제야 나타나셨구려. 장차 왕세자께서 등극을 하시게 되면 먼 장래에는 대비마마라는 칭호를 받게 될 것이오' 하고 말하고 있었습니다. 그야말로 노망이 아니고 무엇이옵니까."

지금까지 분노를 줄기차게 참아 오던 민 중전도 그 말에는 기어코 분노를 터뜨리고 말았다.

"뭐야? 그 노인이 정말 미쳤는가 보구나. 하찮은 그 계집을 보고 정말로 국모니 대비마마니 하는 말을 하더란 말이냐?"

"쇤네가 어찌 없는 말을 지어내겠나이까. 쇤네는 다만 보고 들은 대로 솔직하게 말씀드렸을 뿐이옵니다."

"……."

민 중전은 대원군에게 다시없는 모욕을 당한 것 같아 가슴 밑바닥에서부터 분노가 지글지글 끓어올랐다.

반야월은 그러한 기미를 알아채자, 한술 더 떠서 이렇게 말한다.

"어름어름하시다가는 중전마마께서 쫓겨나시고, 이 귀인이 중전의 자리를 차지하게 될지도 모르옵니다. 쇤네가 진작부터 완화군 문제를 말씀드린 것도 그 때문이었사옵니다. 정말이지 중전마마께서는 정신을 바짝 차리셔야 하실 것이옵니다."

"네 충고는 성말 고맙다. 대원군의 심중을 잘 알았으니, 네 말대로 나도 이제부터는 정신을 바짝 차려야겠다."

이날 밤 민 중전은 대원군의 태도가 너무도 괘씸하여 잠을 이루지 못할 지경이었다.

'이 귀인이 아들을 낳아 놓았다고 해서 그녀를 중전처럼 추켜올릴진대 나를 무엇 때문에 중전으로 데려왔더란 말인가? 대원군이 제가 뭐길래 어엿한 상감을 무시해가면서 대통을 계승할 왕세자까지 자기 마음대로 선정해 버렸단 말인가?'

대원군의 처사를 하나하나 따져 보면 어느 것 하나 비위에 거슬리지 않는 것이 없었다. 민 중전은 가슴에 맺히는 원한을 풀 길이 없어 밤을 새워 가며 골똘히 생각하다가 마침내 다음과 같이 중얼거렸다.

'그렇다! 중전으로서의 나의 위세를 제대로 세우기 위해서는 어떤 수단을 써서든지 대원군을 섭정의 자리에서 몰아내고, 모든 국사를 상감이 친히 다스리도록 해야 한다. 대원군을 섭정의 자리에 그냥 두었다가는 중전의 자리에서 언제 밀려날지 모르는 일이 아닌가.'

국태공 이하응은 공적으로는 임금을 대신하여 나라의 정사를 도맡아 다스리는 섭정이요, 사사롭게는 시아버님 되시는 분이다. 그러나 지금에 와서는 시아버님이기보다도 불구대천지 원수가 아닌가.

이 귀인이 완화군을 낳은 뒤로는 그녀에 대한 대원군의 총애가 더욱 극진해진 탓인지 상감도 초저녁에 완화궁에 들른 채 밤이 깊어도 돌아오지를 않는다.

상감이 지금쯤은 완화궁에서 이 귀인과 어울려 애욕을 질탕하게 나누고 있을 걸 생각하자 민 중전은 미칠 것만 같았다.

한창 피어나는 젊은 나이에 기나긴 밤을 홀로 지내야 하는 고독감에 시달리자니 통곡을 하고 싶은 심정이었다.

'오냐! 대원군이고 이 귀인이고 모두가 나에게는 원수일 뿐이다. 내가 살기 위해서는 어떤 수단을 써서라도 원수를 내 손으로 때려잡아야 한다.'

민 중전은 마침내 원한의 혀를 깨물며 그런 결심을 하였다.

'어떡해야 원수를 때려잡고 국가의 대권을 내 손에 넣고 휘두를 수 있을까?'

원수들을 때려잡을 태세를 갖추기 위해서는 무엇보다도 절대 불가결의 기본 조건은 우선 상감의 마음을 이쪽으로 돌려 놓아야 하는 일이었다. 상감의 마음이 지금처럼 이 귀인 쪽에 기울어져 있어 가지고는 제아무리 중전이라도 맥을 쓸 수가 없기 때문이었다.

'그렇다! 오늘부터는 어떤 수단을 써서라도 상감의 마음을 내 편으로 돌리는 데 전력을 기울이자. 상감이 진심으로 내 편이 되어 주셔야만 대원군을 몰아내고 친정을 베풀어, 중전으로서의 권한을 휘두를 수 있을 게 아니겠는가.'

거기까지 결심한 민 중전은 이를 바드득 갈며 이제부터는 그 일에 전력을 기울이기로 하였다.

그러나 그와 같이 거대한 목적을 자기 혼자의 힘으로 달성하기는 어려울 것 같아서, 다음날 오후에 민 중전은 양오라버니인 민승호를 내전으로 은밀히 불러들였다.

그리하여 대원군이 이 귀인과 밀착되어 있음을 울면서 자세하게 설명해 주고 나서,

"섭정제도를 철폐하고 상감께서 친정을 하시지 않으면 나는 중전 자리에서 언제 쫓겨날지 모르오. 그렇게 되면 오라버니를 위시하여 우리네 민씨 일족이 하루아침에 몰락을 할 것 같은데, 오라버님은 이 일에 대해 어떻게 생각하시오?"

하고 물어보았다.

민승호는 침통한 침묵에 잠긴 채 한동안 말이 없었다.

민 중전이 다시 입을 열어 말한다.

"나는 그 일 때문에 밤마다 잠을 한잠도 못 자는데, 오라버님은 그 일을 아무렇지도 않게 생각하신다는 말씀이오?"

그러자 민승호는 약간 당황하는 기색으로 고개를 좌우로 흔든다.

"아니올시다. 중전마마께서 그렇게 말씀을 하시니 말씀인데, 저 역시 오래 전부터 대원위 대감의 모든 처사를 매우 못마땅하게 생각하고 있는 중이옵니다. 대원위 대감께서는 섭정이 되신 이후로 5년 동안에 선정을 베푼 면도 노상 없지는 않지만 그보다는 악정을 베푼 면도 적잖아서 민생은 지금 도탄에 빠져 있는 것이옵니다. 민생 문제도 민생 문제이지만 특히 국가의 대통을 계승할 왕세자를 일개 궁녀의 몸에서 출생한 완화군으로 책립했다는 것은 조종組宗의 법통을 그르친 커다란 실책이었다고 생각되옵니다."

민 중전은 민승호의 말을 듣고 속으로 쾌재를 불렀다.

"왕세자 문제에 대해서는 오라버니께서도 평소부터 그렇게 생각하고 계셨다는 말씀이오?"

"대원위 대감의 그러한 처사를 못마땅하게 여기는 사람이 어찌 저 한 사람뿐이겠습니까. 국태공의 위세가 두려워 말들은 못하지만, 저와 같은 생각을 품고 있는 사람이 상당히 많은 줄로 알고 있사옵니다."

민 중전은 그 말에 백만대군의 동지를 얻은 듯한 느낌이었다.

"그렇다면 뜻을 같이하는 사람들을 비밀리에 규합해 가지고 대원군을 섭정의 자리에서 몰아내고, 상감으로 하여금 친정을 베푸시도록 하는 것이 어떻겠소?"

"저는 아우인 겸호謙鎬와도 진작부터 그 일을 상의해 본 일이 있었사옵니다. 그러나 아직은 친정 문제를 들고 나올 때가 아닌 줄로 아옵나이다."

"그 이유는……?"

"상감께서 친정을 하시려면 성년이 되셔야 하실 터인데, 성년이 되시려면 아직도 2년이라는 세월이 남아 있기 때문이옵니다. 그러나 2년 후에 섭정제도를 철폐하고 상감께서 친정을 하시려면 지금부터 극비리에 대원군을 몰아낼 세력을 미리 구축해 놓지 않고서는 안 될 것이옵니다."

민 중전은 그 말을 듣고 고개를 끄덕였다.

"오라버니께서는 상감과 나를 위해 참으로 좋은 말씀을 들려주셨습니다. 대원군을 몰아낼 만한 세력을 구축하려면 어떤 방법을 써야 좋겠습니까?"

"그와 같은 계책은 간단한 문제가 아니어서 신중히 고려해야 할 일이옵니다. 그러므로 며칠 동안 말미를 주시오면 제가 그 동안에 몇몇 동지들과 상의하여 세밀한 계책을 짜 가지고 중전 마마께 아뢰도록 하면 좋을 듯하옵니다."

"참으로 좋은 생각이십니다. 그러면 4,5일간 말미를 드릴 테니, 그 동안에 좋은 계책을 세워 나에게 알려 주십시오. 나는 오직 오라버님만을 믿고 있겠습니다."

"황은이 망극하옵니다. 다만 한 말씀 아뢰올 것은 이런 이야기가 혹시라도 밖으로 새어나가 대원위 대감의 귀에 들어가는 날이면 우리네 민씨 일족은 씨알머리도 없이 멸족을 하게 될 것이오니, 중전마마께서는 꿈에라도 그런 내색을 보이셔서는 아니 되겠사옵니다."

"내가 아무리 어리석은 여자이기로 다른 사람에게 어찌 그런 내색을 보이겠소. 그 점은 염려 마십시오."

"단순히 내색을 보이지 않을 뿐만 아니라, 항상 시댁을 위하시는 척하시면서 대원위 대감의 측근 인물들과도 더욱 밀접한 접촉을 가지도록 하셔야 할 것이옵니다. 그래야만 대원군 일족들도 중전마마에게 친밀감이 느껴져서 자기네의 비밀을 털어놓게 될 것이 아니겠습니까?"

"참으로 뜻깊은 말씀이시옵니다. 오라버니의 말씀을 깊이 명심하여 오라버니의 뜻대로 실천에 옮겨 나가도록 하겠습니다."

민승호가 대궐에서 물러나가자 민 중전은 자기도 모르게 승리의 미소를 지었다. 대원군의 세도가 제아무리 강렬하기로, 2년 동안이나 힘을 쌓아 가지고, 상감을 등에 업고 나오면 승리가 이쪽으로 돌아올 것은 불을 보는 듯이 명확한 일이기 때문이었다.

그러나 민 중전에게는 한 가지 남 모르는 고민이 있었다. 그것은 아직까지 잉태를 못해 보았다는 사실이었다. 이 귀인의 소생인 완화군이 죽이고 싶도록 밉기는 하지만 대통을 계승할 원자를 낳아 놓지 못한 자기로서는 큰소리를 치고 나올 수가 없었기 때문이었다.

'나는 결혼한 지 4년이 가깝도록 어찌하여 아기를 갖지 못할까?'

그 문제만은 일시도 머리에서 떠나지 않는 민 중전의 고민이었다.

어의를 통해 약도 많이 지어 먹어 보았지만 잉태는 언제까지나 감감무소식이었던 것이다.

대담한 계책

대원군을 섭정의 자리에서 몰아내고 친정을 베풀 수 있는 계략을 꾸며 보라는 민 중전의 밀명을 받고 대궐을 물러난 민승호는 그날 밤부터 친동생인 민겸호를 비롯하여 믿을 만한 동지 몇몇 사람과 무서운 음모를 모의하기 시작하였다.

민승호는 누이동생이 중전의 자리에 오름으로써, 오랫동안 사양의 길을 걸어오던 여주 민씨 일족이 다시 부흥할 수 있는 절호의 기회가 이제야 왔다고 생각되어, 그의 야심은 새삼스러이 불타올랐던 것이다.

여주 민씨는 본시 노론에 속하는 족벌들로서, 일찍이 인조 때에는 민광훈의 아들 민기중, 민정중, 민유중 3형제 중에서 민정중과 민유중 형제는 상신相臣의 벼슬을 지냈고, 그 중에서도 민유중은 숙종의 국구(國舅 : 인현왕후의 친아버지)가 되어, 그 세력이 말할 수 없이 거대했었다. 따라서 민정중의 아들 민진장은 우상이 되었고, 민유중의 아들 4형제 중에서 민진원은 좌상을 지냈고, 그의 손자 민백상도 우상을 지냈다. 그렇듯이 일시는 천하를 호령해 오던 여주 민씨 일족이었건만 경종景宗 이후 점차 쇠락의 길을 밟아 오다가 안동 김씨가 득세하기 시작하면서 부터는 완전히 몰락하여 숫제 본향인 여주로 낙향하여 겨우 일 개의 토반으로 명목을 유지해 오던 실정이었다.

그러다가 민치구가 흥선군 이하응의 장인이 되고 나서 공조 판서라는 직함을 띠고 있기는 했으나, 그러나 그 당시에는 흥 선군 자신조차가 파락호 취급을 받아 오던 시절이었으므로, 민 씨 일족은 별다른 빛을 받지 못했었다.

그러다가 조 대비가 안동 김씨의 세력을 몰아내기 위해 흥선 군과 결탁하여 그의 둘째아들인 열두 살짜리 이재황을 임금으 로 옹립하게 되었고, 임금이 아직 어리다는 핑계로 흥선 대원 군 자신이 섭정의 자리를 차지하게 되자, 여주 민씨가 이제야 빛을 보게 되는가 싶기도 했었다. 왜냐하면 흥선 대원군의 부 인은 다른 사람 아닌 여주 민씨인 민치구의 따님이었기 때문이 다. 그러나 흥선 대원군은 외척의 무리들이 세력을 구축할 것을 무엇보다도 경계해 왔던 까닭에, 자기 며느리가 될 중전만은 아 버지가 없는 빈한한 가정에서 데려올 생각이었다. 그리하여 가난하기 짝이 없고, 아버지조차 없는 민치록의 무남독녀를 중 전으로 모셔 오게 되었던 것이다.

그러므로 흥선 대원군으로 보면 여주 민씨가 비록 처가의 문 중이기는 하지만, 그들의 득세를 애초부터 억압해 오는 방침으 로 나왔던 것이다.

민승호는 대원군의 처남인 동시에 민 중전의 양오라버니이기 도 하였다. 그러나 매형인 대원군에게 충성을 다해 보았자 여주 민씨가 득세할 기회가 좀처럼 없을 것을 알고 있었다. 그래서 그는 중전과 대원군이 적대시하게 된 것을 기회로 대원군을 권좌에서 몰아내는 총참모의 중책을 스스로 맡고 나선 것이었다.

천하를 호령하는 대원군과 맞서 싸우는 것이 지극히 위험한 일임을 그도 모르지는 않았다. 아차 잘못하여 음모가 탄로나는 날이면 목숨이 남아나지 못할 것도 잘 알고 있었다. 대원군은 자신의 권좌를 보존하기 위해서는 처남이 아니라 친자식이라도 죽여 버릴 만큼 냉혹한 성격의 소유자임을 잘 알고 있었던 것이다.

그러나 이쪽은 이쪽대로 일신상의 영달을 위하거나 여주 민씨 일족의 번창을 위해서는 흥선 대원군을 섭정의 자리에서 몰아내지 않을 수 없는 형편이었다.

'제기랄! 대원군이 제아무리 무섭기로, 나 자신과 민씨 일족이 번창하기 위해서는 끝까지 싸우지 않아서는 안 된다. 민 중전을 업고 나선 우리에게 대원군인들 무엇이 두려우랴.'

민승호는 대원군을 섭정의 자리에서 몰아낼 계책을 동지들과 함께 밀의를 거듭해 가지고, 닷새 후에 다시 입궐하여 민 중전과 조용히 만났다.

민 중전은 좌우를 물리치고 민승호와 단둘이 만난 것이었다.

"오라버니께서는 전에 말씀하신 일을 잘 생각해 보셨습니까?"

민승호는 전후좌우를 새삼스러이 살펴보아 아무도 엿듣거나 엿보는 사람이 없음을 확인하고 나더니 품속에서 조그마한 종이쪽지 하나를 민 중전에게 꺼내 주었다.

"자세한 계략을 여기 적어 왔습니다. 중전마마께서 친히 읽어 보시옵소서."

민 중전은 오라버니가 내밀어 주는 종이쪽지를 말없이 받아 보았다. 거기에는 잘디잔 붓글씨로 다음과 같은 글발이 적혀 있었다.

친정 획득을 위한 5개조의 방안

첫째, 친정 이양에 최후의 결정권을 가지고 계신 조 대비의 신임을 사기 위해 조성하, 조영하 등과 혈맹의 결탁을 맺을 것.

둘째, 우리편의 세력을 확보하기 위해 우리와 뜻을 같이하는 사람들을 될 수 있는 대로 벼슬자리에 많이 등용하도록 노력할 것.

셋째, 지금 관직에 있는 자들의 성품을 상세하게 가려내어 대원군의 심복 부하들을 각별히 경계하는 동시에 대원군에게 다소라도 불평을 품고 있는 자들을 적극적으로 포섭하여 우리편 사람으로 만들도록 할 것.

넷째, 중전께서는 대원군의 일가친척들과 능동적으로 친밀을 도모하시어 그들을 통해 대원군의 일거일동을 상세하게 탐지해 내는 동시에, 그들을 우리편 사람으로 포섭하여 대원군의 세력을 내부에서부터 붕괴시켜 나가도록 할 것.

다섯째, 대원군에게 불평을 품고 있는 유학자들을 널리 규합하는 동시에 대원군의 실정을 세밀히 조사해 두었다가 때가 오거든 유학자들로 하여금 대원군의 실정을 탄핵하는 상소문을 만천하에 공포하도록 할 것.

민 중전은 이상과 같은 글을 한 조목 한 조목 주의깊게 읽어보며 때로는 고개를 무겁게 끄덕이기도 하고, 때로는 뜻모를 미소를 짓기도 하였다. 그러다가 문득 민승호를 미소로 바라보며 말한다.

"오라버니께서는 참으로 좋은 방법을 생각해내셨습니다. 이제 앞으로 2년 동안에 여기 기록되어 있는 조목을 한 조목씩 꾸준히 실천에 옮겨 나가면 대원위 대감이 제아무리 호랑이 같은 영감이라도 우리에게 정권을 넘겨 주지 않을 수가 없을 것이옵니다."

"황공한 말씀이시옵니다. 저로서는 중전마마를 위해 지혜를 짤 수 있는 데까지 짜보았을 뿐이옵니다."

"수고가 많으셨습니다. 그런데 제가 보기에는 가장 중요한 조건이 한 가지 빠져 있지 않는가 싶습니다."

민 중전은 빙그레 미소를 지어 보이며 말했으나, 민승호는 깜짝 놀라는 얼굴로 반문한다.

"황공하옵니다. 가장 중요한 조건이라면 어떤 것을 말씀하시는 것이온지 가르쳐 주시옵소서."

그러나 민 중전은 문득 엄숙한 표정을 지으며 이렇게 말하는 것이었다

"우리가 정권을 장악하려면 무엇보다도 먼저 상감의 마음부터 우리편으로 돌려 놓아야 할 것이 아니옵니까, 상감께서 우리편이 되어 주시지 않으면 우리가 아무리 힘을 써도 소용이 없겠기 때문입니다. 오라버니께서도 알고 계시다시피, 상감께서는 작금 두어 해 동안에 이 귀인에 대한 애정이 점점 식어가면서 제게 대한 애정이 차츰 두터워 오고 있기는 하옵니다마는, 아직

까지도 마음을 놓을 수가 없는 형편입니다. 그러므로 무엇보다도 먼저 해결해야 할 일이 그 문제가 아닐까 싶습니다."

민승호는 민 중전의 총명에 새삼 놀라지 않을 수 없었다. 이제 겨우 열아홉 살밖에 안 되는 중전이 거기까지 생각하고 있을 줄은 미처 몰랐던 것이다. 말할 것도 없이 그것은 부부간의 애정 문제이므로, 여자가 아니고서는 소홀히 보아 넘기기 쉬운 일이었는지 모른다.

"지금 중전마마의 말씀을 듣고 보니 과연 옳으신 말씀이시옵니다. 제가 우둔하여 거기까지는 미처 생각을 못하고 있었습니다마는, 상감께서 우리편이 되어 주시지 않으면 우리가 무슨 일을 할 수 있겠나이까."

"그러나 그 일은 오직 나만이 할 수 있는 일이니까, 그 문제는 전적으로 나에게 맡겨 주십시오."

"황공하옵니다. 그러나 중전마마께서 하셔야 할 일은 그 일뿐이 아니옵니다. 대원위 대감의 측근 가족들과 접근하여 그들을 우리편으로 포섭하는 일도 역시 중전마마가 아니고서는 다른 사람은 안 될 일이옵니다."

"알겠습니다. 그 일도 내가 맡아서 해보겠습니다."

민 중전은 거기까지 말하다가 문득 생각난 듯이 얼굴을 상큼 들며 뜻모를 미소를 지어 보인다.

"오라버님!"

"무슨 말씀이시옵니까?"

"저는 일찍이 《손자병법》이라는 책을 읽어 본 일이 있는데 그 책에는 '적을 약화시키기 위해서는 이간책을 적극적으로 써서

각개격파하는 것이 상책'이라는 말이 있었습니다. 그런 의미에서 대원위 대감의 장남이신 이재면 나리와 대원위 대감의 중형이신 홍인군興寅君 이최응 대감도 우리편으로 포섭해 보는 것이 어떠하겠습니까?"

"옛? 이재면 나리와 홍인군 대감까지 우리편으로 포섭해 보신다구요?"

민승호는 그 말이 너무도 놀라워 자기 귀를 의심할 지경이었다. 지금 예문관 검열로 있는 이재면은 임금의 친형인 동시에 대원군의 맏아들이다. 그리고 홍인군 이최응은 대원군의 친형이 아니던가, 손은 안으로 굽는 법이라고 했으니 대원군의 가장 측근인 그들이 대원군의 실각을 바랄 리가 없건만, 민 중전은 그들과도 손을 잡아 보겠다고 하니 상식으로는 도저히 상상조차 할 수 없는 일이었다.

"오라버니는 놀라기는 왜 놀라십니까?"

"제가 생각하기에는, 대원위 대감과 너무도 가까운 그분들을 포섭하려고 드는 것은 너무 위험한 계책이 아닐까 생각되옵니다. 이재면 나리는 대원위 대감의 맏아드님이시고 홍인군 대감은 대원위 대감의 친형님이 아니시옵니까."

그러나 민 중전은 고개를 조용히 좌우로 젓는다.

"오라버니는 내가 그것을 몰라서 하는 소리인 줄 아십니까. 호랑이를 잡으려면 호랑이 굴 속으로 뛰어들어야 한다는 속담이 있지 아니합니까. 그만한 대담성이 없어가지고서야 어찌 큰일을 도모할 수가 있겠습니까. 이재면 나리는 대원군의 맏아드님이기는 하지만 상감과는 친형제지간이기도 합니다. 그리고 홍인군 대감은 최근에 대원군과 뜻이 맞지 않아 아무 벼슬도 지내지 못하고 불우하게 지내는 형편입니다. 그러므로 이해로써 그들을 유인하면 의외로 쉽게 포섭될 가능성이 다분히 있다고 저는 생각해요."

민승호는 나이 어린 민 중전의 대담성에 거듭 놀랐다.

'민 중전은 내가 미처 생각지 못했던 계책을 자신 있게 말하고 있으니, 이 여자야말로 천하의 여걸이로구나!'

민승호는 자기도 모르게 머리를 수그려 보이며 말한다.

"그 계책이 매우 모험스러운 계책이기는 하옵니다마는, 뜻대로 성공하는 날에는 크게 도움이 될 것이옵니다."

"그 일은 내가 알아서 잘 처리할 테니 그 일도 내게 맡겨 주시오. 우리 민씨들 중에서 과거에 급제한 사람이 더러 있을 터인데, 그 사람이 누구누구인지 알고 계십니까?"

"예, 알고 있사옵니다. 제 동생인 겸호를 비롯하여 민태호, 민규호, 민영목 같은 형제 친척들이 모두 과거에 급제했으나, 모두가 대원위 대감의 억압으로 빛을 못 보고 미관말직으로 구차스럽게 지내고 있는 형편이옵니다."

"아까운 사람들이 모두 죽어 지내는 모양이구려. 그러나 그들을 높이 써야 할 때가 반드시 올 것이니, 오라버니께서는 지금부터 그들과 항상 은밀한 접촉을 해가도록 하십시오."

"명심하겠습니다."

"그리고 또 하나, 유생들 중에서 대원군에게 불평을 품고 있는 대표적인 사람이 누구입니까?"

"경기도 포천에 사는 최익현이라는 사람이 대원위 대감의 정책을 정면으로 반대해 오는 대표적인 인물일 것이옵니다."

"그 사람이 대원군을 반대하는 이유가 무엇입니까?"

"그 사람은 대원위 대감의 정책에 대해서는 하나에서 열까지 모조리 반대하고 있는 것이옵니다."

"반대하는 데는 이유가 있을 것이 아닙니까?"

"그 사람은 철저한 유생인 관계로 첫째는 대원위 대감께서 전국의 서원을 철폐한 것을 극력 반대하고, 둘째는 경복궁 토목 공사로 국고를 탕진하고 백성들에게 부역을 과도하게 하여 민생을 도탄에 빠뜨린 것을 매우 못마땅하게 생각하는 것이옵니다."

"음……, 참으로 좋은 생각을 가지고 있는 선비시구려. 유생들은 대개 사상이 고루한데다가 고집불통이 되어놔서 자기 비위에 거슬리면 반대를 하기 위한 반대론을 전개하기 쉬운 법인데, 최익현이라는 분은 모두가 국가와 민생을 위한 반대론이니 그 얼마나 귀한 인물입니까. 그 사람이 지금 어디서 무엇을 하고 있습니까?"

"대원위 대감에게 발탁되어 일시는 사헌부司憲府의 장령(掌令: 정4품의 벼슬)을 지내고 있었으나 대원위 대감의 정책이 비위에 거슬려 벼슬을 내던지고 포천으로 내려가 지금은 수천 명의 문도門徒를 길러내고 있는 중이옵니다."

"대원군과 맞서 벼슬을 버리고 시골에 내려가 제자들을 양성하고 있다면 대단한 인물인가 보군요. 그런 분은 후일에 크게 쓸데가 있을 것 같으니, 오라버니는 지금부터 그분과 가깝게 접촉해 두도록 하십시오."

"분부대로 명심하겠습니다."

민승호는 민 중전의 박학한 견식과 원대한 포부에 크게 놀랐다.

"대원군은 집정 기간 동안에 선정을 베푼 일이 노상 없지는 않았지만, 그러나 선정에 비하면 악정이 너무도 많았습니다. 경복궁 재건이라는 과대한 토목 공사로 국고를 말리고 백성들을 도탄에 허덕이게 한 것도 큰 잘못이었지만, 경제적인 파탄을 막아내기 위해 원납전願納錢 제도와 당백전當百錢 제도를 신설했던 것도 큰 잘못이었습니다. 그러나 그뿐입니까. 외교 정책에 있어서도 세계 대세를 무시하고 쇄국양이주의를 무모하게 고집한 것도 모두 국위를 크게 떨어뜨린 실정이었습니다. 이런 일 저런 일로 국태공은 지금 민원을 크게 사고 있는 것이 사실이니까, 오라버니께서는 지금부터 대원군의 실정을 낱낱이 조사하여 상세하게 기록해 두셔야 합니다."

"거듭 명심하겠습니다."

민승호는 고개를 수그려 대답하며, 민 중전의 탁월한 정치적인 식견에 또 한번 놀랐다. 대궐 내전에 깊이 들어앉아 세월을 무위하게 보내고 있는 줄만 알고 있었던 민 중전이 정치적인 움직임을 그렇게까지 소상하게 알고 있는 줄은 몰랐던 것이다.

사실 홍선 대원군은 섭정이 된 후에 상반常班 제도를 철폐 하고 당파를 초월하여 모든 사람을 실력에 따라 등용함으로써 일반 서민들로부터 크게 환영을 받아 왔었다. 그러나 외교 정 책에 있어서 쇄국주의를 고집해 온 관계로 청·일·미·불·러 등 선진 제국으로부터 끊임없는 침해를 당함으로써 국위를 크게 손상시켰다.

그러나 외교적인 실책은 일반 국민들은 잘 모르는 일이므로 국민들은 그 문제에는 별다른 불평이 없었다.

그러나 경제적인 실책은 서민대중들의 일상생활과 직접 관계되는 일이어서, 경복궁 재건으로 인한 경제적인 피폐는 민생을 도탄에 빠뜨려 버리고 말았다.

대원군은 그러한 경제적인 파탄을 방지하기 위해 집정한 지 3년째 되는 해인 고종 3년(1866)에 '당백전'이라는 새로운 화폐를 주조하여 사용하게 하였다. 그 당시에 사용하고 있던 화폐는 상평통보常平通寶라는 엽전이었는데 대원군은 재정적인 궁핍을 만회하기 위해 상평통보의 1백 배에 해당하는 당백전이라는 새로운 화폐를 주조해서 사용하게 했던 것이다.

그러나 당백전은 주전비鑄錢費가 상평통보의 20분의 1밖에 되지 않는 악전이었으므로, 당백전이 널리 사용될수록 인플레가 극심하여 물가가 날마다 폭등하였다. 거기에 따라 대원군에 대한 원성이 날로 높아가서 마침내 각 지방에서 민란이 일어나기 시작하므로, 대원군은 당백전을 쓰기 시작한 지 1년이 채 못 되어 당백전 제도를 폐지해 버리고, 이번에는 청국에서 화폐를 수입해다가 청전을 쓰게 하였다.

민 중전이 대원군의 실정의 하나로 손꼽고 있는 '당백전 사건'은 바로 그것을 말한 것이다.

이 무렵 국가의 재정 궁핍이 어떤 미봉책으로도 호전되지 않자 한때에는 '원납전 제도'라는 기상천외한 정책을 쓰기도 하였다. '원납전 제도'라는 것은 돈을 가진 사람들에게 국가의 제정 궁핍을 도와 주기 위해 아무 까닭도 없이 나라에 돈을 기부하게 하는 제도를 말하는 것이다.

그 제도가 생기기는 했으나 자진해서 나라에 돈을 바치는 사람은 아무도 없었다. 피땀을 흘려 모은 돈을 누가 자진해 나라에 바칠 것인가. 그러니까 대원군은 그런 제도를 만들어 놓고 나서, 돈 많은 부자들로 하여금 강압적으로 몇천 냥씩 혹은 몇만 냥씩 사람에 따라서는 몇십만 냥까지 바치도록 압력을 가했던 것이다. 따라서 말이 원납금이지, 실제로는 무조건적인 수탈 행위였던 것이다.

그런 대로 부자들만 상대했으면 괜찮았을 터인데, 국가의 재정이 자꾸만 바닥이 드러나고 보니, 나중에는 '원납전'이라는 이름으로 농사꾼들에게서도 몇백 냥, 혹은 몇십 냥씩 가가호호에서 거두어 올렸다. 그러니까 민란이 일어나지 않을 수가 없었던 것이다.

민 중전은 대궐 안에서 아무것도 모르는 척하고 있으면서, 실상인즉 대원군의 그러한 실정들을 낱낱이 알고 있었던 것이다.

민승호는 밀의가 끝나자 자리를 뜨기에 앞서 민 중전에게 넌지시 이런 말을 하였다.

"대원위 대감께서는 지금도 완화군의 재롱을 보시기 위해 거의 저녁마다 이 귀인을 찾아가시는 모양이옵니다. 국가의 대종大宗을 바로잡으려면 중전마마께서 하루속히 원자를 낳으셔야 하겠습니다."

투쟁력이 강렬하고 집권 의욕이 왕성한 민 중전도 그 문제에 대해서만은 눈앞이 아득하였다. 시녀 반야월을 시켜서 완화군을 죽여 버리는 것은 그다지 어려운 일이 아닐지 모른다. 그러나 자기 자신이 아들을 낳지 못하면 완화군을 죽여 버려 보았자 조금도 나을 게 없지 않은가.

그러기에 민 중전은 민승호의 말에 맥빠진 어조로 이렇게 대답하는 수밖에 없었다.

잉태만은 삼신三神님께서 점지해 주시는 일이므로 나로서는 어찌할 수 없는 일이옵니다. 그러나 내가 아직 나이가 어리니까 언젠가는 아기를 잉태할 때가 있을 것이옵니다."

실로 비통하기 짝이 없는 대답이었다.

그로부터 해가 바뀐 어느날의 일이었다. 이날도 민 중전이 내전에 홀로 앉아 있노라니까 시녀 반야월이 방 안으로 들어오며 말한다.

"중전마마! 쇤네는 지금 완화궁에 다녀오는 길이옵니다."

민 중전은 '완화궁'이라는 소리에 신경이 별안간 날카로워졌다. '완화군'이니 '이 귀인'이니 하는 말을 들으면 언제든지 질투의 화신이 되어 버리는 민 중전이기도 하였다.

"그래애? ……아기씨가 잘 자라고 있더냐?"

"네, 아주 잘 자라고 있었사옵니다. 재롱을 어떻게 잘 피우는지, 대원위 대감께서는 완화군의 재롱을 보시기 위해 그 바쁘신 중에도 거의 저녁마다 완화궁에 납신다고 하옵니다."

민 중전은 그 말을 듣자 자기도 모르게 입술을 깨물었다. 그러면서도 반야월에게는 추한 꼴을 보이지 않으려고 웃으면서 이렇게 말했다.

"대원위 대감께서 손자 재미를 톡톡히 보시는 모양이로구나."

그러자 반야월이 오히려 못마땅한 듯이 말하였다.

"저는 그 말을 듣고 지금도 밸이 꼬일 지경인데 중전마마께서는 분하지도 않으시옵니까?"

"내가 왕자를 못 낳아서 그렇게 되었는데, 분하기는 뭐가 분하겠느냐?"

"아무리 중전마마께서 왕자를 못 낳으셨다 하더라도, 대원위 대감께서는 중전마마의 낯을 보아서도 이 귀인 집에 그처럼 빈번하게 드나드실 수는 없는 일이 아니옵니까."

반야월은 거기까지 말하다가 문득 생각난 듯이 별안간 민 중전의 치마폭을 잡아당기며,

"참, 중전마마! 인왕산 토굴 속에 70이 넘은 영험한 무당이 있다고 하옵는데 중전마마께서는 그 무당을 한번 불러 보지 않으시렵니까?"

하고 묻는다.

"인왕산 토굴 속에 70 고령의 무당이 있다고? 그런 무당을 무엇 때문에 불러오느냐?"

"아이 참, 중전마마는 답답도 하시옵니다. 그 무당을 불러다가 물어보면 중전마마께서 왕자를 언제쯤 낳으시게 될지 알 수 있을 게 아니옵니까."

민 중전은 그 말에 귀가 솔깃하였다.

"무당이 그런 것까지 알 수 있을까?"

"알다뿐이옵니까. 그 무당은 신통력이 얼마나 대단한지 누가 어느 때에 무슨 벼슬을 하게 되고 누가 어느 해 어느 달에 죽는다는 것까지 죄다 알고 있다고 하옵니다. 중전마마께서 허락만 내려 주시면 쇤네가 언제든지 불러오겠습니다."

"대궐에 무당이 드나든다고 남들이 뭐라고 하지 않을까?"

"아무도 모르게 먼 일가 할머니라고 속여서 비밀리에 데려오면 될 게 아니옵니까. 그 일일랑 쇤네에게 맡겨 주시옵소서."

"네 생각이 그렇다면 적당한 기회에 한번 데려와 보도록 하려무나."

겉으로는 심드렁하게 말하면서도, 기실 민 중전의 마음은 반야월의 말에 함빡 기울어져 있었다. 왜냐하면 민 중전에게 있어서 잉태 문제는 무엇보다도 중대한 일이었기 때문이다.

그로부터 5, 6일이 지난 어느 날 오후에 반야월은 인왕산 무당을 대궐로 데리고 들어왔다.

머리가 백발에 몸이 대꼬챙이처럼 깡마른 노파였다. 그러나 눈만은 이상하게 초롱초롱하게 빛나서 첫눈에 보아도 영험이 대단할 것 같아 보이는 인품이었다.

아무리 영험한 무당이기로 중전마마 앞에 나오면 위압을 느낄 법하건만, 인왕산 무당은 송구스러워하기는커녕 도도하게 머리조차 수그려 보이지 않았다.

그처럼 오만불손한 태도에 중전의 노여움을 살까 두려워, 반야월이 민 중전의 귀에 이렇게 속삭였다.

"중전마마! 저분은 옥황상제의 화신이기 때문에 누구에게도 머리를 수그리지 아니할 뿐만 아니라, 누구에게나 반말을 하니까 그 점은 미리 양해해 주시옵소서."

아니나 다르랴, 인왕산 무당은 민 중전의 얼굴을 뜯어보며 입속말로 주문을 한참 외고 나더니,

"네가 본시 만인지상의 귀상을 타고나기는 했으나 일시 신령

님의 노여움을 사서 스물 전에는 풍파도 많고 마음고생이 대단했겠구나. 그러나 스무 살 고개를 넘어서면서부터는 검은 구름이 조금씩 걷히기 시작하여 스물세 살 때가 되면 만사가 형통하리라"

하고 당당한 기세로 말하는 것이 아닌가.

민 중전은 무당이 간단히 한 마디로 핵심을 찌르는 것 같아 어안이 벙벙할 지경이었다. 그리하여 자기도 모르게 인왕산 노파에게 머리를 수그려 보이며 이렇게 말했다.

"영험하신 말씀, 잘 알아 모시겠사옵니다. 말씀하신 대로 지금까지는 남모르는 풍파도 많았고, 또 남모르는 마음고생도 많았사온데, 23세가 지나면서부터는 틀림없이 운수가 열리겠사옵니까?"

"한번 말했으면 그만이지, 무슨 군말이 그리 많으냐. 23세가 되기 전에는 네가 아무리 몸부림을 쳐도 검은 구름 속에서 헤어나기는 매우 어려우리라."

그러자 옆에서 듣고 있던 반야월이 얼른 한 자리 나앉았으며, 인왕산 무당에게 이렇게 물어보았다.

"중전마마께서는 아직 잉태를 못하셔서 걱정이시온데, 언제쯤 아기를 배실 수 있겠습니까?"

인왕산 무당은 그 말을 듣자 민 중전의 얼굴을 다시 이리저리 돌려 보기도 하고, 또 복사卜辭를 중얼거리며 방울을 딸랑딸랑 흔들어 보기도 하더니,

"아무리 조급해도 스물네 살이 되기 전에는 아기 같은 것은 생각조차 하지 말아라!"

하고 한 마디로 단안을 내려 버리는 것이 아닌가.

스물네 살이라면 앞으로 4년 후의 일이다. 그러나 민중전은 4년 후에는 아들을 낳을 수 있으리라는 말이 하도 반가워,

"상제님! 제가 스물네 살이 되면 잉태를 꼭 할 수 있겠사옵니까?"

하고 따져 물어보았다.

인왕산 노파는 다시 방울을 흔들어 보이며 호통을 치는 것이었다.

"아기는 옥황상제인 내가 점지해 주는 것인데, 내가 어찌 너에게 거짓말을 하겠느냐!"

민 중전은 그 이상 아무 말도 못하고 인왕산 무당에게 두 손을 모아 잡고 합장 배례만 하였다. 이윽고 무당이 돌아가려고 하자, 민 중전은 복채로 돈 천 냥과 옥비녀 한 개를 내주면서 이렇게 말했다.

"앞으로는 반야월을 자주 보낼 터이오니 대궐에 가끔 들러 주시옵소서."

인왕산 무당은 돈과 옥비녀를 물끄러미 들여다보다가,

"나는 본시 복채 같은 것은 받는 일이 없지만, 네 정성을 가상히 여겨 이것만은 받아 두리라, 그러나 일후에는 내가 이곳에 직접 오는 일은 없을 터인즉, 나를 만나고 싶거든 인왕산 토굴로 네가 직접 찾아오너라"

하고 명령조로 말하는 것이었다.

인왕산 무당이 그와 같은 거드름을 피울수록 민 중전에게는 그녀가 신성 불가침할 정도로 거룩하게만 보였다.

아무튼 그런 일이 있고 나서부터 민 중전은 잉태에 대해 커다란 기대를 가질 수 있게 되었다.

그런 일이 있은 후부터 민 중전은 무당이라는 것을 남달리 신봉하게 되었다.

대원군의 치적상

이야기를 잠시 뒤로 돌려서, 흥선 대원군이 국권을 장악하고 나서부터 이날에 이르기까지의 정치 실적을 한번 살펴보기로 하자.

흥선 대원군이 '섭정'이라는 이름으로 표면에 나타나 정치적인 실권을 직접 행사하기 시작한 것은 고종 3년(1866)부터의 일이었다. 그 전에는 둘째 아들 이재황을 임금으로 등극시킴과 동시에 조 대비가 수렴청정을 하도록 되어 있었다. 그러나 그것은 국민의 이목을 속이기 위한 정치적인 연극에 불과했고, 흥선 대원군은 둘째 아들이 임금이 됨과 동시에 조 대비의 이름을 빌어서 실제로는 국정을 맘대로 휘둘러보고 있었던 것이다.

그리하여 그는 실권을 장악하고 나자, 왕실의 존엄성을 강화하기 위해 무엇보다도 먼저 경복궁부터 중건하기 시작하였다.

경복궁은 본시 태조 이성계가 조선을 창건하고 나서 국왕의 위엄을 돋보이게 하려고 태조 3년(1394)에 착공하여 그 이듬해 9월에 완공한 궁전으로서 중국의 황성皇城을 본받아 건축한 대궐이었다. '경복궁'이란 이름은 정도전이 명명한 것으로서, 그

출전은 《시경》에 나오는 '군자만년개이경복君子萬年介爾景福'이라는 구절에 근거를 두고 있는 것이다.

그후 경복궁은 건립된 지 1백60년 만인 명종明宗 8년(1553)에 불이 나 소실된 것을 이듬해에 다시 중건했었는데, 그로부터 39년 후인 선조宣祖 임진왜란 때에 다시 불에 타버리고 2백70년 동안이나 폐허대로 방치되어 오던 것이었다.

고종 2년(1865)에 조 대비의 이름으로 경복궁을 중건하라는 명령이 내려지자, 국민들 간에는 찬반의 여론이 분분하였다. 그도 그럴 것이 가뜩이나 피폐한 국민 대중에게 그와 같은 거창한 토목 공사는 너무도 과중한 부담이었기 때문이다.

그러나 한번 결심하면 마음을 돌릴 흥선 대원군이 아니었다. 대원군은 자기 자신이 선두에 나서서 영건도감營建都監을 두어 경복궁 공사를 독려했는데, 처음에는 일반 백성의 부역에는 신중을 기해 왔으나 그렇게 하자니 공사가 지지부진하므로 나중에는 눈 딱 감고 전국 각지에서 모든 장정들로 하여금 여러 달씩 부역을 나오게 하였다. 따라서 모든 백성들은 농사가 폐농廢農이 되다시피 하여 민생은 말할 수 없이 궁핍하게 되었다.

그나 그뿐이랴, 국가 자체로 보더라도 막대한 건축비를 이루 당해낼 수가 없어서 모든 백성들로 하여금 원납금이라는 이름으로 자진 헌금을 하게 하였다. 그리고도 부족하여 나중에는 '당백전'이라는 새로운 돈을 찍어내어 한 푼짜리 돈을 백 푼으로 쓰게 하였다.

게다가 토목 공사를 독려하기 위해 무동대舞童隊니 농악대니 남사당패니 하는 위안대까지 총동원시키다 보니 돈이 자꾸만 들어갈 수밖에 없었다. 그래서 나중에는 매관매직까지 하여 돈을 긁어모았다.

그런데다가 경복궁 건립에는 거대한 재목들이 수없이 필요하여 왕릉의 산림에서도 나무를 마구 베어내었다. 그러므로 종친들은 종친들대로 대원군의 처사를 못마땅하게 여기게 되었고, 양반족과 부자들은 그들대로 돈을 무자비하게 빼앗기는 바람에 불평이 대단하였고, 일반 백성들은 일반 백성들대로 먹고 살아갈 수가 없어 대원군에 대한 원성이 날이 갈수록 높아갔다.

그러나 그러한 불평을 함부로 입 밖에 냈다가는 그날로 목숨이 달아나게 되므로 어느 누구도 감히 불평을 입 밖에 내지 못했다. 대원군의 전제 정치는 무섭도록 탄압적이었던 것이다.

대원군은 그와 같이 자기에게 불평을 품고 있는 불평 분자들을 비밀리에 색출해내기 위해 심복 부하들을 경향 각 관서에 근무하게 하는 정보정치를 실시하였다.

그러한 예로서 일개 상궁의 오라비들에 불과한 천희연, 하정일, 장순규, 안필주 네 사람에게 막강한 권력을 주어 모든 재정 염출과 기밀 사건을 그들 네 사람으로서 담당하게 하였다. 아무 보잘것없는 그들에게 그와 같이 어마어마한 권력을 부여한 탓으로, 그들의 횡포는 이루 말할 수가 없었다. 그래서 세상 사람들은 그들 네 명을 천·하·장·안이라고 비난해 왔었다.

대원군은 그것만으로도 부족하여 환관 이민화로 하여금 궁전 내부의 모든 동태를 하나도 빠뜨리지 않고 빨리 보고하도록 하고, 그 밖의 모든 관공서에도 심복 부하를 염탐꾼으로 파견해 놓았는데, 의정부에는 윤광석, 이조에는 이계환, 형조에는 오도

영, 호조에는 김완조, 병조에는 박봉래, 예조에는 장신영 등을 파견하여 정보 수집의 비밀 임무를 담당하게 하였다.

그리고 각 지방의 정보까지 수집하기 위해 전라 감영에는 백낙서를 파견하였고, 경상 감영에는 서은로를 파견하였고, 충청 감영에는 백낙필을 파견하여 대소 정보를 그날그날 대원군에게 직접 보고하게 했던 것이다.

정보망이 그렇게도 치밀했으므로 대원군은 운현궁에 가만히 앉아서 천하의 움직임을 손바닥을 들여다보듯 빤히 알 수 있었던 것이다.

그러나 민심이 이탈된 단순한 탄압정치는 결코 오래 지속되지 못하는 법이다.

대원군은 경복궁 중건이라는 무리한 토목 공사로 국가의 재정에 커다란 파탄을 몰아온데다가 서원 철폐라는 또 하나의 청천벽력 같은 시책을 단행하였다

우리나라의 서원 제도는 본시 명종 5년(1550)에 당시의 거유巨儒였던 이황李滉의 건의에 따라 선현봉사先賢奉祀와 지방 선비들의 교육과 인격 도야를 위해 생겨나게 된 것이었다.

그 당시 서원이 생기면 학전學田, 또는 서원전書院田이라고 부르는 토지를 정부에서 부여하는 특전을 주었으므로, 각 지방의 선비들은 앞을 다투어 서원을 창설하였다. 그리하여 대원군 집정 당시에는 전국에 6백60여 개의 서원이 있었는데, 각 지방의 선비들은 서원을 근거로 집합하여 정치적으로 막강한 세력을 구성하였다.

대원군은 정권을 잡고 나자, 사사건건 말썽을 일으키는 서원

세력이 눈엣가시처럼 못마땅하게 여겨져서 드디어 서원 철폐라는 혁명적인 정책을 단행하게 되었던 것이다.

대원군이 서원이라는 것에 대해 앙심을 품게 된 데는 또 하나의 사연이 있었다.

일찍이 대원군이 흥선군으로서 아무 세력도 없이 무뢰한처럼 떠돌아다니고 있을 때의 일이었다. 한번은 청주에 갔던 길에 화양동에 들러 만동묘를 구경했었는데, 대원군은 하인의 부축을 받으며 허리를 꼿꼿하게 펴고 문 안으로 들어가려 하였다. 그러자 문지기가 그 모양을 보고 벼락같이 달려오더니, 흥선군을 다짜고짜 발길로 차서 계단 아래로 떨어뜨리며,

"만동묘는 명나라 의종황제의 위패를 모신 곳이어서 이곳에 들어오실 때에는 상감께서도 하인의 부축을 받지 못하도록 되어 있는 법인데, 당신이 아무리 왕족이기로 여기가 어디라고 감히 이 문 안으로 들어오며 하인의 부축을 받느냐!"
하고 욕을 호되게 하였던 것이다.

이에 흥선군은 화가 머리끝까지 치밀어올랐으나, 당장은 어찌할 수가 없었다. 그리하여 만동묘의 장의掌議로 있는 변모라는 자에게 수모당한 사실을 낱낱이 말한 뒤에,

"저런 놈은 마땅히 중벌에 처해야 한다"
하고 말했다.

그러나 장의는 즉석에서 고개를 좌우로 흔들며,

"문지기의 소행이 다소 지나치기는 했으나, 그 사람은 자기 직책을 충실하게 이행했을 뿐이므로, 논죄의 대상이 될 수 없다고 생각되옵니다"

하고 흥선군의 요청을 일언지하에 거절해 버렸던 것이다.

대원군은 그때부터 모든 서원에 대한 적개심이 골수에 맺혀 버려서 섭정이 된 뒤에는 6백여 개의 서원에 추상 같은 철폐령을 내리고, 별로 말썽을 부리지 아니한 41개의 서원만 형식적으로 남겨 두게 했던 것이다.

서원 자체는 선비들의 정치 세력의 본거였던 만큼, 서원 철폐령이 내리자, 전국 각지의 선비들은 제각기 疏疎를 올려 서원 철폐령이 불가함을 주장하였다.

그러나 대원군은 누가 무슨 소리를 하든 간에 서원을 소신대로 철폐해 버림으로써, 모든 선비들에게 원한을 크게 사게 되었다.

대원군의 실정의 하나로서 외교 정책의 실패와 천주교도에 대한 무자비한 탄압을 들 수 있다.

그 무렵 선진 제국에서는 우리나라와 통상을 하고자 1845년에는 영국 상선이 다도해 해안에 나타났던 일이 있었고, 1864년에는 불란서 군함이 충청도 해안에 출몰하였고, 1865년에는 러시아 상선이 함경도 해안에 나타나 통상을 요청해 온 일이 있었다. 게다가 이웃나라인 청국과 일본도 끊임없이 통상을 요청해 왔다. 이를테면 선진 제국들은 후진국인 우리나라에 정치적 세력을 부식해 보려는 계획이었던 것이다.

국제 정세가 그처럼 복잡하게 돌아가고 보니, 대원군으로서는 두 가지 중에 하나의 길을 택하는 수밖에 없었다. 하나는 그들의 통상 요구를 순순히 받아들여 평화적으로 수교조약을 맺는 길이요, 다른 하나는 무력으로 그들의 침범을 구축해 버리는 길이었다.

대원군은 국제 정세에 매우 어두운 정치가였다. 그러기에 그는 무력으로 외세를 배척하려는 철저한 쇄국정책을 단행하기로 하였다. 우매한 백성들도 대원군의 철저한 쇄국정책을 크게 환영하였다.

그리하여 대원군은 군대를 크게 강화하는 동시에, 그 무렵 우리나라에 들어오기 시작한 천주교의 뿌리를 뽑아 버리려고 고종 3년(1866)에 9명의 불란서 신부들을 비롯하여 남종삼, 정의배 등 천주교도 8천여 명을 한꺼번에 사형에 처해 버렸다.

그 사건이 있자 불란서에서는 크게 분노하여 그해 9월에 군함 3척을 가지고 우리나라를 치려고 강화도와 서울 근교를 습격해 왔다.

이에 대원군은 군대를 총동원하여 불란서 군함을 격퇴시켜 버렸는데, 그런 일이 있고 나서부터 대원군의 기세는 더욱 등등하게 되었다.

그리하여 고종 8년(1871)에는 외국인들이 침범해 올 만한 해안가의 요새지에 '척화비斥和碑'라는 것을 수없이 세워 놓았는데, 그 비석에는 다음과 같은 글자를 새겨 넣었다.

洋夷侵犯 非戰卽和 主和賣國

서양 오랑캐들이 자주 침범해 와서 싸우지 않으려면 화해할 수밖에 없는데, 그들과 화해를 하는 것은 나라를 팔아먹는 것과 다름없는 일이다.

그 비문만 보아도 대원군의 쇄국 정책이 얼마나 강경했던가를 능히 엿볼 수 있는 일이다.

대원군이 무력으로 서양 제국과 대항하려는 자신을 가지게 된 데는 다음과 같은 웃지 못할 사건들이 있었기 때문이었다.

고종 2년(1865)에 프랑스의 측심함이 대동강의 수심을 측량해 보려고 평양에 들어왔던 일이 있었다. 평양 사람들은 생전 보지 못하던 이색 인종과 괴상한 선체가 나타난 것을 보고 크게 놀랐다. 그리하여 평양감사는 그들을 쫓아내려고 백방으로 노력해 보았으나 별다른 방도가 있을 리 없었다.

그 무렵, 평양에는 돌팔매질을 잘하기로 소문이 높은 이만춘이라는 불한당이 있었다. 평양감사는 그 사람을 시켜 돌팔매로 '서양 오랑캐'들을 쫓아내라고 명령하였다. 이만춘은 때마침 배 위에서 측량을 하고 있는 불란서 군인 한 사람에게 돌을 던져 그 군인의 머리를 터지게 하였다.

이에 불란서 군인들은 크게 노하여 대포와 권총으로 우리를 공격해 왔다. 그리하여 이쪽에서도 수백 명의 시민들을 동원하여 강가에 돌을 산더미처럼 쌓아 놓고 저마다 빗발치듯 돌을 날려 보내니, 불란서군은 더 이상 싸우기를 포기하고 도망을 가버렸다.

그것은 본격적인 전쟁이라기보다도 우발적인 사건에 불과한 일이었다. 돌팔매로써 대포와 대항한다는 것은 말도 안 되는 소리다. 그러나 그 당시의 백성들은 너무도 우매했기 때문에 그것을 전쟁에 승리한 것으로 여겨서 승전고를 크게 울렸다.

그런 일이 있자 불란서는 크게 분개하여 이듬해 9월에는 강화도로 군함을 파견하여 정족산성鼎足山城을 대포로 공격해 왔다. 이에 강화유수 이인석은 겁을 먹고 도망을 쳐버렸고 중군 양헌수가 몇 명 안 되는 군대를 거느리고 성을 고수하다가 장렬하게 전사하였다.

그런 일이 있자 대원군은 국방 강화에 힘을 기울여 소위 육환포六丸砲라는 것을 주조하기 시작했는데, 육환포는 폭음만이 굉장할 뿐 탄환의 위력은 거의 없는 것이었다.

그러나 고종 8년에 불란서 군함이 강화도에 또다시 나타났으므로 대원군은 강화중군 어재연으로 하여금 그들을 격퇴하라는 군령을 내렸다.

어재연은 그들과 싸우다가 전사를 하였지만, 불란서 군인들은 육환포의 포성이 굉장한 데 겁을 먹고 돌아가 버리고 말았다.

이에 대원군은 서양 오랑캐들을 격퇴시키는 데 자신이 생겨서 마침내 척화비까지 세우게 되었던 것이다.

그러나 그것은 세계 정세에 너무도 깜깜한 우물 안 개구리의 넌센스에 불과했으니, 그로부터 24년 후인 고종 31년(1894)에는 대원군의 만용이 만천하에 알려져서 마침내 그 해 가을에는 전국 각지에 세워졌던 척화비를 모조리 철거해 버리게 되었던 것이다.

아무튼 그 모양으로 대원군은 집정 이후 거듭되는 내우외환으로 하루도 편한 날이 없었는데, 백성들이 날이 갈수록 도탄에 빠져서 고종 5년에는 최익현이 서원 철폐령과 토목 공사와 당백전 사용을 폐지하라는 격렬한 탄핵문을 상소해 왔고, 고종 6년에는 광양현에서 민란이 일어났고, 고종 7년에는 청나라 비적들이 평안도에 약탈을 해왔고, 고종 8년에는 진주민란이 일어났고, 고종 9년에는 해주와 안동에서 역모사건까지 발생하여 대원군은 사면초가 속에 서게 되었다.

그러나 대원군은 탄압정치를 강행하여 불평을 말하는 사람은 누구든지 사정없이 처단해 버렸다. 민 중전은 국제 정세와 국내 실정이 그처럼 복잡다단한 틈을 타서 대원군을 섭정의 자리에서 몰아내고 스스로 정권을 빼앗으려고 무서운 음모를 소리 없이 착착 진행시켜 나가고 있었던 것이다.

(하권으로 이어집니다.)

명성황후(상)

발행일 | 초판 1쇄 발행 - 2001년 5월 3일
　　　　　초판 11쇄 발행 - 2015년 6월 5일

지은이 | 정비석　　　　　**펴낸이** | 윤형두
펴낸곳 | 범우사　　　　　**교 정** | 김길빈
편 집 | 김지선　　　　　**인쇄처** | 상지사
등록번호 | 제406-2003-000048호(1966년 8월 3일)
　　　　　(413-120) 경기도 파주시 광인사길 9-13 (문발동 525-2)
대표전화 | 031-955-6900　　**팩 스** | 031-955-6905
홈페이지 | www.bumwoosa.co.kr　**이메일** | bumwoosa@chol.com

ISBN　89-08-04177-6 04810
　　　　89-08-04176-1 (세트)

작가별 작품론을 함께 실어 만든
범우비평판 세계문학선

출판 35년이 일궈낸 세계문학의 보고

대학입시생에게 논리적 사고를 길러주고 대학생에게는 사회진출의 길을 열어주며,
일반 독자에게는 생활의 지혜를 듬뿍 심어주는 문학시리즈로서
범우비평판은 이제 독자여러분의 서가에서 오랜 친구로 늘 함께 할 것입니다. (全冊 새로운 편집 · 장정 / 크라운변형판)

범우사

서울시 마포구 구수동 21-1호
TEL 717-2121, FAX 717-0429
http://www.bumwoosa.co.kr
(천리안 · 하이텔 ID) BUMWOOSA

온고지신(溫故知新)으로 희망찬 21세기를!

현대사회를 보다 새로운 시각으로 종합진단하여
그 처방을 제시해주는

범우사상신서

범우사 서울시 마포구 구수동 21-1호. 전화 717-2121 FAX 717-0429
http://www.bumwoosa.co.kr (천리안 · 하이텔 ID) BUMWOOSA

범우고전선

시대를 초월해 인간성 구현의 모범으로 삼을 만한 책을 엄선

범우사 서울시 마포구 구수동 21-1호. TEL 717-2121, FAX 717-0429
http://www.bumwoosa.co.kr (천리안·하이텔 ID) BUMWOOSA

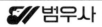